王曉平 編著

日藏詩經古寫本刻本彙編

（第一辑）

第二册

中華書局

毛詩考（上）

卷一——十六

目録

毛詩考二

毛詩考四

毛詩考研究序説

王曉平

一　龜井昭陽及其《毛詩考》

龜井昭陽（一七七三—一八三六）出生於福岡唐人町。他的父親是著名學者龜井南冥（一七四三——一八一四），諱魯，字道載，號南冥，是九州地區著名的儒學學者、醫生、教育家、漢詩人，曾創建甘棠館教授生徒，門人中有廣瀨淡窗等著名學者。南冥學術上追隨荻生徂徠的萱園學派，即所謂「古文辭派」，對盛極一時的官方朱子學派持批評態度，醫學上則屬山脇東洋一派。昭陽的學問受到父親的影響，在他所著的《家學小言》中曾經談到父親的著述：「先考年甫五十，及知命之年，《論語語由》成，以余不肖觀之，先考之所議論，實百世之格言也。」廣瀨淡窗曾經對父子二人的學問做過一番對比，說昭陽之學風，專主其父之說，其經術文章，遠出其父之上，然名譽却不及父之半。曾有人評論說，昭陽之學問遠勝父親，度量却不及，就像是伊藤東涯和他的父親伊藤仁齋一樣[一]。

昭陽十三歲隨父親謁見秋月侯，十五歲已有文名，十九歲遊德山，學於藩儒役藍泉。著《成國治要》，其父爲之序，謂：「其文也富腴，古色可掬；其論也詳密，盡而不汙。知時也明，謀事也周，獻替秩然，宛見成功。」自序中說：「天下大業，出乎天下士焉，而天下一人耳；國家大功，成乎國家士焉，而國家一人耳。昱生海陬，長僻陋，天資戇愚，不能伍於世君子。夙奉父教，潛心聖經，尚論萬古。嘐嘐然悲古道殘缺，異說沸濡；憂文人無術，閔聖教

[一]〔日〕廣瀨淡窗著、日田郡教育會編《儒林評》，《淡窗全集》，日田郡教育會，一九二六年。

不振，竊不自揣，有志於斯道，遠思聖人禮樂之化，歎近世民人之失道，竊有見於時，因述《成國治要》十二編。」[一]時在弱冠，而見識過人。經學文章，皆有凌駕其父者。

龜井之學，發源於徂徠，研習孔門之學，經世致用，輕霸尊王，後來福岡藩尊王之風興，有昭陽的影響。其著《海防微言》序：「時有古今之異，勢有强弱之異，以古論今，難矣」，「今予得罪閒居，恐懼不堪，風月之外，於人事無以發言，然事關國家，不顧區區私情」，主張順應時變，加强海防。又有弔菊池寂阿詩：「城南一片石，五百年前人；白日照忠義，春風苔尚新。」著述十數種。

賴山陽曾來拜訪，兩人詩酒相交。《偉人豪傑言行録》載《龜井昭陽示〈蒙史〉於賴山陽》：「龜井昭陽作《蒙史》，述本朝上古事，其體仿《書》之《典謨》。賴山陽訪昭陽時，示之。其文詰曲聱牙，山陽不得句讀而止。其後昭陽語人曰：『山陽雖可與語《史記》、《左傳》，未可語其他之書也。才學兼備，難矣哉！』」[二]

廣瀨淡窗著《儒林評》，談到昭陽的性格，稱許其行狀謹嚴，並以其居父喪三年，全依古禮，無一省略處爲例證。不過，昭陽的性格似乎還有另一面。《偉人豪傑言行録》又載《龜井昭陽兄弟豪放》，譯録於下：

> 龜井昭陽（昱）有二弟，曰大壯、大年，三人皆有文名，而皆豪放，有父道載之風，大年最甚。秋月侯（黑田家）嘗設書畫會，以儒臣原震平招三人，三人從門生五六人，擔大尊赴秋月，路得豬一頭、雞五六隻，並齎而行行，高唱唐音，旁若無人。會散，其夜宿原家，翌早諸人未起，大年在被中，頻呼門生。曰：「何事？」入其室見之，大年曰：「借大碗來！」乃如其言，滿酌冷酒，傾之五六碗，而後出寢。其言豪放不拘。[三]

[一]（日）益田祐之著：《龜井昭陽先生事略》、《毛詩考》，東京：安井敬一郎景印，一九三四年。
[二]（日）南梁居士編：《偉人豪傑言行録》，東京：求光閣書店，一九一一年，九七—九八頁。
[三]（日）南梁居士編：《偉人豪傑言行録》，東京：求光閣書店，一九一一年，一〇五—一〇六頁。

昭陽著述很多。根據廣瀨淡窗的記述，昭陽自壯年閉門閒居，用力於著述，數十年如一日，不與世儒通交，亦不喜歡見俗人，所以名聲没有父親大，教育門人，很有父親的作風，但所培育的人才也没有父親多。

二 《毛詩考》與日本古學派

龜門之學源於徂徠，熱衷古學，貶霸尊王，躬行不懈，有「君子儒」之稱。其父曾以「學醫者，業也；修道者，志也。業不可不精，志不可不高」相激勵，期待甚高。然身居偏遠，常有壯志難酬之歎。在他寫給賴山陽的信中説：「僕生來失意，四顧無可語者，得尊兄爲友，此生不虚也。」

龜井昭陽在所著的《家學小言》中，對當時盛行的朱子學和萱園學派都有所議論。對於物氏，即荻生徂徠的學問，他的看法是，以古言求取古義，在方法論上是成功的，但在具體操作中却有魯莽牽强之失。他説：「以古言徵古義，物氏得之。然其所徵多鹵莽，多牽合固滯，多誣，因其才識堂堂，而少文理密察也。然以宋儒之明德爲人心之虚靈不昧，其徒或未辨。今六百年，甚哉！」（二十章）萱園學派的後學，對於前人將宋儒的性理明德全當成糊塗賬缺乏分析。昭陽本人則認爲徂徠學派和朱子學派代表了各自不同的學風，適宜於不同的階層，具體來説，就是萱園之學的探求古義，適宜於職掌行政的實務派，而朱子學的講求義理，則是適宜於超越實務的人文思想追求者；前者用於上層的君王士大夫，後者則可用於下層的士庶學人。如果要越過界限去用它們，就不能不有所選擇遺棄。他首先指出，學者們把朱（朱子學）、物（萱園派）當做絶對對立的兩種學説，並非篤論，兩者實際上是互有得失的。朱子和徂徠都是不同凡響的偉人，而在思想上却各有所蔽：

> 學者相互掎齕，以朱、物爲怨敵深仇，然互有得失，人物皆非常之器也。要之，朱氏之徒能小毖近思，矯性企高，淑慝不察，其蔽愚也，飾也，賊也；物氏之徒乃曰：「此我天命，氣質豈可變乎哉？」故細行略自恕，多出

放逸不檢者，以驚世人。夫物氏之規模大也，其學晞子路，所志在於君子儒，君大夫用之，則國子從其性之所近，各自欲得爲一人物。使其人也，亦任其官，朱類其方，國家以强富可矣。近世東肥之靈感公則其人也。朱氏之學晞曾子，方正敦厚也，然議論刻薄瑣屑。《通鑑綱目》中無完人。君大夫用之，則規行矩步，遜言恭色是也。然求備於一人，不容異己者，好令人桎梏氣質，謹愨如一，庶官靐同瓦合，國家無不衰者。故朱氏之風，宜於士庶，以其過寡也，以之施於君大夫，則不可無取捨；物氏之風宜於君大夫，以其器用人才也。若施之於青衿，則不可無取捨。此二氏之大分也。然非遠識有度量者，不能知物氏，其言疏暴多也。

昭陽雖然對朱子學和萱學都有所批評，並主張在具體運用中各有取捨，但他最後强調的是，徂徠之學勝在大處，非有遠見卓識者不能正確評價，而世人對他的評論有很多粗暴疏漏的地方。萱園之學是以造就子路那樣的人才爲目標的，而朱子之學是以造就曾子那樣的人才爲目標的。

《辨道》是荻生徂徠闡述經學思想的一部主要著述，其中也表明了作者的詩經觀。徂徠把《詩經》看作解讀世情物態的百科全書，其二二則説：「大抵《詩》之所言，上自廟堂，下至委巷，以及諸侯之邦，貴賤男女，賢愚美醜，何非所有。世變邦俗，人情物態，可得觀之。」

作爲徂徠學派的後繼者，龜井昭陽在接受徂徠思想的同時，對《辨道》的某些説法也抱有不同看法。《讀辨道》就《辨道》提出的問題説明自己的見解。對於《辨道》的《詩經》論述，龜井昭陽在第二二則中首先指出，徂徠關於《詩經》的議論，幾乎全是出自對《國風》的概括，而没有把《雅》、《頌》算在内。

先王四術之説，物子之明通也。祗其所爲説《詩》，大抵率國風耳。謂雅頌何？且四教，本諸先王立論，

則變風乃文周所不知，屢屢二南，可以盡《詩》乎？ 噫，物子過矣。〔一〕

論《詩經》僅論《國風》，論《國風》又僅限於「二南」，這可以説是抓住了徂徠《詩經》論的癥結，許多片面的議論正是建立在對半部《詩經》的閱讀之上。應該指出的是，這並不是徂徠一人的問題，許多江户時代乃至後來的學者，都很容易將對《國風》的感受視爲整部《詩經》。

徂徠本來是反對依《詩序》説詩的，曾在《辨道》中説：「《詩》本無定義，何必守《序》之所言，以爲不易之説乎？」對此，龜井昭陽批駁説：

> 物子不知《序》之所以爲《序》，憑虛駕説耳。且其言《詩》，亦概宋人怙滯之見，昉洸洋不迫之解以拓之。《詩》本無定義也，抑且無定義也乎？《大學解》論《淇奧》篇曰：「《序》者因《國語》武公有睿聖之稱，爲美武公，然烏知其非美康叔也，又烏知其非美文武成康也？列國而必不美文武成康，是文武之德化狹哉！且此篇主前王，故此所引，以爲美文武成康可矣。如是暴議論，何楷以後，蓋一人耳。風雅之蝨疾也。
>
> 夫物子英氣奕奕，以見其大自熹（喜），神機所發，如龍泉太阿，蟠根錯節，騞然以斷。於是乎唯見其所斷，縱横言之，又不遑顧其外患後禍也。是以荒唐之多，差池之大，遂使後人棍批焉，蹂踏焉，無復知其美者，豈非不小心而近思之報乎？《傳》曰：「審吾所以適人，適，人之所以來我也。」余未見投以桃，而不報以李者焉。」〔二〕

徂徠認爲《大序》乃《關雎》之解，古人偶於《關雎》敷衍以長之耳。龜井昭陽則認爲：

〔一〕〔日〕賴惟勤校注：《徂徠學派》，東京：岩波書店，一九七二年，四八一頁。
〔二〕〔日〕賴惟勤校注：《徂徠學派》，東京：岩波書店，一九七二年，四八一頁。

余案此文義不確。《大序》乃《關雎》之序，不可謂《關雎》之解也。《關雎》開卷第一首，故於其序，説詩，説音，説六義，説變風，而及《周南》、《召南》，不可謂偶然敷衍也。物子不信《序》，故其於《關雎》之《序》，亦如蒙耳乎爾。

「後儒不解事，析爲大小序，可笑之甚也。」又當改作「後儒析爲大小序，非矣。」曰不解事，曰可笑之甚，漫筆語録，用之不妨；辨道者，君子之丕業，不宜羼白面書生之語。〔一〕

昭陽堅持遵序品詩，對各篇詩旨不背離，不另創新説，認爲《詩序》非秦漢人所能爲，在《魏風·汾沮洳》序：「汾沮洳，刺儉也」之後，議論説：「高古哉！豈秦漢人所能系乎？」在遵序不疑的基礎上，昭陽着眼於詩篇内部與外部的關聯作整體把握，如他對《魏風》各篇便做了如下總結：「《葛屨》嗇於衣，《汾沮洳》、《園有桃》嗇於食。《陟岵》悲於外，《十畝》窮於内，侵削相匹。《伐檀》貪而君子屈於下，《碩鼠》貪而君子退於上。」徂徠又説：「詩之事，皆零碎猥雜，自然不生矜持之心。」龜井昭陽認爲，這仍然是徂徠直以《國風》論詩：

在先王之世，國風唯「二南」、《七月》耳，而《小雅》二十二篇，《大雅》十八篇，《周頌》三十一篇，皆嚴然王者之事，其義正與典謨誓誥相發，又何零碎猥雜之有？物子動乃以零碎猥雜、田畯紅女爲口實，宜哉，其至詩書之府而窘乎！〔二〕

昭陽對足利古本的引用，也可以間接説明他與徂徠學派的關係。山井鼎、物觀利用足利本所撰《七經孟子考

〔一〕〔日〕賴惟勤校注《徂徠學派》，東京：岩波書店，一九七二，四八一—四八二頁。
〔二〕〔日〕賴惟勤校注《徂徠學派》，東京：岩波書店，一九七二，四八二頁。

文並補遺》考訂《毛詩》，使江户中後期的《詩經》研究者受到激勵，在《毛詩考》中，昭陽多次引用足利本來校勘經、傳文字。《齊風・南山》《傳》：「刺襄公也。鳥獸之行，淫乎其妹，大夫遇是惡，作詩而去之。」根據足利本，「惡」字後有「也」字，昭陽將其補入《傳》文，並隨文注曰：「也字，據足利古本，句末無助字，插之中間，變文也。」認爲這個「也」字具有改變語氣的作用。《七經孟子考文》之成，曾經得到徂徠的支持和贊許，顯然昭陽同樣認爲，足利古本保存的異文是很值得重視的資料。

三 《毛詩考》解詩

《毛詩考》首先對經、序、傳文字加以考訂，如《陳風・株林》首章：「胡爲乎株林？從夏南兮。」昭陽注：「《疏》之定本無「兮」字。案：孔氏書有「兮」字，疏文可證。汲古本脱之。余則從孔氏原本。」考證中雖少引孔疏，昭陽顯然對孔疏也曾過細研讀過。

龜井昭陽論詩，有三端值得注意，一曰堅持古《傳》，二曰詩禮一體，三曰以「人情」逆意。

受唐代學風影響，三家詩在日本流傳很少，獨尊《毛詩》之風延續至江户末期，昭陽亦不例外，獨尊《毛詩》，在《毛詩考》卷一開始便説：「三家説不合古書，漢儒未知《毛詩》，其説皆出自三家，故漢人著作中，論《詩》者大易惑人，可戒。」昭陽認爲，詩《傳》乃「古大師所傳，非後人以臆附會之。」（《雞鳴》傳後），解詩不能脱離古傳，在《終風》一篇説解中説：「非古傳何以知？」在《溱洧》篇後感歎：「至哉，古之《傳》乎！實與《序》符契。」

昭陽認爲，詩即是禮，孔子所説的志之所至，也就是詩之所至；詩之所至，禮亦至，所以詩三百，無非就是禮之詩，所以他不贊成鄭風淫詩之説，認爲《桑中》、《溱洧》也都是「君子憂國忠孝之發，比金石内宗廟，一也」。

《毛詩考》解詩多在維護《毛傳》的前提下對詩意從人情方向予以闡述。他對《摽有梅》詩意的理解，不贊同「女急求男」的通行説法，而把它看成是「摽梅之女，待而不求者，有所自安」的寫照：「辟農夫之待時深耕其田耳，而不負水灌之者，知靈雨必至也。不知是義而曰急求男，妄矣。且是詩人吟詠男女得以及時之美者，非女自作也。繹序説哉！」解《雄雉》：「瞻彼日月，悠悠我思」，説其意在於「見日月之移，而思君子之不日不月也。此情至之語，可感而通已」。認爲詩人的情感，是與今人相通的。

《毛詩考》解詩，能够悉心體味詩意，揣摩詩人心意，詮釋詩境，不拘泥於字句之意。釋詞釋句，力圖字關照而不拖泥帶水，如釋《邶風・柏舟》「如有隱憂」：「憂在内，不可以語，曰隱憂，猶衣中之疾曰隱疾。隱憂充胸，而曰如有者，辭之優柔不迫也。」將鑒賞融在釋句之中。這裏不妨以其對《氓》中詩意的解説爲例。解「氓之蚩蚩」，謂：「初未面相識，故溯其初，而爲是怨辭也。蚩蚩，毛曰敦厚，朱曰無知，皆通，但主其有可信之色。」解「送子涉淇，至於頓丘」，謂：「子來而摟我，故我起而從之，然草率之行，慮有阻擾，故歸而告家人，至此而别。」解「匪我愆期，子無良媒」：

頓丘之别，結言如是。氓本欲直奔爲犬子文君，然女則有待於父母媒妁，故至頓丘而反。氓不悦，故女曰：「此非我敢愆前約之期也。子無媒而摟我，顧念事情，是謀不得不延數月耳。」

解「乘彼垝垣，以望復關」：

别後之相思也。何必及期乎？復關，蓋關門名，照上涉淇，表出氓所居，是篇設一去婦實境詠之，所以與它篇異也。

龜井解詩，顧忌篇中各句聯繫，展開聯想，如解「既見復關，載笑載言」，謂：「氓來則歛淚言笑，否則不言不笑。頓丘之後，氓亦源源而來，是六句所説悔與士耽也。」解「以我車來，以我賄遷」，又聯繫後面被逐的態度，而謂：「是女雖初私約，夫迎之，妻從之，則父母許之，兄弟可之，可知矣，如是則宜若可保室家然。此詩人模寫之妙。」

作爲一個外國研究者，龜井昭陽調動他從中國典籍中獲得的知識來對詩句中描繪的場景展開想像。《邶風・擊鼓》詩中第三、四兩章：「爰居爰處？爰喪其馬？於以求之？於林之下。」「死生契闊，於子成説。執子之手，與子偕老。」《箋》、《疏》分别對兩章作出解説，認爲前面是寫失馬，後面寫從軍之士與伍相約，同甘共苦，以相存救，而昭陽設想了一個完整的情節。根據他的描繪，抒情主人公既爲散卒孤征而無所依，居於此，處於彼，又亡其馬，流離之憂，極於斯。求馬不得，屏營間忽遇鄉人，亦是被棄同怨者，於是相語死生成説，執其手，期以偕老。他提出這種説法的依據，正是在《左傳》中的申鮮虞出奔途中喪馬及《國語・吴語》中的吴王故事：「王親獨行，屏營彷徨山林之中，三日乃見涓人疇。王呼字曰：『余不食三日矣。』疇趨而進，王枕其股以寢於地。」〔一〕昭陽認爲詩中描繪的正是同樣與此相似的「散卒苦中一快」的故事，將兩部分連貫起來理解，突出了詩的人情味，可備一説。

龜井昭陽雖解釋力圖簡潔易懂，但此著預想讀者是當時熟悉漢文經籍的儒者，所以文中常用經籍語。如在解《園有桃》「園有桃，其實之殽」時，説：「儉嗇成俗，馬乘而雞豚，伐冰而牛羊，唯利是趨，故極言之。」這裏的「馬乘」和「伐冰」均指貴族之家。「伐冰」，鑿取冰塊。古代唯有卿大夫以上的貴族喪祭得以用冰，因以「伐冰」稱達官貴族。《禮記・大學》：「伐冰之家，不畜牛羊。」鄭玄注：「卿大夫以上喪祭用冰。」亦省作「伐冰」。龜井昭陽這裏是説乘馬伐冰的達官貴人，也養雞養豚，養牛養羊。又如釋《邶風・柏舟》「耿耿不寐」：「耿耿，骨清不寐也」，「骨清」原謂超凡脱俗，具有神仙氣質，如晉干寶《搜神記》卷五謂蔣子文「常自謂己骨清，死當爲神」之類，這裏則用指神智清醒、毫無睡意的感覺。

四　訓讀符號與寫本閲讀

龜井昭陽《毛詩考》，本以寫本傳，一九三四年龜井昭陽、德永玉泉誕辰百年紀念予以影印，書後有昭陽玄孫寫

〔一〕《國語》（下），上海：上海古籍出版社，一九七八年，五九八頁。

的「敘」，並附有賴山陽當年給昭陽的信件。

在這個寫本中，多用省代號，還有着各種表明日語閱讀方式即所謂訓讀的符號，這些符號有時和文字連爲一體，因而，這些省代號就是省略文字的符號，最多的是重文號，就是遇到重複的文字用「〻」來代替，如《唐風・揚之水》：「揚之水，白石粼粼」，書中寫成「揚之水，白石粼〻」，「〻」即讀同前一個字「粼」。

「々」，亦是重文號，同「〻」，日語中至今保留這種寫法。《毛詩考》中也有用的，如《草蟲》：「喓々艸蟲，趯々阜螽。」兩個「々」字分别省代了「喓」字和「趯」字。

「丨」有時也用作重文號，如「明丨」，即「明明」。「丨」有時表示由上下文可以判斷的字。

句讀符號：

「、」，斷句符，寫在字的右部偏下，表示至此當斷開爲一句，如上引「儉嗇成俗，馬乘而雞豚，伐冰而牛羊，唯利是趨，故極言之。」其中「俗」、「豚」、「羊」、「趨」、「也」諸字右下均有「、」，表示這些字皆爲斷句處。

「〇」，寫在經文和傳文字的右側，表示句讀，如《君子偕老》：「君子偕老刺衛夫人也」，「老」字和「也」字右側皆有「〇」，表示當讀作：「君子偕老，刺衛夫人也。」

「丨」，連字符，寫在上一字下部中間位置，表示相連兩字爲一詞。如「哀」字下中緊連一「丨」，下爲「鳴」字，則當「哀鳴」連讀。

有時省代號與訓讀符號連在了一起，讀的時候要注意分辨。如《魏風・園有桃》：「園有桃，其實之殺」，解釋此句的文字最後一句「其詩句豈丅〻指君刺之乎？」其中「丅」字其實是「一」字下有一連字符「丨」，表示「一」與下面的「〻」爲一個詞，當連讀，但看上去就像是「丅」字了。這句話就是：「其詩句豈一一指君刺之乎？」

「〇」，經文中字右側的「〇」，表示韻脚，如《樛木》：「南有樛木，葛藟纍之。樂只君子，福履綏之。」「纍」、「綏」字右側皆有「〇」，表示韻脚在此二字上，而不在句尾的「之」字上。作者注釋解説文字的雙行小字中的「〇」則表示分段，即一個新的部分的開始，與前文解説的内容不同，屬於另一個話題，也有作爲補充或者説明所據的。

訓讀符號：

日本人爲了訓譯漢籍，設定了一套符號作爲工具，這些符號不僅規定了閱讀的順序，而且在很大程度上展演了文字的讀法和意義，由此將閱讀程式化，也就對複雜的漢語閱讀賦予了可操作性。應該説，這種可操作性的形成，是對兩種語言語法和辭彙長期考察和閱讀實踐積累的結果。這些符號，一般被稱爲訓點。

現行的訓點中，有「レ點」、「一二點」、「甲乙點」等，把它們稱爲「點」，可能來源於中國的以點作句讀的方法的「ヲコト點」，而實際上它們已並非是「點」一種形式了，而是文字或符號。現在通行的訓點，主要依據的是一九一二年三月二十九日官報刊登的《文部省有關漢文的調查報告》所作出的規定。這些符號的使用方法如下：

「レ點」用於僅一字倒讀的情況，一般看似置於上字的左下部，嚴密説來則是置於下字的左肩。在江户時代後期和明治時代的版本中，還多將「レ點」置於行末。

「一二點」用於兩字以上倒讀的情況，先讀之字左下部書「一」字，後讀之字左下部書「二」字。如果需要明確倒讀順序的字更多，也有再補以「三」乃至「四」的情況。

「上下點」用於再進而跳過「レ點」、「一二點」倒讀部分去讀的情況，「上」、「下」書於倒讀字的左下部，如果層次更多，還有「上」、「中」、「下」置於倒讀字左下部的情況。

「甲乙點」用於「レ點」、「一二點」、「上下點」都不够用的情況，多者還可以見到「甲」、「乙」、「丙」、「丁」同時出現於倒讀字左下部。

這些全用到以後，仍然不能明確順序的複雜句，還有所謂「天地人點」，即將「天」、「地」、「人」三字書於字的左下部。漢文短句多，所有的訓點符號都出現的情況相對少見，出現這種情況時，閱讀便顯得十分繁雜。

以上這些符號，一般還叫做「返り點」，或者「返り仮名」。「返り」是折返之意，這一命名標誌着它們的主要作用是顛倒反復以標明語序。另外，還有所謂「送り點」或者「送り仮名（添え仮名）」，書於字的右下部，是將圖畫似的片假名小字書於倒讀字的右下部。「送り」是添加之意，意思是添加在末尾，末尾的讀音清楚了，由詞尾就可以判定詞性和詞義，這個詞的讀法也就清楚了。在書志學文獻中，如果説「有返送」，那麼就表示這本書做了訓讀。

誠如河上肇所説，日本人讀漢詩，「送り仮名」是否得當，往往就是「死活的問題」。[一] 因爲詞尾標注錯了，也就是對詩意理解不當。句子越長，層次越多，采用的訓點類型越多。以上各種點法是日本學人訓讀中國典籍經常用到的。日本人所撰漢文，過於複雜的句子就少得多，一般很少用到「甲乙點」、「天地人點」。《毛詩考》多用短句，大體多用的僅是「レ點」和「一二點」而已。

在日本第二次世界大戰之前刊行的漢籍中，還可以看到一些特殊的字形，這些字可以看做是某些假名詞語的省代號。例如，以「ヿ」省代「コト」二字，以「丨キ」省代「トキ」二字，以「丨モ」省代「トモ（ドモ）」，以「〆」省代「シテ」二字。「ヿ」、「丨キ」、「丨モ」、「〆」均被稱爲「合字（ごうじ）」，由於它們所省代的「コト」等字具有重要的語法作用，使用頻率高，所以在書寫時有了它們便大爲節省了時間，與其將它們看做一般的「合字」，不如將它們視爲省代號。不難看出日本訓譯中的省代號，在方法論上與敦煌寫卷中也使用各種省代號有很多共同點。雖然在現今的教科書上已經不再使用這些省代號，但拋開它們就難以理清訓讀的發生史。

上面這些符號與中國典籍的關係，是值得探討的問題。中國古籍中在段落的開頭有用「┐」表示的，也有在段落的最末尾用「└」表示段落結束，下面的文字是屬於另一段落的內容[二]。在中國古籍中也常用「丨」綫來表作爲連接符號。在明清刻本中仍有這種用法，也就是在一行的末尾文字字數不够，刻板偶爾出現空餘時，就在該行最後的空格，雕上一豎，表示要連接下一行文字。這和日本訓讀中在兩字中間加上一豎，表示兩字是複合詞，不應分開來讀，作用雖不完全一樣，但在表連接的意義上，仍有共同之處。

在《毛詩考》寫本中，還保留了一些俗字或異體字，比較多見的如：

皃（貌）　徃（往）　甭（爾）　夛（多）　侈（侈）　賔（賓）　哆（哆）　悪（惡）

[一]〔日〕杉原四郎編：《河上肇評論集》，東京：岩波書店，一九八七年，二七〇頁。

[二] 曾良：《古籍文字抄寫特點補遺》，收入曾良《敦煌文獻叢劄》，杭州：浙江古籍出版社，二〇一〇年，二二三頁。

曷（曷）　恐（恐）　謟（諂）　栢（柏）　舅（舅）　闻（聞）　艸（草）　怨（怨）

羕（承）　听（所）　蕪（蘇）　發（發）　辤（辭）　侯（侯）　蓺（藝）　忘（忘）

亾（亡）　鶴（鶴）　單（單）　廢（廢）　嘽（嘽）

敦煌俗字通例在這個寫本中很常見，如「臼」的部件均寫作「舊」（如「寫」字作「冩」，「舊」字作「舊」），「口」部件寫作「厶」（如「雖」字作「雖」，「隕」作「隕」）等。有的字屬日本異體字或俗字，如骨（骨）、微（微）等。有的字，似乎使用並不普遍，如兪（愈）等。《出車》《傳》：「出車，旁還率也。」昭陽解説中與「師還而犒之，故無凬厲之意」。這裏的「凬」字當爲「風」字之草書訛變。「風厲」，風迅疾猛烈。晉張協《七命》：「車霝震而風厲，馬鹿超而龍驤。」李善注：「風厲，言疾也。」三國魏曹植《七啓》：「騰山奔壑，風厲飆舉。」昭陽是説《出車》無迅疾之風。敦煌寫卷中「風」有寫作「尾」的，見於S. 2073《廬山遠公話》，也是「風」的草書訛變，可以作爲旁證。

有些是日語的寫法，這些寫法源頭是中國隋唐俗字，在中國早已不用，而在現代日語中仍然保留着，如：

発（發）　沢（澤）　気（氣）　実（實）　両（兩）　帰（歸）

渇（渴）　葛（葛）　賛（贊）　労（勞）　観（觀）

參考文獻

〔日〕龜井昭陽著《家學小言》，筑前福間浦：泰成堂太四郎雕，甑古堂藏板，一八五七年。
〔日〕龜井昭陽著、荒木彪校《中庸考》，大阪：松根堂，一八三七年。
〔日〕龜井昭陽著《大學考》，大阪：吉田松根堂，一八三七年。
〔日〕龜井昭陽著《大學考》，大阪：浪花書林，一八三七年。
〔日〕龜井昭陽著《大學考・中庸考》，大阪：吉田松根堂，一八三七年。
〔日〕龜井昭陽著、岡村繁解説《毛詩考・古序翼》，《龜井南冥・昭陽全集》第二卷，福岡：葦書房，一九七八年。
〔日〕目加田誠著《龜井昭陽「古序翼」について》，《宇野哲人先生白壽祝賀記念東洋學論叢》，東京：該論業記念會，一九七四年。
〔日〕龜井昭陽著《毛詩考》二十六卷，附録一卷（附録闕名編），安川敬一郎印行，十一册，手寫本影印，一九三四年（龜井昭陽、德永玉泉兩先生百年祭記念）。
〔日〕青木正兒著《評「毛詩考」》（龜井昭陽著），《文化》第一卷五號，一九三四年。
〔日〕龜井昭陽著《左傳纘考》（補一卷，附録一卷），一九一七年影印本。
〔日〕龜井昭陽著《論語語由》，桑林堂，一八七九年。
〔日〕龜井昭陽著《論語語由》，華井聚文堂，一八八〇年。
〔日〕南梁居士編《偉人豪傑言行録》，東京：求光閣書店，一九一一年。
〔日〕龜井昭陽著《語由述志》，東京：澀澤榮一刊，一九二二年。
〔日〕龜井昭陽著《爾雅玩古全》，松雲堂，一九三六年。

〔日〕龜井昭陽著《讀辨道》，大阪：吉田松根堂，一八三九年。
〔日〕市島春城著《隨筆頼山陽》，早稻田大學出版部，一九二五年。
〔日〕頼惟勤校注《徂徠學派》，東京：岩波書店，一九七二年。
〔日〕高橋博巳著《徂徠學における「詩」について》，《日本思想史研究》五，一九七一年。
〔日〕若水俊著《徂徠學における「詩經」》，《詩經研究》九，一九八四年。
〔日〕村山吉廣、江口尚純主編《詩經研究文獻目録》，東京：汲古書院，一九九二年。
〔清〕陳奐撰《詩毛氏傳疏》，北京：中國書店，一九八四年。
〔清〕馬瑞辰撰《毛詩傳箋通釋》，中華書局，一九八九年。
〔清〕孫詒讓遺書、雪克輯點《十三經著述校記》，濟南：齊魯書社，一九八三年。
〔清〕俞樾編、佐野正巳解説《東瀛詩選》，東京：汲古書院，一九八四年。
黄焯撰《毛詩鄭箋平議》，上海：上海古籍出版社，一九八五年。
林慶彰主編《日本研究經學論著目録》，臺北：「中研院」中國文學哲學研究所，一九九三年。
寇淑慧編《二十世紀詩經研究文獻目録》，北京：學苑出版社，二〇〇一年。
《十三經注疏》，北京：中華書局影印，一九七九年。
十三經注疏小組編《十三經注疏分段標點》，臺北：臺灣新文豐出版公司，二〇〇一年。
錢基博著《經學通志》，北京：中華書局，一九三六年。

毛詩考

一

毛詩考卷一

三家說不合古書傳、未知毛傳其說皆出自三家、故傳人著作中、論詩者大易惑人、可戒、

國風

周南第一

關雎、后妃之德也、樂得淑女以配君子、風之始也、風化本於閨門、曰德曰本曰志、所以示三篇一貫也、所以風天下而正夫婦也、周公制作禮樂、其用之如此、故稱天下、用之鄉人焉、如鄉飲鄉射、用之邦國焉、邦國謂禮、禮謂諸侯為邦、

國。此亦一例

詩手室為詩

右釋關雎之用（寄章卷耳 亦包鳥）

風。風也。（序卦 多例）教也。風以動之，教以化之。

右釋國風之風。釋又下出，故備。

詩者志之所之也。（詩之言志也）在心為志，發言為詩。（詩言者）

（篇章也）情動於中而形於言。（言者凡言也 則凡人情說起）此言之不

足，故嗟歎之；嗟歎之不足，故永歌之。（永歌言作詩）永歌

之不足，不知手之舞之足之蹈之也。（樂舞於是作也）

右釋詩

情發於声、（声永歌也）聲成文謂之音、（五声雜比以成文、宋節族）治世
之音、安以樂、其政和、（政和、人情安故樂而声音從之）亂世之音怨
以怒、其政乖、（乖和之反）亡國之音哀以思、（思言鬱陶不閑疾）其
民困、（三者非声成文則不著、可見変風亦正音也、）故正得失、（聽其音而知其政）
動天地、感鬼神、莫近於詩、（詩出於人情之感故自並感物、）

右釋音

先王以是經夫婦、成孝敬、（旧説以二句屬二南雅頌亦善）厚人倫、
（如夫婦序子之倫、）美教化、（如行必自修）移風俗、（正声感人而邪慝自化、）故

詩有六義焉、（詩之用至大、故義亦有二考論、）一曰風、（國風也、並雅亦有風動教）

化之道二曰賦直陳其事也三曰比以彼喻是也左傳葛藟猶能庇其本根故
君子以為比四曰興以彼起是也子曰關雎興於鳥鹿鳴興於獸五曰雅平声
也此風亦平声特経天下莫一国分之六曰頌歌於廟主鬼神者上以風化
下五義所帰在風故此節主風説之下以風刺上先王使公卿列士獻詩以自監
也此非專為変風言之主文而譎諫婉而成章節奏可樂文也言之者無
罪詩可以怨是也聞之者足以戒故曰風此節於変風大有發明
右釋詩之用
至于王道衰礼義廢政教失即経成厚実之又国異政家
殊俗各自成風俗而不一統也而変風変雅作矣政異俗殊而風雅亦変

國史明乎得失之迹史掌前志、審知國俗傷敗之所由者也、傷人倫之廢、哀刑政之苛此二句相比、上句有助字、細繹之宜吟詠情性以風其上性以永歌萬民之情以刺君上也達於事變而懷其舊俗者也美國史以示變風之所以興、聖製並主也、舊俗即先王之本俗也故變風者變雅也、

國史以下主變風論之、訓上者發乎情止乎禮義淫亂怨怒民情之横寫也、此非下流—發乎情民之性也、吟詠民之情性、故至有桑中溱洧止乎禮義先王之澤也、懷舊俗而格君心、變風亦皆先王遺澤中物也、故並二南而無愧

右釋變風變雅

是以一國之事繫一人之本謂之風右義之要在繫一國之美

惡必繫之與君者是風也言天下之事形四方之風謂之雅王國曰雅
僕國曰風此繫一人之本則一也所謂君子之德風也雅者正也正歌正樂正音之正
言王政之所由廢興也轉而釋之如序卦之例政有小大
序每篇亦是義故有小雅焉有大雅焉厲王無小雅惢王無大雅亦に是也
頌者美盛德之形容頌之言容也以其成功告於神明
者也神明氣內祭外祭此頌之本體其実不啻是已是謂四始四者古谷之曰四始
詩之言始也舞曰詩言志子曰興於詩及周詩之
礼大司樂所教詩之為教化之始大可見矣
至也此詩之所以為至教也
右經四始之別

然則因風繫一人用是助君關雎麟趾之化王者之風文王西伯
其詩是風雖周室既建則故繫之周公周公賛化於內召公
文王王者也不得有風
宣治於外此二鈞是南國也
南所以分繫也南言化自北而南也周內外以分
周召所掌鵲巢騶虞之德諸侯之風也皆是全詠
而繫之諸國之事
也先王之所以教故繫之召公雖文王教化之所致也則不可專繫
之諸侯風故周召之周南召南正始之道王化之基
統諸侯各自召南
刑于寡妻正其始也
季札曰始基之矣
右釋周南召南
是以關雎樂得淑女以配君子后妃樂內助多之人也憂在進

賢不淫其色憂云哀之之意三章之義也口淫色男子之事此却言専房嫉妬所謂擅主
之寵是也哀窈窕思賢才情具美容而慕中德之良也內助非才則不能而
無傷善之心焉無下已下害其淑善之心是關雎之義也此節資於論語
以說詩義猶樂記資於易大傳以說禮樂論語言音此言其義故以是句結之
右釋關雎之義
關關雎鳩在河之洲關關雌雄声和也在洲而不匹處窈窕淑女君
子好逑窈窕幽閒高貴態度也淑女后妃所求也好逑猶善配此自后妃之辭
興也以雎鳩之和而有別興淑女之可配君子也
子曰關雎興于鳥而君子美之取其雌雄之有別

凡興體宜因斯語釋之。

參差荇菜、左右流之。興也。荇菜亦水物、此詩之貫也。取其潔白登廟。爾雅、流、求也。沿泝左右而求之也。

窈窕淑女、寤寐求之。以荇菜流之左右、興淑女求之寤寐。

求之不得、寤寐思服。服之、言常着於心也。

悠哉悠哉、輾轉反側。悠々、思服不已也。臥而不周曰輾、輾、轉也。此章之辭、不異上下、同以極其哀窈窕之意。

參差荇菜、左右采之。興也。既得而采之。

窈窕淑女、琴瑟友之。荇菜則既求而得之、我得淑女、其將鼓琴瑟友之。

參差荇菜、左右芼之。興也。爾雅、芼、搴也。拔取之意。故傳曰、擇也。少儀有君子擇葱薤。此言既采而擇之、曰芼。箋之說、於左右不切。

窈窕淑女、鐘鼓樂之。鐘鼓盛於琴瑟。

関雎五章四句為三章者誤也詩無一章而再興兩〻相比者

葛覃后妃之本也詠其德性而及其未嫁故曰本后妃在父母家

因葛之萋〻先於黄鳥于飛則志在於女功之事躬儉節用服

澣濯之衣序與經文錯成辭者既嫁而澣濯則在室而澣濯亦可知此謂大發明尊

敬師傅既嫁而有禮於師氏也則可以歸安父母安釋寧也春秋從祀

先公古傳順祀先公一例也化天下以婦道也二則字可玩父母與師傅對女

功與婦道對

葛之覃兮施于中谷維葉萋萋賦也萋〻新芽皃例后妃將有事於葛

當其未成遠歩中谷而視其葉萋萋方蔓矣

后妃則喜○新芽時而往寫其志在女功也黄鳥

于飛集于灌木其鳴喈喈、比也、黄鳥比后妃、灌木比文王、此咏中谷之物象以比后妃之當其君子也、○以為賦者誤也、詩無一章而獨叙其景象者

葛之覃兮施于中谷維葉萋萋、早穉傳萋萋、施貌、室此與萋萋對、則葉既盛而成乾也、

是刈是濩為絺為綌服之無斁既斬之、而煮之、精而為絺麤而為綌、微物不棄、可謂勤能矣、裁而為衣服、葛不厭、可謂能儉矣、

言告師氏言告言歸言、辞也、告、皆告師氏也、告君子在其中、歸者寧父母也

薄汚我私薄澣我衣去汚曰汚、私褻服、衣私之及、

害澣害否歸寧父母何衣澣之、何衣未澣、而可我將服寧父母矣、此篤其自點檢衣物之狀

葛覃三章章六句

卷耳后妃之志也詠其中心所在故曰志又當輔佐君子又當下
云者受上二篇也而三篇如一者亦見周家徽音
自大姜大任皆有內助后妃不可無此志當宜
精繹之求賢審官求賢懷人也寘官周行
也審者言官當其人知臣下之
勤勞二章以下是也內有進賢之志而無險詖私謁之心
內中心也苛侍可
可畏曰險詖朝夕思念參明首章之義至於憂勤也勤苦
也婦人無外事曰內曰志曰思念曰憂
勤皆所以示是義也至度風其例皆同
采采卷耳不盈頃筐賤也持易盈之器以采易獲之草而不盈也嗟我懷
人寘彼周行嘅然而疑唱然而怖故曰嗟我周行
周之列位也左傳可徵嗟我心不在
寫故也君子方時咨賢才大夫遠役于外我欲寘
行之富善人者於心竟不忘傾筐之不盈非心所

鹿鳴註
周行大道

半

求也。自常日遊戲之中忽生。是感所謂朝夕思念。

陟彼崔嵬、我馬虺隤。崔嵬、石山戴土也。以下序情。肉勞之辭。我皆使臣自稱也。

我姑酌彼金罍、刻雲雷而黃金飾。維以不永懷。合下二章、是后妃擇傾筐於地、佇立而瞻望四山緬眺、永思意中之綢繆也。

陟彼高岡。后妃所望、蓋非一方、西有混夷、北有玁狁、試為南山大顛、南宮适、東山虢叔、太公望、西山閎夭、散宜生而觀感之。

我馬玄黃。爾雅、玄黃、病也。猶何草不黃、何草不玄。

我姑酌彼兕觥。金罍、兕觥、詩之美辭也。不必說人君斝尊。有錦衣錦裳。維以不永傷。永傷、不唯永懷也。詩之於人、體其情、則代其口。使臣其曰、我陟高岡、馬病不進、我且酌彼兕觥、以寫旅中永傷耳。嗟見勤苦如何哉。

陟彼砠矣土山戴石曰砠我馬瘏矣我僕痡矣卒章若景極矣加僕痡而無僃
之云何吁矣哀慘痛切之辭也猶曰此何等若毒哉釈詁吁憂也吁亦通用
文王之時征役方急大夫奉命四方者皆大賢名
臣不避險若死生以之者也后妃見其為君子奔
後奔走豈不中心欣悅乎既悅之能不傷其勞乎
既閔之故欲求賢以分其勞亦有不可已者三章
淮夜而首章之意躍如也卷耳果不可采出遊不
樂藟言還歸是卷耳之義也

卷耳四章章四句

樛木，后妃逮下也。思意及犢御也。星日惠及下也。言能逮下而無嫉妬之心焉。樛木螽斯桃夭相比，皆以不妬示其義，在序中之樂實親切矣。後世王后夫人之龜鏡在茲。在是詩論之，無嫉妬之心一句，樛木葛藟之所比，其旨焉永無尽。

南有樛木，葛藟纍之。比也。樛木句比后妃逮下，葛藟繫而蔓之，比衆妾之親附后妃。樂只君子，福履綏之。閨門之內，和気律々。文王樂君福祿無雲。

南有樛木，葛藟荒之。荒，奄也。言蔓延覆木末。頌之「遂荒大東」。樂只君子，福履將之。將，大也。綏者安泰樂易也，將者崇高盛大也，成者葛藟豐備也。詩之序可玩。

南有樛木，葛藟縈之。既纍之，又上而旋之，遂左右登降以旋之。此詩之序也。樂只君子，福履成之。優游爾休矣，綏也。爾仕宇畋，章將也。俾爾彌爾性，成也。

樛木三章四句

螽斯后妃子孫衆多也大姒有百斯男言若螽斯不妬忌

則子孫衆多也后妃若螽斯不妬忌是以子孫衆多也詩之義躍如

螽斯羽詵詵兮興也螽斯不妬忌毋百子詵詵衆多宜爾子孫振振

兮宜多子也振振盛多也以螽斯多子興后妃汎愛而有百男

螽斯羽薨薨兮薨薨群飛也宜爾子孫繩繩兮繩繩不絶也

螽斯羽揖揖兮揖揖會聚也螽斯姤化詵詵衆多矣既而其飛也薨薨相群飛而又集揖

揖如也其毋不妬忌而多子其子亦不妬忌而相愛宜爾子孫蟄蟄兮蟄蟄和集

也振振言其蕃衍繩繩言其生生不已蟄蟄言其和樂以兪后妃之多子而相愛皆不妬忌故也

螽斯三章章四句

桃夭后妃之所致也　樛木螽斯之德有以致之也　宜等淫乱以致否風靜女之俗皆風之変有由而然

不妬忌則男女以正　因宜其室家也乙室正則周人従之

婚姻以時　周桃有華也而二十三十之時包ゑ

國無鰥民也　周詁民蓄

桃之夭夭灼灼其華　比也夭夭比少女華比容飾夫　桃華於中春要妻入子之時也　故詠所見以為比適

東山之興於倉庚和於室人而備於夫也女既正摽亦正故閨門雍熙

之子于歸宜其室家　所謂順於舅姑

桃之夭夭有蕡其實　華詠時物實葉追時敎衍之而已湛露以桐椅之實興君子之令儀則實亦比容華　一云比有食子亦通

之子于歸宜其室家

桃之夭〻其葉蓁〻 榛〻之末落其華後茂則葉亦 比容飾一云比室家溱〻亦通
之子于歸宜其家人 是篇唯取二句 變其辭耳
樛木后妃逮君子也螽斯后妃子孫也桃夭后
妃正國人也三篇亦一貫序皆以不妬忌本之
桃夭三章章四句
兎罝后妃之化也 周南唯兎罝爲不與閨門而序 繫之后妃猶召南之有羔羊也 化〻如春風吹萬物后妃之德而及 武夫無之使而樹者所謂化也
關雎之化行則莫
不任德 女之相忌也后妃則哀窈窕思賢才而至 寤寐反側好德如關雎有不樹者乎
賢人衆多也 以漢陽之武夫赳〻言三軍之士也 此亦以戰陳之勇為言賢人衆多可

以見矣

肅肅兔罝，椓之丁丁。興也。罝所以罟兔，張之嚴整，而椓声丁丁然，則狡兔不能犯。以興赳赳武夫，公侯干城。武夫為君干城，則敵國不敢侵陵。三軍之士好德而忠信，以之內收其威，外屈其敵，能為公侯作干櫓城郭也。公侯汎指周之屬國，而文王亦包在其中矣。

肅肅兔罝，施于中逵。興也。逵借言兔道。赳赳武夫，公侯好仇。仇，逑同。猶羣匹也。王妃之例，言耦君或君以輔弼之。○一篇之義，盡於首章，以下二章相比。言武夫之最賢者，可以為好仇、腹心，以詠歎賢人之替起也。曰好仇，曰腹心，至其為干城，則結是一也。

肅肅兔罝，施于中林。書之、俞良數施，施字可疑。○或之。逵以當路，興好仇；中林以中參藏密，興腹心。赳赳武夫，公侯腹心。腹心賢於好仇。○試今三章論之，干城也。

廉頗藺相如之於趙王好仇如管仲咎
犯之於桓文腹心如伊呂之於湯武
墨子亦或古之遺言云文王舉閎夭泰顛
於罝網之中西土服果興
于兔罝者取其所得拔擢也興意則如本注
兔罝三章章四句
芣苢后妃之美也亂世則武夫實衞紂羈芣苢所
以次兔罝也邦內之事於是
故序稱后妃和平受上二扁繫之家
無內閱國無外侮則婦人樂有
亦止云於是
晉書已辟是吴境兵士苦役生男多不養殷
子矣紂在上于戈未戢非武夫好德何以至此
采采芣苢薄言采之山海經芣苢宜子宋人之
言其母采之而出遊也采采芣
苢薄言有之芣苢大葉長穗好生道旁
有之言其有莖葉生者也

采采芣苢薄言掇之見其有之而拾取之也采采芣苢薄言捋之捋盈急於掇也說文寽五指持也寽言五指攫取也備予所捋荼○未往捋取其子也捉臓采采芣苢薄言袺之執衣上衽也采采芣苢薄言襭之扱衽衣上衽於帶也○舊說首章言其初往也二章言其既得而取之也卒章言其擷而歸也

史記文帝時天下新去湯火人民樂業自年六七十翁亦未嘗至市井游敖嬉戲如小兒狀太平氣景千古在目只是觀於是詩庶幾其有興矣樂有子之義確哉韓詩曰傷夫有惡疾子貞傳曰章十子斷草雜說其

芣苢三章章四句

漢廣德廣所及也。言德之廣遠及遠方也。稱德廣，摘下大明曰文王有明德，假學曰周南之

嘉成文王之道，依舊關雎之化，后妃之美也。被于南國。為南在

此，美化行乎江漢之域。美化即男女以正也，文王之道化風俗端，是故序男

女之隆，無思犯禮。女皆以禮自防也，在二南序，禮皆男女之禮也，百禮不求

而已。而不可得也。詩之大義躍如也，文詩古雅，在孟荀以上。

南有喬木，不可休息。興也。喬木高擢雲表，雖然而不可託息，以興游女高潔自持，提

然而不可近焉。息當作思，字誤。漢有游女，不可求思。游女興於喬木，而其高潔

自見矣。孟子故國喬木，於是詩確索宿樹發上，雖無枝則喬喜宰然。漢之廣矣，不可

詠思。江之永矣，不可方思。比也。詠亦不可，方亦不可，以比其求而不可得。

翹々錯薪、言刈其楚比也、翹々秀起貌、錯薪、叢木也、以比衆游女、而楚比其所思、以喬木之不可休、而欲刈錯薪之楚者、求請其次也、之子于歸、言秣其馬之子、其所思也、今方成隊出遊、待其還車之時、願賜之一束一芻、以示我意、漢之廣矣、不可泳思、江之永矣、不可方思欲刈不能、欲秣不能、江漢莊々、終不可求、

翹々錯薪、言刈其蔞比也、楚木也、蔞艸也、非与棘然高、而蔞又微於楚、之子于歸、言秣其駒貴乘馬、賤乘駒、駒又微於馬、夫喬木不可休、故等而下之、然終不可求、即女皆無思犯禮也、漢之廣矣、不可泳思、江之永矣、不可方思、蔞亦不能刈、駒亦不能秣、比江漢以自斷其不可得也

漢廣三章章八句

汝墳道化行也。不責德廣所及也。漢廣言女，汝墳言婦。文王之化行
乎汝墳之國。化來寡妻之刑、后妃之德也。在二南非離后妃而別有文王。婦人
能閔其君子，猶勉之以正也。下役王事正也。后妃輔佐君子，知臣下之
勤勞，至於憂勤，亦是風之所自也。眷耳勉之以正
在言外，閔之婉眷耳。臣下誰不勉於正乎。殷其
雷勸以義，大夫妻也。而此
賤女也。扁字有無，亦可玩。
遵彼汝墳，伐其條枚。君子于役，婦人出而樵於外，是之炊。廖之勞苦，在南山采薇之處
意也。
未見君子，惄如調飢。惄，憂患也。小雅「惄焉如擣」。朝飢思食，早女口氣。
遵彼汝墳，伐其條肄。既伐其枚，又伐其肄矣。以第行役經年也。既見君子
不我遐棄。託采薪以望萬里之人，至此始會其歸也。不我遐棄，賢女口氣。

魴魚赬尾比也。魴尾白，勞則赤，以比君子之旅瘁。王室如燬紂王暴烈，民在水火，經年之勤苦，使君憔瘁。雖則如燬，父母孔邇父母，文王也。邇，言封域已近也。文王視民如傷，仁声日熙。夫汝墳之民，亦將服文德，故以是慰之，又以勉之也。○父母孔邇一句，是周室興王之氣象，以是終周南，協美夫。

汝墳三章，章四句

麟之趾，關雎之應也。關雎之所化成，故曰應。然麟趾之麟，猗嗟向之風，王化成而麟至，至治之美，有感應之。關雎之化行，則天下無犯非禮，麟趾騶虞亦以天下為言，二詩作於章命之後可知。非禮，言男女無別也。雖衰世之公子，衰世，言殷之末世也。所謂公子，公族者。非特姬姓而已，所以著天下之有禮也。皆信厚如

麟趾之時也、關雎之化行、信厚成俗、麟至、詩作、此謂麟趾之時、言萬國振振至中也、是時其盛也、

麟之趾、振振公子、興也、麟、毛蟲之長、振振者、以興信厚公子也、于嗟麟兮、

比也、既興于麟、又且咏歎以比焉、美之又美之也、興猶有彼是之別、比則遂成為麟、意愈篤矣、

麟之定、振振公姓、公孫也、喪大記謂子孫為子姓、出、此蓋因公子而成詩者、口麟举

其趾而至、故先言趾、定也、角也、取其卽止而有儀表也、說趾不踶、定不抵、角不觸、窮矣、公子公姓

公族、是應廣之叙也、于嗟麟兮、

麟之角、振振公族、高祖以下有服之親、于嗟麟兮、夫公子貴而不驕、富而不

侈、脩德守道以成信厚、三章皆主小子侮倅言之、以終房中之樂、乃后夫人所以正德化、見要在此、

皆將君人相人者也不愼於始何以令終
邶風只二子乘舟及應之其義益著明

麟之趾三章章三句

周南之國十有一篇

關雎　樛木　兔罝　漢廣

葛覃　螽斯　芣苢　汝墳　麟之趾

卷耳　桃夭

關雎五章章四句合二十句八十字
葛覃三章章六句合十八句七十字

卷耳四章四句合十六句七十字

章自五而三而四也句自二十而十八而十六也卷耳

葛覃二字減

毛詩考卷一

毛詩考卷二

召南第二

鵲巢夫人之德也、召南夫人、被后妃之化、其德同以風家邦也、國君積行累功以致爵位、以周家之奔走禦侮新封侯爵、言之也、其實邑殷之旧周爵位、本自積累得之、毋論也、故夫人之德、固無新旧之例、夫人起家而居有之、積行則賢、累功則勤、宜若雉為其配焉、德如鳲鳩、蓋明鳩是鳲鳩也、昧比興者不能解、所謂均壹、言均養一宿也、曹風及少昊鳲鳩氏司空也、可徵、乃可以配焉、夫人不藉它行功、獨以有是德故、無作於好逑也、

維鵲有巢、維鳩居之、比也、序意之、鵲巧于巢、成而完、周、鳲鳩性拙、有居其成巢者焉、

一宿其居均養其子而
心如結是鳲鳩之德也
之子于歸百兩御之
言大婚之
遠以著夫人起家而有是爵位也其從
又者也迎焉而後行故先御而後將
維鵲有巢維鳩方之
方屆獨也大雅萬邦之方の居
也統言也言以為己居方之亦
而御其巢也與將之照
之子于歸百兩將之
盈之御而皐其巢也
維鵲有巢維鳩盈之
盈言入巢和衆也曹詩鳲鳩在
喿其子七兮以比其以家睦姓
婦入之
之子于歸百兩成之
成之統言送迎也居之奇
而方之盈之為也御之將
之偶而成之奇也奇偶
上下相錯錯之巧也
鵲巢三章章四句
采蘩夫人不失職也
皆能供其內職而不敢失墜
也既有鳲鳩之德又勤其百

職、而夫人之道乃備矣、所謂不失職者、非独指祀事也、**夫人可以奉祭祀、則不失職矣**、総詩唯言祭祀之義也、祭祀所以昭忠信、奉之能誠敬、則於百職毋所失也、故特詠祭祀之忠而已、其実挙一端以蓋其百職不失也、采蘋序可併考、**于以采蘩、于沼于沚**、夫人将祭、出而采蘩于外、親之者、忠敬也、猶后妃之采荇菜、口采蘩出夏小正、其為豆實尚矣、**于以用之、公侯之事**、言祭事虔也、**于以采蘩、于澗之中**、求而至於山渓、猶澗酌彼行潦、**于以用之、公侯之宮**、先君之廟也、夫人之薦非一蘩、左傳、苟有明信、澗渓沼沚之毛、可羞於王公、此其義也、**被之僮々**、被、編髪為之、小牢禮、主婦被偉、々、祁々、以整飾也、不以説敬説録、**夙夜在公**、夙夜恭也、言進不敢後、退不敢先、頌云、夙夜在公、在公飲酒、此公即公侯之宮也、**被之祁**

祁薄言還歸、及其還、猶是祁々、祭義已微而退、敬存之色、不絶於面

夫人不失職、是葛覃卷耳之所化也、而詩唯言一祭祀、夫詩取節而不盡物、在是詩詠一蘩一被而薦羞之忠、礼容之恭、皆見矣、故鼓一弦而二十五弦皆動者、唯詩為然、閉目而觀瞻千古、則召南之國宗廟之美、君與夫人交獻、礼樂交進於上下、歷々不違顏咫尺、故子曰、興於詩、無所取之、取瀟觀也、夫祭、非啻一蘩一被、則夫人之職、亦非啻祭祀、詩之本義、微序、不可窺觀耳、 左傳風有采蘩采

蘋，昭忠信也。么桑之說斷非古義。或云夫人非實出采蘩，詩人且如是說，案無其事而空言之，蓋慮甚。君之於廟，藉則親耕，牲則親朝，親殺，樂則親舞。夫人而親采蘩者之礼意，非虛構也。不與采采芣苢同上

采蘩三章章四句

草蟲，大夫妻能以礼自防也。期於嘉會，以守空閨，無踰越之行，以礼制心者也。在二南，唯是序無廣說，一句瞭然故也。能守，采蘋亦然，二篇相照，可玩。○草蟲自守也。殷其雷，佐君子也。有草蟲之心而殷其雷之勸以義，夫可感觀，二篇皆大夫妻也。

喓喓草蟲，趯趯阜螽。比也。草蟲鳴而阜螽応之，君子為我惠前綏，我倡吾稿起而從

之乃君子我所仰望終身也是
鵲巢均壹使大夫妻不戴者未見君子憂心忡
忡君子行役未反亦既見止亦既覯止我心則降
未見者今日之憂也既見者異日之樂也期於異
日以慎今日人情所難以礼自防在此乃曰今憂
心色如衛㝵見君子可以康懌我豈不忍數年之
不妄而使君子貽帷幕不脩之名乎可謂賢矣
陟彼南山言采其蕨自艸衆之感於心憂以至於春
黃鳥鳴而桃有華艸以有是遊
也未見君子憂心惙惙遠望杳杳白雲在
天高自不堪春也亦既見
止亦既覯止我心則說雖則不堪春見毋不
遠故使我心悔乎
陟彼南山言采其薇既出采蕨又出采薇至此情益
切故曰我心傷悲方寸將亂故
曰我心
則夷未見君子我心傷悲卒章變辭而意殊切
且忡忡惙惙相偶采

蕨采薇相偶、前後錯綜、亦既見止、亦既覯止、我心則夷。既曰見、又曰覯、詩之盡人情、毋不如也、出車之五章、蓋取於召南者、隨便而改其辭、

草蟲三章章七句

草蟲是鵲巢一類、故列夫人之詩二篇於始、以草蟲受鵲巢、以采蘋受采蘩、蓋編集之義也、不與令樂之序同。左傳以賚為武之三、桓為武之六、而其編集之序異。然詩先采蘋而後草蟲、不足取已、夫在召南大夫妻能協于鳲鳩之德者、唯草蟲也、以婦德之本、先錄之宜矣、

采蘋、大夫妻能循法度也、采蘩之化行、內子能敬其百度也、法度非特言

祀事也。能循法度則可以承先祖共祭祀矣。是以咏祭祀下

節以若其敬恭朝夕能守閨範也。與采蘩序其辞相表裏而義備矣。

于以采蘋南澗之濵。夫人親之、誰敢不然。于以采藻于彼行潦。

行、道也、行露之行。○采蘩、言其既嫁、采蘋、言其未嫁、采蘩一蘩一被而再出、采蘋六物六事而不複、采蘩其辞簡而其趣富、采蘋其辞富而其趣簡、是互格之異、其成於一人之手、了然可知矣。

于以盛之維筐及筥。此言女能從敎而用其器也、是亦循法度之形容。

于以湘之維錡及釜。湘、韓詩作鬺、史記亨鬺上帝、據禮記芼用蘋藻、鄭箋不可改。

于以奠之宗室牖下。祖廟。毀、教于宗室、言大宗之旣廟也、牖下奥也、室西南隅、神主

所薦。誰其尸之有齊季女。主婦薦菹醢、此言敎成之祭、其礼不可拘泥耳、宗

蘋藻而盛之、而湘之而奠之、皆季女所尸也、
左傳、行潦之蘋藻、寘諸宗室、季蘭尸之、敬也、

采蘋三章章四句

甘棠美召伯也、二南有美召公而無周公、猶大雅獨舉召康公、周樂成於周公之論、
淸廟文王、竜召南、亦周公之所作、
且定也、二南不與衆風一例、**召伯之教明於南國**、
教、言男女之禮也、召伯施教、所過則化、士女喜其無過、父老喜其得良子孫、去後、遺愛、甘棠所以作也、史記韓詩說苑謂之衰世之詩、雜說耳、
〇序末句必殘助字、例也、然是序、必非國文、

蔽芾甘棠、南雅、蔽、微也、芾、小也、盖屋足以庇人之體、我行其野無同、**勿翦勿伐、**後考遺愛、思其人敬其樹、**召伯所茇、**茇、艸舍、以著其野處不廬、

蔽芾甘棠、勿翦勿敗、敗、傷、折也、不唯不以及伐、**召伯所憩、**召公為南諸侯、

愛之愈深
護之愈至

之長故稱伯是衛伯之伯而非分
陝之伯序曰明於南國宜潤澤之
蔽芾甘棠勿翦勿拜杜類屋之多實勿屈非特勿敗而已陸佃得之召伯所
說說言稅駕而止憩也鄭箋星言夙駕說于桑田茇不廬也憩休息也說下筆而已蜉蝣同之傳
甘棠三章章三句
行露召伯聽訟也大車所謂男女之訟也
衰世亂世見前後下沉類序說至宋儒全不言聽訟則甘棠不關房中之樂
貞信之教興甘棠所謂召伯之教是也漢儒以未嘗曰聽訟甘棠衰亂之俗微浸而宿也
彊暴之男不能侵陵
貞女也
厭浥行露豈不夙夜謂行多露比也先擬讀貞女之情揭之於廣在卒章

似出一手、以露濡衣、比非禮汚貞、與蝃蝀同意、女曰、行露方濕、我豈不欲夙夜、即從毛畏多露濡衣而不敢也、即以禮自防者、大車豈不爾思、畏子不敢、其意正同、

誰謂雀無角、何以穿我屋、興也、雀無角、何以穿乎、女無家、何以獄乎、反言以斬之、誰謂女無家、何以速我獄、謠法、未嫁短折其媒、雖速我獄、室家不足、鄭箋明矣、

誰謂鼠無牙、何以穿我墉、鼠有齒而無牙、誰謂女無家、何以速我訟、雀角鼠牙、匪物也、以無者爲有也、穿屋穿墉、害事也、因以爲興、雀雖速我訟、亦不女從、此室家不足、卒章也、辭之緩急不同、夫子御在上、所以爲雀角之說不行故也、女奮於言如是、即蝃蝀盡而不行之意也、此可以觀彼無情者不得盡其辭焉、

行露三章

鵲巢之功致也。鵲巢其君賢以勤其夫人均
以一以正人倫治朝廷此鵲
巢之功也專繫之周君非序意也猶
兔罝繫之關雎之化序中之樂宜然召南之化
文王之政文王之化以致鵲巢之德鵲巢之功以
致羔羊之美故席以鵲巢美之又申推
本之文王
之政也在位皆節儉正直節儉葛覃之德也正
直釈委蛇也周南男
女以正勉
之以正德如羔羊也羔羊言是詩也委蛇委蛇
心廣體胖之形容焉永乎
有餘味釈以正直未足盡言外之妙故憾
於詩唱其德實然是詩之所永歎淫液
羔羊之皮素絲五紽羊裘賤於羔裘非大夫服玉藻
大羊之裘不裼素絲而五紽縫
節儉
也退食自公委蛇委蛇左傳委蛇委蛇言從希
也衡而委蛇必折徂郎

正直也、其行正直、志氣無餘、則身自委蛇矣、退食之委蛇、只室人交備、適我、反觀之、而益覺焉、永、

羔羊之革、素絲五緎

去毛曰革、詩辭不拘、只五數大夫推之、五皮為裘、蓋庶賤之匹裘也、姚旅云、皮小則古希辨令縫多、英飾亦多、

委蛇委蛇、自公退食

邑始朝、退而朝食、食朝食為盛、適子之館、今還予授子之粲、今召南大夫亦當有慈、只皆甘柔、邑以區之羔、

羔羊之縫、素絲五總

或之、縫之突、兀曰縫、有界限曰緎、合二為一曰總、束總音駝、恐未可信、緎域也、總合也、䋣之織素絲

委蛇委蛇、退食自公

為訓旋之縫中、重為兩皮、因以為飾、楚莊王退朝、樊姬下堂而迎之曰、何罷之晏也、得無飢倦乎、夫堂人均一和輯、則召南大夫亦樂只君子、福履綏之者也、以是為房中之樂、唯居知之、郟周録北門、為之反意可玩

三章無前後深淺之辨、唯其反復永歎、自有念入

念深之也。其殷其靁同其體裁，全篇四十八字而
換六字，殷其雷七十四字而換五字耳。
全一篇三章章四句
殷其靁，勸以義也。汝墳曰正，庶賤也。召南之大夫遠行從
政，不遑寧處，天下方〻大乱、其室家能閔其勤勞，艸〻蟲〻所謂大夫〻
事者即是也。勸以義也。我心傷悲如艸〻蟲〻而曰君子歸〻哉〻不〻歸也、賢〻婦〻烈〻婦〻
殷其靁，在南山之陽。比也、比〻遠〻國之亂、西有混莫北有徭役〻命將率遣戍役、即是時
也、感震之作、亦南山〻只为比、汝墳只王室震。何斯
如〻嫂〻芳其君子、其情同、南山之南、山〻外也、
違斯，莫敢或遑。何斯〻詩也、與何其處也同、我君子何故去此居、而須臾遑暇亦不敢

耶、敢字、若君子

振々君子帰哉帰哉

良人也

殷雷之未敢之勉王事也、帰君子帰耶、

殷其靁在南山之側、側言山之左右也、何斯違斯莫敢或遑息、或字今本闕、依足利古本補、

振々君子帰哉帰哉

采薇、即大夫遠行之詩也、曰我戍未定、靡使帰聘、先之事也、其室家乃曰帰耶帰耶、文王之時、夫婦有恩而相勵以義也、是岐山之元氣欝勃有天下、豈能當之乎、

殷其靁在南山之下、下麓也、南山之北也、自外施而至於内、

何斯違斯、莫敢或遑處、敢字依足利古本補之、首章曰莫敢或遑、而二章係之息字、卒章係之處、字、是乎以息、休息、不遑永息、處、幽蹤不遑横縢、此其所處也、

振々君子帰哉帰哉

杜詩、勿為新婚念、努力事戎行、此其所勸也、李詩、何日平胡虜、良人罷遠征、此其所待也、

殷其靁三章章六句

摽有梅，男女及時也。三十而娶，二十而嫁也。左傳范宣子徵師于魯，賦摽有梅，季武子曰：歡以承命，何時之有。摽是則所謂及時，惡知其非周公所繫乎。召南之國，無年殷靁、摽梅三篇，召南字相聯。被文王之化，男女得以及時也。殷之末世，淫風亂於旗，文王行政，正之以禮，會以判合男女，使懷春者並及嘉時，而無蔓草有狐之情，故女皆待時而不自獻其身也。曰無年，大夫也；殷其靁，妻也；摽梅，士庶人也。序皆表召南示之。

摽有梅，其實七兮。比也。盛極則落，以比容華之將等華落色衰也。衛詩：桑之落矣，其黃而隕。亦比。

求我庶士，迨其吉兮。庶士，媒氏也，掌萬民之判。吉士誘之，士如歸妻，皆同。迨者，不過時之詩也。女見蘭蕙將摧，士其心不過吉日良時而歸我矣。待時而自安之意。

摽有梅其實三兮、七者落、過半、益惜顏色也、求我庶士迨其今兮、今、急辭也、不必說不暇擇吉日、夫三者亦落、則時過三之未落、是今也、士當不過是今
摽有梅頃筐塈之、卒章變辭、依舊言落之多也、求我比意如初、說落之盡矣、非
庶士迨其謂之、謂之、告語於彼也、左傳多出、此言以我告彼而撮合之、女曰、我年將過、士其必當下不怨讒親之時而歸我矣、時已怨則不可以告、故曰迨、向說失迨字義、
摽梅之女待而不求者、有所自安故也、辟農夫之待時深耕其田耳、而不須水潅之者、知雨之必至也、不知是義而急求男女、且是詩人吟詠男女得以及時之美者、非女自作也、繹序說哉

摽有梅三章章四句

小星惠及下也，意樛木后妃逮下也，惠言夫人之德也，夫人無妬忌之行，惠及賤妾，進御於君，樛木曰無嫉妬之心，夫人則觀其行而不及其心，此得以礼御敘，則并樛木下無之惠也。知其命有貴賤，能盡其心矣。賤妾知其天分不同，尽心以事夫人，而不敢上僭，則是而葛藟之纍也。

嘒彼小星，三五在東。比也。嘒猶禁禁也，君人曰也，夫人目也，衆妾其猶星乎，三五言初皆星初見時也，日沒於西，故先見於東，以自比妾媵之不一二，知分自卑也。肅肅宵征，肅肅敬也，宵征命時也。夙夜在公，言密通君所而不去也，得進御而悅夫人之惠，故曰夙夜。寔命不同。身如三五小星，得御敘而夙夜在公，則是矣，天命所賦，不異夫人同。

嘒彼小星、維參與昴、二星鮮明、故昏先見、謂之小星、自卑之詩也、肅肅宵征、抱衾與裯、寔命不猶、爾雅、幬謂之帳、幬裯通用、鄭箋據是、可從、抱二物而往還、若其賤也、爾雅、猷若也、郭引是詩作猷、唯詩多是例、小雅其德不猶、之子不猶、皆同、

小星二章章五句

江有汜、美媵也、以是詩次小星、編集之意也、勤而無怨、嫡能悔過也、是序之載、駁序一例、宜併考之、勤而無怨、是蓋向文王之風者也、悔過文王之化、浸而者及之也、文王之時、無怨、悔過、皆文王之化也、故表之、江沱之間、汝墳之國、一例、古雅、蓋猶非文王封內也、是篇與死麕、猶漢廣汝墳、並指寫其時、序文德之時事、序之辭可玩、有嫡不以其媵備數、黜之、是賢媵者、妬忌之行也、媵遇勞而無怨、

一篇句々皆是意也嫡亦自悔也故詩人作是
旧説渾不曉何居詩以美之
江有汜比也水決復入為之子歸不我以以用也不
汜比嫡必有勝以言不備
家也鄭詩不我以其後也悔雖不我以後將自悔
不我屑以也夫大江必有小汜
而嫡之不我以唯是妬忌之過已同周召之風大
不然美化所被嫡亦意自悔我何怨矣身雖幽辱
不得力行以事疏遠之人真輦引過勤以自致逆
使嫡感而化若是亦舜号泣于旻天者而文王奠
化之所刷致也旧説不深考
古序之義故使是詩無何味
江有渚水岐成渚大江之子歸不我與與我於數外
必有許多小洲而不相與
不我與其後也處雖不我與後將悔過而相與借
處也小雖此邦之人不可與處
江有沱江水別為沱有之子歸不我過不過而
正室必有別房向我不我

過其嘯也歌嘯當作後，以詩體格知之，猶秦甫悔歌字，其寫誤在鄭箋之前。歌言相與偕歌也。琴瑟友之意，不啻相與偕處。三章所詠皆勸，而無怨時之事，故其誠可以入金石。

江有汜三章章五句

野有死麕惡無禮也惡字因卒章。天下大亂，彊暴相陵，遂成淫風言殷之末世紂之封域。被文王之化，雖當亂世，猶惡無禮也文王之國治世也，紂之國亂。也，此亂世國之詩，則其將歸文德，猶邶墉所以居召南之末也。摽梅曰召南之國，是居不繫召南，而曰亂世，宜精擇之。

野有死麕，白茅包之獲死麕於野，而曰白茅包其肉，此贄之至薄者也。有女懷春，吉士誘之懷春，言女之年當嫁者也。吉士，媒氏也。誘，言遂其懷也。死麕茅包，無薄禮，

吉士以誘女而女從之、有禮故也○士昏禮摯不
用死、是詩曰死麕死鹿、麕人或用死殺、殷周異殺
林有樸樕野有死鹿白茅純束、野有牝、林有樸樕、樸
於野麕矣、樕有死鹿、其不鮮甚
純束也、有女如玉、吉士用薄薄之摯以聘是玉
女也、苟有禮、女亦不敢違也
舒而脫脫兮、先提玉女之儀表也、無感我帨兮、言其中心
月出三句、據此成詩
發然不可犯也、莊子異
無使尨也吠、守狗若驚吠
將受淫暴之
鵲感周之親感觸也、
名耳、我漸不汝汝從、汝勿
以無禮自汗其身矣
野有死麕三章
何彼襛矣美王姬也、是詩風調絕不似召
南、子貢傳編之王風、雅則王
姬亦下嫁於諸侯、車服不繫其夫、下王后一等、猶

執婦道以成肅雝之德也詩既可疑、序亦後人所補綴、於今附如

何彼襛矣唐棣之華興也、以華之襛興車之肅雝曷不肅雝王姬之車其人肅々雝々、故以美車、少儀和鸞之美、肅々雝々、

何彼襛矣華如桃李比也、以桃李比伉儷平王之孫齊侯之子言王姬歸于大國之盛也、旧說、平王宜臼之孫、春秋王姬歸于齊是也、此於詩為穩

其釣維何維絲伊緡比也、緡合而為一也、緡其絲而可以節可以釣、比君與夫人相親、而可安齊侯之子平王之孫

何彼襛矣三章章四句

騶虞鵲巢之應也以終召南、即所以終二南也、序文可玩、鵲巢之化

行麟趾與關人倫既正男女有禮也朝廷既治羔
雎之化行行露死麕羊
是也君與夫人各自正其國而萬國以治天下純
故下文受以天下也三句一轄語勢少歇
被文王之化則庶類蕃殖澤有葭陸有蓬蒐田以
一發而五豝
時茁葭茁蓬時也以時而不仁如騶虞則王道成
蒐狩庶類所以蕃殖也
文王不敢盤于游田今天下始太平乃以田獵
也之仁咏之忠厚及禽獸之事也周人正朝廷治
萬物蕃而加之以仁王道所以成也口二則字與
葛覃正同其義前後乎貫而相被無同窮而不渴
彼茁者葭葭澤草也蒼春田之時而有萬物蘗盛壹
山澤鬱蒼之氣象此詩人言外之鼓舞
發五豝首茁葭中逐五豝于嗟乎騶虞比也翼五
而來君一發之豝以戰其
命所以比騶虞也夫蒐田以講武事供賓祭也其
弊必多殺以蒐周公以仁及禽獸為王道成以是

彼茁者蓬、蓬、陸草也、自澤至陸、互相備、遡詩言私其豵、壹發五豵、豵、獲之澤中者、母豕也、獲之陸上者、小豚也、于嗟乎騶虞、一葭一蓬、妙在一莖一、一豝一豵、妙在一發而五、行葦、仁及艸木、靈臺、德及鳥獸、是歲是詩唯二句而盡其意、嘆只此騶虞、周召之訓遠矣、

騶虞二章章三句

召南之國十有四篇

鵲巢　艸蟲　甘棠　羔羊　小星

采蘩　采蘋　行露　殷其雷　摽有梅　江有汜　野有死麕　騶虞

鵲巢、采蘩、采蘋、皆三章章四句而字數亦同

毛詩考卷二

毛詩考卷三

邶國第三

邶風者二南之及也編集本意大可見舊説未悉或之所得之地異或云其音自異然分繫三國竟不可考

柏舟言仁而不遇也衛國之所以衰也故首録之衛頃公之時題曰邶風故稱衛鄘風唐風皆同頃公之史記作僖如晉僖公昭公左傳亦曰侯而序皆稱公擿春秋蔡莊侯皆改稱公是亦序之所畏敬者也仁人不遇小人在側末句不角助字也

汎彼柏舟亦汎其流比也柏舟良舟也比已有材而牢落不遇耿耿不寐

如有隱憂耿耿骨清不寐也憂在內不可以告曰隱憂猶衣中之疾曰隱疾隱憂充胸而

曰如有者辞之優柔不迫也
微我無酒以敖以遊 優哉游哉聊以卒歲之意
我心匪鑒不可以茹 不能度意觀鑒以察形也
亦有兄弟不可以據 據猶倚賴也
薄言往愬逢彼之怒 我不能希世苟合而愧無徒無有
兄弟亦附麗於勢不足賴也以骨肉之故聊愬之以我憂則却怒我曰生斯世為斯世
我心匪石不可轉也 困而不易其守
我心匪席不可卷也 窮而不屈其節
威儀棣棣不可選也 選選取舍也不轉不卷盤桓於閭朝獨善其身威儀禮
節內有不疚我何惡於志乎○憂患不失威儀有赤舄几几意
憂心悄悄慍于群小 悄悄心削小也慍怫欝也為群小故心茅結
覯閔既多受侮不少 閔艱病困悴也侮折辱侮笑也
靜言思之寤辟有摽 乳

左傳長木之斃，無不摽也。○小人成群，心憒寬而不樂，既遘其虐，又受其侮，而無所告愬，悄悄之憂，惟寐于怨之耳，寤則拊心於億，其無聊極矣。

日居月諸，胡迭而微比也。比君大夫皆失高明之質，為群小所虧傷也。心之憂矣，如匪澣衣衣，垢衣，則心鬱陶而不出于鎮。靜言思之，不能奮飛蓋先君宗祐之司，與國同休戚者，非不能也，不為也，所謂仁也。飲酒敖遊，聊以卒歲，而以是。

首章統言仁而不遇之情境。二章言孤立而無所依。三章言不枉己而從人。四章極言小人之阨。卒章憂君與國，卿以表己純忠奮奮之誠。

柏舟五章，章六句

緑衣衛莊姜傷己也夫人猶君故首句称衛婦人無外事故曰傷己曰自傷己

自見曰誓下自上並序之例也文義寔嚴妾上僭夫人失位每章有此二句意而悉

○碩人曰莊姜惑於嬖妾使驕上僭其辞丕于衛而汲于鄭蓋為莊妾故難盡之也寔多而作

是詩也此句號出變風陸續正風雅所無

緑兮衣兮緑衣黄裏比也中外失宜以比妾顯而夫人微焉青勝黄為緑向色稱緑

蓋以黄對之故也心之憂矣曷維其已

緑兮衣兮緑衣黄裳此也上下易位其又甚焉礼衣正色裳向色也外見服玄上纁下

是也心之憂矣曷維其亡之嘆忘通

緑兮絲兮女所治兮比也女指莊公有緑絲女治而織之以為裏衣比悅嬖妾而使

驕且僭、**我思古人、俾無訧兮、**古人有禮、使人無過、女何不顧是常秩、

絺兮綌兮、淒其以風、比也、涼衣逢秋而見棄、比己不遇時、自上思古人感起、吁嗟絺綌、庶妃所服、不數也、**我思古人、實獲我心、**毛鄭明了、或說色衰而廢者、

綠衣四章章四句　樛木、小星、江有汜之反也、

燕々、衛莊姜送歸妾也、此亦妾上僭之致大亂者也、

燕々于飛、差池其羽、比也、秋燕將歸、以比戴媯大歸、以春至、掺泥而託人家、子母相哺、呴々相樂、若將終身焉、至秋日風寒、則差池其羽、頡頏以去矣、戴媯之歸、有似之、李陵送蘇武曰、浮雲日千里、安知我心悲、莊姜之於戴媯、亦是心也、君薨子弑、暴人殘害、今又失好友、永別、有何樂而安是居乎、取燕之無心而却飛、以慰其心、受無涯之怨、而若目怨不能還車者、**之子于**

歸遠送于野、送至郊外
非常也、瞻望弗及泣涕如雨、
燕々于飛頡之頏之、既去而目送之也、之子于歸遠
頡頏、毛傳似又、
于將之、將送也、瞻望弗及佇立以泣、神遊而形立、痛
蝤之領、如橋木、
美目淌々、
唯有淚耳、
燕々于飛、下上其音、目力不及、以耳追之也、形影不
覓、如聞遺音、莊子曰不見大山、
所視唯歸燕耳、至此則風鶴皆燕也、燕之去、旋見
其羽相差池、既而見其形、頡頏、至其音、所謂在耳
不忘者是、之子于歸遠送于南、三々聯遠字、以著非
其叙也、常之別也、南々南郊
也、瞻望弗及實勞我心、戴嬀去、而莊等則孤技漂
而心定、不勝泊端范以
戴嬀有歸、其行仲也、任以恩相
仲氏任只、其心塞淵、信也、卒章美其德嘉淇言而節

章悵別之意、傷之所以從容露出、終溫且惠、淑愼其身、也、惠順先君之思、以勗寡人、古之別者、有贈有處、莊姜方遷州吁之難、故戴媯以下其所以追事先君教、羅勉於逆境也、莊公雖惑、姜氏猶以夫人終、又爲君母盡十六年、桓公弑而身始廢、故有是處、

燕燕四章章六句

日月、衛莊姜傷己也、感於昔日而自傷也、遭州吁之難、弑桓公而自立、傷己不見答於先君、以至困窮之詩也、文綦古雅、曰左傳、州吁有寵而好兵、莊姜惡之、然則豈無幾諫公惑而不察、以至大逆、莊姜之感、必非一端、然無斥言及州吁、特以不見答自傷、貞賢婉辭氣也、曰卷耳、轉君而至憂勤、日月不能轉君以至困窮、

日居月諸、照臨下土、比也、日月照臨、迭明相配、此古人所取法以定君與夫人之禮、

也、乃如之人兮逝不古處、如之人、猶曰是人也、君子偕老、蝃蝀、亦出、皆受上而言之、此受日月照臨、逝、逮、究、諸辭、庚、阻、噬、皆適我、韓詩作逝、不古處、不以古礼自處也、又不以古礼處包也、胡能有定、所謂以至因窮也、寧不我顧、君既不古處、賤棄踐屋積威之漸以至今日、我何以能安處乎、君何故不顧、使至斯極乎、是注子先君也、

日居月諸、下土是冒、冒、以日月無私照臨之、乃如之人兮逝不相好、私於孽妾、不與我好、胡能有定、寧不我報、我胡能得定居乎、君何為不我荅耶、想昔日之不遇、以致今之愚也、莊姜之思州吁久矣、果為大庭、而不能正、其禍不在今日而在昔日、故呼先君以想困窮也、甚唯想困窮、故毎章復之也、旧說以不定繫莊公、失之、

日居月諸、出自東方、光明御天、月華如日也、然月之盛、日不借其明、月能獨盛乎、

乃如之人兮、德音無良、言不借其恩意也、有德以有音、故有是熟語、此猶德音無違、及爾同死、無良、猶之子無良、二三其德、胡能有定、俾也可忘、俾也未詳、大雅、荼毒云云、不遠、或是寫誤、蓋俾可忘、言君使我可忘君親、殆気未平穩、

日居月諸、東方自出、此意如前章、並下無庶依例、置章首、儘如東山之例、父兮母兮、畜我不卒、三號泣于先君、遂號泣于父母也、父母育我如玉如金、而今至斯極、則太息而不遂也、胡能有定、報我不述、述循也、

日月四章

終風、衛莊姜傷己也、並疾州吁、猶旦日傷己、是首句之嚴也、遭州吁之暴、既立而暴慢也、衛定姜疾獻公曰、暴妾使余、見侮慢而不能正也、

弗不見荅故也總是莊公惑妾之禍。○螽斯子孫
和集宋莒樂有子而終風子暴毋擊鼓子敗國
終風且暴比也只終風比州吁之暴態章是於一章至卒章又言雷顧我則笑
過而不礼顧而笑也此非朝莊妾時顧字可玩故曰惠然肯來謔浪笑敖中心是
悼州吁只是毋驕十僭故已亦驕奢淫泆今既弑桓公而立視莊姜猶莊公之時侮慢無忌
終風且霾比也不唯暴庶又且而土惠然肯來壹者之來一意敀敀自駒貢憋來思
願其來也彼君子今噬肯來遊肯字正同莫往莫來悠悠我思不唯子不子又
使毋不毋也州吁色暴逆亦先君之罷子也
故莊姜猶有所望焉右磧之事非莊姜所及
終風且曀不日有曀比也曀雲薮曰也不經日而又曀則終風不唯一日暴人之情
遭大悔則奮言曰我能改然不能時月見已暴態
於初比寓尽矣州吁羡抑其暴態則莊姜弗少安

猶有望故也。

寤言不寐，願言則嚏。寤話、願、思也、深夜不寐、輾轉憂悼、邪風犯衾枕、故噴鼻也、嚏字、詩一出、然因於風用之、月令、季秋行夏令、民多鼽嚏、鼻窒曰鼽、奔声曰嚏、

曀曀其陰，虺虺其靁。興比也、風益甚、天晦而雷震、以比州吁之暴亂益甚、

寤言不寐，願言則懷。莊姜是賢、積感之衝、未如之何、不寐永懷而已、小雅、嘯歌傷懷、

終風四章。以母子言之、螽斯芣苢之叉、並原其本、亦是樛木小星之叉、

擊鼓怨州吁也。首句不冒國、汲壽失妾一例也、州吁、春秋所不君、序之文法謹嚴、如此、

衛州吁用兵暴亂。首句不冒國、則下必國之、首句國之、則下不冒國、亦例也、

使公孫文仲非古傳、何以知、將而平陳與宋。陳、本與衛睦、而不與宋和、今伐鄭者、求媚於宋也、以陳從宋、則陳宋之和成、故以平陳與宋為名、是州吁之黠計也、若徒

千人之國何
必命將見兵
國人怨其勇而無禮也
覓言其好兵
狙兵也無禮
殘民自是也四字出論語口賭左傳東門之役五
日而去非是詩無以觀暴人先民衰教親離也
言偕兵時也州吁好
擊鼓其鏜踊躍用兵
勇士皆執兵往躍
土國城漕
我獨南行
國城漕城民怨勞役而我則甚焉口通
徧征夫怨也一意貫通首章言暴亂之
師兵士不欲行二章言師不競行伍相失三章言
拙行無聊四章言同怨相遇以慰苦境因以著散
卒衆多之狀卒章言其人亦
不賴章已而去以極其苦毒
從孫子仲平陳與宋
將師非其人用師非其道後無
賴之人而赴非道之師此何苦
況
不我以歸
果然而潰亂離散也辭之轉眼如無
而貫四章五章之突轉亦同借一
散卒以著國人皆怨無
鬭心亦離滅轉之狀
憂心有忡
卒然入難
自憂衛胞

爰居爰處爰喪其馬既爲散卒孤征而無所依居於
此處於彼又亡其馬流離之憂
極於斯矣左傳申鮮虞出奔舍弇中
枕轡而寢恐喪馬也易有旅人喪牛于以求之于
林之下零丁孤苦之狀畫而盡之矣呉者靈
王親枕行屏營彷徨於山林之中
死生契闊與子成說契闊毛傳勤苦也韓詩約束也
成說成誓也猶左傳楚辭曰成
言此言遇鄉人執子之手與子偕老求馬不得屏
忽聞生面也營向忽遇似
又者向之則亦被孫子仲棄者同怨相背死生成
說執其手期以偕老心者遇再生之毋曰呉者三
日乃見其涓人疇趨而進靈王枕其
股以寢於地以散卒苦中一一快似之
于嗟闊兮不我活兮董人大苦境
也闊隔遠也于嗟洵兮不我信兮
兮洵遠也楚辭眴兮杳杳亦遠矣亡幾其人亦棄
它遁去乃歎曰嗟隔遠矣使我不佸自既零落

情

人而不信我。何以帰乎、我死於道路无易有旅、我
人先笑後號咷。吳居、王寐時枕王以擲而去之、
王覺而無見也、蓋此時靈王之苦悩
何如哉、詩所詠境殆宜併觀之似

擊鼓五章

凱風美孝子也、草蟲、大夫妻也、汝墳、庶人妻也、関雎鵲巢之化、衞門以正、邶風録、凱子。風此其又也、

衞之淫風流行、自綠衣至擊鼓、皆之、室淫亂之禍也、雖有七

子之母猶不能安其室、淫風已甚如此、所以自録凱風也、不能安其室、言虜出遊、靡陰小有言、以釈苦苦莫慰之義也、若從欲去嫁、則恐不可謂親之過小者、故美七

子能盡其孝道以慰其母心自謂莫慰、此其所以能慰也、而成

其志爾七子遂能感悟其母以遂其所志也、

凱風自南吹彼棘心棘心夭夭比也棘散材且難長故七子自比也中也
屬礼棘心已刻言已用棘心而刻之所謂棘赤心
是也心得養而枝葉茂故曰吹棘心礼記如松柏
之有心韓非子枝將害心皆同旧
說心其稚弱未成者有明徵乎否母氏劬勞自哀々又
母生我劬勞未而見義一轉母氏之養使七
子夭夭廝長痛且劬勞不安如群雛之時
凱風自南吹彼棘薪比也薪比子既壯大母氏聖善我無令人
聖善言慈愛撫育無所不至也我無好人足
慰母心者故使母氏劬勞也棘猶蓼莪之蒿
爰有寒泉在浚之下興也以寒泉有益於浚又興七子無賴於母鳥易之寒鳧食是
亦以見食言之故曰寒○可字有趣有子有子七
七人而棘心在母氏下棘薪在母膝下
人母氏勞苦有子七人則邪僻私逸亦可已也可慍妒疏蓼莪亦前曰劬勞後曰勞瘁

睍睆黄鳥，載好其音，興也，以小鳥怡人耳，反興成人。牽牛有睆其実，華而睆足徵，莫慰母心，鳥睍睆鮮美，良睆彼

有子七人，莫慰母心。書直而成，恐在此。

凱風四章

雄雉，刺衛宣公也。莊公十三年卒，子桓公立，十六年弑，宣公立。其序也，以淫乱傷周。以下皆宣公時之詩也。淫亂不恤國事，峯乱之本，以示二南之反也。宣公二夫人，父姜也，子婦也。軍旅數起，荒明詩之義。大夫久役，男女怨曠，稱本大夫，亦叢明也。國人患之而作是詩也。也字今本闕，據足利古寫本補。口序稱國人作者五，新臺、丘中有麻、山有杻、黄鳥及是詩也。其詩皆直而不佇，序意不精微乎，恐亦周史君子吟詠情性者，而非出於田畯紅女之口耳。

雄雉于飛，泄泄其羽。比也。比君子厲飾以從戎事也。泄泄，奮訊貌。海賦注，傳，泄泄飛翔貌。泄，洩通。雉，介鳥，見敵不退，故以美君子。而所憂亦在其守介而死。伯今亦一責。

我之懷矣，自貽伊阻。我懷而不能已，自遺陵苦於其身。杜詩「君今往死地，沈痛迫中腸」。

雄雉于飛，下上其音。比也。雉之音曠如角，如疾以清，亦以比君子敵愾之勇也。○夏小正，雉震呴，震其羽也，呴其音也。

展矣君子，實勞我心。照自貽句，錯綜絕妙。前繫己身，此繫君子言之。小雅允矣君子，展也大成。它展之我期，今展如之人兮，皆歷字也。曰展，又曰實，極言其勞我心也。羽勞奮奏，音勞奮疾，毋知其不以身徇國。

瞻彼日月，悠悠我思。見日月之移，而思君子之不自。不月也，此情至之語，可感而通。

已。道之云遠，曷云能來。曷，何時也。左傳，吾子其曷歸。○大夫妻達不知殷當

之義，幽收求之師，人氣不振，是以憂而
特望其歸而已。其二南又觀，足知時變

百爾君子，不知德行。怨偏之極，呼爾在位凡百君子而懟之也，其實在一人之妻，是章
斷非庶士卑氣，扇以爲大夫妻，可謂忘矣。

不忮不求，何用不臧。不害人，不貪利，
則何所爲而不善乎。不忮不求，即德行也，不知
德行而貪生，境以驅以死地，所以生是不臧也。

雄雉四章

匏有苦葉，刺衛宣公也。風刺之至微者也，石伯在上而行露奮於言，觀其所
辞而宣公之答德大可見矣。

公與夫人並爲淫亂焉。焉字今本闕，以足利
古寫本補。公既淫亂，宣等亦通之，子頑言
閨門之大壞而風刺之所以至微，亦自見。

匏有苦葉，濟有深涉。首章二章卒章章四句，皆比也。有苦葉，則未可以爲厲，無況有

深渉則不可妄渡、

深則厲、淺則揭、此男女之際、從欲妄行、必取汙辱、

有瀰濟盈、有鷕雉鳴、通篇皆水邊物象也、二句此爲下二句張之、比意在下、首章卒章皆同然、行露首章

濟盈不濡軌、濟方盈、則宜不妄渡、治軌也、軌、轂末也、去地三尺三寸、比義如上、

雉鳴求其牡、雌雉之鳴、有求其雄聲也、可以人而不如鳥乎、則亶等非其牡而求之、醜聲外聞、故曰濟盈則不可濡軌、雉猶求其匹、人而妄行可乎、可恥、雉而求猫求狗、此何謂邪、宜其字不穩、小雅、雉之朝雊、猶求其雌、

雝々鳴雁、旭日始旦、賦也、雁聲和而旭日照水、正是桃夭將及時之節、皐也、同說昏禮用雁、猶可、五禮用旦、於是詩無渉、

士如歸妻、迨冰未泮、日將消冰、故曰媒氏妁歸女、宜迨冰未消、昏在二月、議親在其前、迨冰謹時也、是章賦男女有禮以風之、○夏小正、正月

雁北鄉、寒日滌凍

塗、二月綏妻女去

招招舟子人涉卬否人涉卬否卬須我友比也只待友一事比

男女配匹相待也、此設人言之、渡頭有之

渉人渉卬否而立、向之則曰我待我友也、

匏有苦葉四章

谷風刺夫婦失道也、匏葉即么室未婦並失道者、衛人化其上、

上有匏葉之涯以致是俗、淫於新昏而棄其舊室、

夊進桃夭后妃之所致、

宣么棄妻淫

宣妻而更娶遂、夫婦離絕國俗傷敗焉、宣么之擊化也、

習習谷風以陰以雨、比也、東風和舒、雲蔭雨降而萬

物生育、以比夫婦之道在和同、

黽勉同心不宜有怒、雖有不同、勉強同之、夫婦之

道也、凡為溥憤、兩亦不應

采葑采菲、無以下體、比也、不以根惡併棄其葉、以比取節之義焉、人無全美、宜
取善節、不宜怒其所短而章之、意與上句接、德音
○下體、所取於牲之辭、儀禮苞牲取下體、
莫違、及爾同死、爾之德苟不二三、我將及爾偕老也、女德不違、則太節有可取者、
行道遲遲、中心有違、此言舊室被出之時也、有違、言心恨恨而不自適也、不遠
伊邇、薄送我畿、行道遲遲者、不遠伊邇爾、送我而自堂至門之向耳、誰謂荼
苦、其甘如薺、賦也、已苦偏甚於荼毒、宴爾新昏、如兄如弟、宴安
也、樂也、衛詩、總角之宴、晉語、安侫女、○及至我足
致遲遲不進、非道之遠、自堂至門伊邇耳、思是門之
不可再入也、我之見爾、亦復今日而已、中心有違、
恐尺千里、此我所以遲遲也、夫女子一醮不改、今
而賂又毋憂、出入侍御、無所容躬、心之苦毒、荼亦
如薺、皆舊脾合、五官失守、然爾未嘗閔我、思媚新

人宴而笑虐兵人之無情一至此
欲杜詩但見新人笑那聞旧人哭
涇以渭濁湜湜其沚比也湜湜水清也涇水本清此渭水至清故相合而見涇之濁
耳其實其諸未始不湜湜也涇自比渭比新昏洪
比己潔白而本不毒我新昏入而洸潰始起然我
依旧無違德見宴爾新昏不我屑以我雖無遠爾只宴新人之故不屑用我笑
啼皆罷洸潰而至于暴矣不屑猶不屑髮不屑去毋逝我梁毋發我笱舊言
而絕於夫也四句取於小弁我躬不閱遑恤我後閱者也猶錄故曰容表記
引之自終身之仁也○我雖只新昏避棄中心潔
自未嘗犯七出唯爾惑新昏不屑使我耳是可如
何我為爾作梁作笱與狼只樂朝夕今既已多爾
無復只我所作取供焉我身且不閱子孫之遺於
食何遑恤之矣心不能自絕而奮
於言者人情也故下章又反覆之

就其深矣、方之舟之、就其淺矣、泳之游之、比也、以涉大川比俯于艱難、爲上章既絕于夫、又申敘昔日之事、綢繆窮轉、此其情之不可已、摸寫盡矣、何有何亡、黽勉求之、家物未具、求而有之者、求而亡之者、無不黽勉盡心力也、凡民有喪、匍匐救之、凡民、閭里他人也、匍匐顛蹷也、○爾不忘我昔日勤於爾、深則其爾方舟、淺則其爾泳游之、需衣袖用、馮向定方得免於負腰、其危殆艱苦、爾盡記乎、且家道之養器、凡飢寒之具、不論有無以求之、兹凡民之喪、顛沛未嘗後於人、以求姆鄉隣者、其諸誰爲乎、我之於爾有何所指、而投以荼毒乎、

不我能慉、反以我爲讎、慉、養也、小雅、爾不我畜、毛傳、咲懠字亦從心、猶太玄經字、多徒　等　既阻我德、賈用不售、阻、卻也、德、謂旁也、如賈物不售、又自絕于心也、

不

亦唯奮言耳、故又
中、永歎於下矣。
昔育恐鞫及爾顛覆。育
育、育字
也、共我
後區應困思昔日及爾育於危懼困鞫之中、而百
事不辯轉頓狼狽也。口左傳是為為夫婦也、逕其
祖多何以能育、國語
不失而育懼而棄之、
既生既育、比予于毒。
生育既
遂財業、
也、有則棒新人來視我如毒。詩自小雅谷風恐懼
安樂來、口我勤於爾如初、而汝妬月流潰、視我如
作勤人於陵中而不能以前勞萬中一人、必逐出而
自歎欲人之相為世、一餐之恵、一日之庇、苟以其
誠則終身不忘、我勞如此、而阻却不顧、以至棄逐、
嗚呼義物不售、我身既廃多、爾不念乎昔日家道
窮迫、育於恐、育於鞫、及爾轉蹶、以致今之財業多、
此穠穣之妻、不下堂之時、而爾反憎我如虺蜴、何
其慘、
毒矣。
我有旨蓄、亦以御冬。
興也、旨蓄似乾葵芋之類、爾以
御冬而已、春蔬生則棄之、旨蓄、

旧室也、新昏、春蔬也、主而成興、宴爾新昏、以我御窮。以旨蓄御冬、棄而有春蔬興以我御窮、棄而宴新昏也。〇宴爾新昏三出、一下出怨於一、出如兄如弟、言其罷愛不我屑以、言甘其以新棄我、以我御窮、怨毒極矣。有洸有潰、既詒我肄。洸水湧光也、潰水旁決也。肄勤、逆此言自度、而厄窮困苦也。不念昔者、伊余來塈。不念乎之、責使夫追念之也。未塈、新知卑也。谷風、千古去婦之鏡也。語意絶而又續、究纏無窮。〇爾之性、厭旧好新、自肯甚矣。我所蓄蔬、亦以御冬耳、而於我亦猶今之蓄御窮耳矣。免其窮、則納新人、而忽猶於我、既已棄我於萬苦必窮之地矣。嗚呼、爾亦不念乎我總角之就角宴、信誓旦旦、不失靡遐邪。

谷風二章

式微、黎侯寓于衛、其臣勸以歸也。是篇同處一例、其責衛伯、與旄丘同、舊處猶夏周福也、黎既為寓公於衛、則衛侯壹盡力同恤其難、而使其有式微之歎、豈非其罪乎、録之以垂衛侯亂之禍、不唯內傷其國、亦不務下諸侯之事也、召伯明教於南國、其德慕而行露化、此其叉應也、○自柏舟至谷風十篇一轄、自式微以下更端。○編輯之意宜潛翫之、録之

式微式微胡不歸寓于衛而不觀、日以寒微、不如返也、微君之故胡為乎中露諸侯失國、而託於諸侯、礼也、我微君之故、何以適此草露沾濡之中、

式微式微胡不歸車而重之、怨怨沾唇之甚也、微君之躬胡為乎泥中、泥中甚於中露、衛侯之無礼於寓公者大可見矣、録是詩之本意在此、

式微二章

旄丘責衛伯也責其為伯而責之、故稱衛伯以至忘召伯、此主意所在、郇侯稱郇伯

亦青其虐賢伯、康叔、子康伯以
後稱某伯六世、至頃侯賂稱侯
狄人追逐黎侯黎
使寓于衛
或標左傳、以爲衛穆公時、此世国迫則
互相戰奪是常事也、序只宣公前後來
之、則亦宣
公時也、
衛不能脩方伯連率之職
方伯州長也、
連率十国長
也、康叔為孟侯、外事陳梟、武公亦為王卿士則莊
宣時、為諸侯雖可知、故李之國體、以刺其棄同盟
也、桓文後、衛不得為次国、況穆
公後於宣公百年、在晉景公時、
黎之臣子以責於
衛也、
子、因孫、離之
子、于旄丁例
旄丘之葛兮何誕之節兮、
興也、只葛之闊節興伯叔
之弓日焉此葛何其誕節
邪、伯叔之皐、亦未風衆誕
云者、有責其妄治之意、
叔兮伯兮何多日也、
也
疑
當作兮遵大路三兮、
一也、其是章不同

何其處也，必有與也。九處，安居，不我顧也。有與，猶有故
也，于頭之義。○首章何字在下
句，此在
上句。何其久也，必有以也。必有所以，謂有急務
狄，從之師，請度狄，○持
牲禮。祝曰：養有以也。祝曰：酬
有與也。是詩全用古之禮辭。
狐裘蒙戎，匪車不東。弊裘兼車，奔走於東。
言告命非不謹也。叔兮伯兮，
靡所與同。九同，言方欲同盟之諸侯也。序曰方伯
連率，亦是義也。同盟曰同，左傳亦出。
瑣兮尾兮，流離之子。瑣，小也。易云旅瑣瑣。尾，末也。言
衰弱，又與微通，史記鳥獸字微。
流離，流七
梟離也。叔兮伯兮，褎如充耳。九褎然盛飾，終不顧。
是瑣尾之客也。稱
武么盛服，同充耳琇瑩，亦同。然充耳有敵聽之義
則曾無我聽，亦自見矣。楚辭今子閉而棄之，猶無
耳也。又曰其又只規為瑣也。○首章疑衛之卑綫
是土風歟？二章疑卑綫之甚，猶有待也。三章只不

與同責之、卒章遂以躬
自豐而不肯惧悴怨之、

旄丘四章

簡兮刺不用賢也、是宜呈年之叉也、或叙旄丘、次以簡兮、摘其崇行露、次以全篇
口此非周史君子吟詠衛之賢者仕於伶官不能為公
諷上者非賢者自作
侯于城、娶皆可以承事王者也、蕢明西方美人也、梓材、以厥臣達王、
食委蛇、
惟邦君、夫諸侯歲獻貢士於天子、常也、而康叔
特有是命、則衛之賢者達以多、故卒章歎之、
簡兮簡兮方將萬舞、簡言簡數於不惠之世也、方將助辭、莊子多出日之方
中在前上處、日中也、前列也、上頭也、皆著教世之怯態、參統君為東上、是而總之
碩人俁俁公庭萬舞情也、是碩人、柳是章以著其為有用之材也、有力如

虎執轡如組子曰為組者總紕於此成文於彼言總轡御馬如成組文也此盖以我右
我御言之二職最密能君今碩人以舞樂見眼
故云春秋時我右我御卜而定之董其任也
左手執籥右手秉翟周禮舞羽吹籥籥時吹之情也是手不持弓執轡用之軍國
而俯不於俳優
赫如渥赭公言錫爵渥赭言顏色應俟之言容體錫爵著以
善舞服飾之也曰舞之叙首將舞就列次之方舞
次之既舞也意之叙首其敬態而惜其為國器而
傷之不愛之以其德也
山有榛隰有苓比也草木各有其所以比碩人宜在王庭也云誰之思西
方美人思碩人思之也卒章盡寫出碩人中心之感西方美人盖古和文王之辞莊子伯夷叔及
存曰西方有人似有道者盖有感焉毛氏妄乾欲彼美人兮西方之人兮覆

永歎之詩其意則可神會耳或之歎其遠而不得見噫幾陷言路則意亦褻瀆

簡兮四章

泉水衛女思歸也莊宣淫亂之禍自此有是報也樛木桃夭小星之及而上無関雎鵲巢之德以致之**嫁於諸侯父母終思歸寧而不得**見序與竹竿互相備是女亦不見荅者也不然父母既終何故思汲汲乎是**故作是詩以自見也**自見之者序之常例謹嚴者也以黜于衛故錄之竹竿思而能以礼者也而泉水則危以礼不言及夫邶國錄泉水之本意在淫乱之禍而不在是女以礼故也序非昧者所解

毖彼泉水亦流于淇興也感水之不舍晝夜而歸中故国以興己歸心之不須臾止焉泉水猶流泉泉流非共城之百泉小雅視彼泉水

有懷于衛靡日不思十句

受亦流于淇、下句受彼泉水、孌彼諸姬聊與之謀、諸姬言衆媵姪娣也、聊為帰計、是辞之終也。曰、左傳、同姓媵之、謀異姓則否、

出宿于泲飲餞于禰、泲也、禰也、皆帰衛之所塗由、今欲宿于此、餞于此、女子有行遠父母兄弟、之行、言道也、女子向我諸姑遂及伯姊、辞之急也、姑、姊、以舊言之、是諸姬中之所尊而取決焉、姊親而先姑、礼也、故同遂及。〇思之不可已也、乃決、決臨欲出而宿餞、未唯女子之遠、又母兄弟其、兮也、是可如何、乃向諸姑、又向伯姊、皆不可也、

出宿于干飲餞于言、帰路有二道、欲得有遠近欲泲禰不見許、故別為是計、載脂載舝還車言邁、帰心如矢、不遑向人商議也、脂言下舝轂與軸以利轉也、舝、車軸端鍵也、以固轂于軸、遄臻于衛不瑕有害、上句諸勞接上言欲如是急〻至衛

也、下句一言情無疵、當破憂遨遊同、不必遠言近、字出大雅、我所欲必近於邪悔、不可安行

我思肥泉、茲之永歎、傚本常棣況也、永歎況蓋也、茲亦嘗與茲通作、**思須與漕、我心悠悠、**言心低首永思耳、皆是昔遊之地、斷却、**駕言出遊、以寫我憂、**故鄉山水樓臺在目、不忘、嗚呼沐浴衣裳以行矣、於疏遠之人亦苦矣、唯是女子之有行也、遠嫁之有害也、腸為九折、故鄉不可歸也、雖知不可歸、靡日不思、以為之永歎、心為之悠悠、悠哉悠哉、聊出遊以聊寫是憂耳

泉水四章

北門刺仕不得志也、不得志言不能行其義也、**言衛之忠臣、**字**不得其志、**豈明王事政事、不得貧寠而勤勞之、是忠臣也、子曰、忠信重祿、所以勸士也、

甬君子之仕、行其義也、故不憚煩辱、陳力就列、冀以得志以行周用、豈負窶艱苦、妻子愳飢、何以數其平生乎、此不得志之義也

出自北門、憂心殷殷、賦也、北門、出門也、周處曰、古之良将受命、出門而出、是以軍事北出国以自歎也

終窶且貧、莫知我艱、之而不免窶貧、故曰終窶、亦貧也、有陋而不能為礼之意、子路曰、傷哉貧乎、生無以為養、死無以為礼、是窶也

已焉哉、天実為之、謂之何哉、言其苦恨意、以著衛君之棄賢、志労也、非主忠臣安命而言之

王事適我、此王事主軍事、與北門呼應、礼樂征伐自天子出、故詩中王事、言軍旅征役、鴟羽四牡采薇杕杜北山出車同意、喪大記、既葬、君言王事、不言國事、卒哭而服王事、此雖汎言、亦有金革之章

政事一埤益我、埤、厚也、訓詁文、又有附也増也之義

我入自外、入字

寘上也字肸帯室人交徧讁我怨不豐厚麻布之逼或恕甚復要之於屋子又則適我百已焉哉天實為之謂之何哉出則適我入則適我南大夫出入季蛇之交

王事敦我政事一埤遺我敦猶擲也重遺猶委也我入自外室人交徧摧我摧挫也殘也辞益苦大雅先祖于摧已焉哉天實為之謂之何哉其樛木樂君吾首知勤苦而世墳殷雷肉其君子而勸勉之緑衣傷日月廓而北門忠臣莫知其艱而室人毋適而摧之公室治乱之反也

北門三章

北風刺虐也北風雨雪是威虐之比也衛國並為威虐並者方卒章莽百姓不親不親世康誥惟威惟虐大放王命此周公所以戒康叔今而棄是大訓矣也

附於莫不相攜持而去焉白語保抱攜持
上北風其涼雨雪其雱厥婦夫但厥之
比也涼言風寒也雱房同言
雱霰滂沱也只比刑政威虐
惠好是威虐之亥疾虐政而
惠而好我攜手同行思惠君其子惠思我寒哀傷
儀同曰周召之化日辟國百里隣郡親之如父
毋而今衛則先君之赤子皆棄墳墓而去矣其
虛其邪亟只且第子職志毋虛邪行心正直此既
在位正直之亥此虛痛奪晚途
有餓莩而不知發之親邪不正直也亟言國之危
難朝不及夕也亟只盡樂只一語詞王風其樂
只且○邶風刺周政者止於北風盡淫亂之禍民
流而用利嚴遂至威虐失民即仁如騶虞之亥
北風其喈雨雪其霏喈言風声烈也霏言雪華紛落
也小雅也彼雨雪先集維霰
惠而好我攜手同歸同行去是地也
同反適他土也其虛其邪既

亟只且、敍訓其盡其徐、威儀容止也、蓋言不知憂而偷容間徐敍、将言德事外觀、而中空間以不敏敍要之、之詩作邪者之貌子職其明、

莫赤匪狐、莫黑匪烏、比也、見赤皆狐、見黑皆烏、以比在位皆似才烏、惠而好

攜手同車、卒章要語法、朱注、要者本去、其虛其邪、既亟只且、

赤狐黑烏、狀虛邪之貌、其於高啾太罵、所以為去國之詩也、衛之狐、魏之鼠、亦同、福同南、葛之萋〻、桃之夭〻、雎鳩關〻、黃鳥喈〻、渾是陽春富貴之氣象、胡曾有涼風雰雪烏狐滿庭之景乎、

北風三章

靜女刺時也、刺〻時之淫〻行、衛君無道、宣公納伋之妻、夫人無德、宣姜旁淫不婦、二句言風之自、且亦是詩風動、宣〻公之意、曰末無助字、必非闕失、柏舟一例、

扎

静女其姝，俟我於城隅。静女自防夫之禮，私約而期以城隅。愛而不見，搔首踟躕。女中悔而不至，淫夫獨往，愛慕踟躕，狀其醜跂之甚也。静女其孌，貽我彤管。彤管者，左傳毛公傳古義，女貽以彤管者，欲其恃所以背約於城隅也。彤管有煒，說女美。男子不恃彤管之意得懌，貽而喜甚，曰静女婉妾。可愛，貽我，加是彤管煒煒然，美哉，轉愛慕美之美也。自牧歸荑，洵美且異。女向之情幽懇之，及出而遊于牧所掇之荑以貽之，自牧遅寄之辭，異於相遺贈芳，壟則終負約而不復會也。匪女之為美，美人之貽。男子又得貽而喜曰，予美有郊外之遊，貽我以荑，針既美且異，故有以懷我，手澤所存，執其手我，非貴悅女美，此是美人之美意也，此男子惑而終不悟女意矣。君子曰，城隅之約，固姦也，彤管之貽，可取焉耳、作靜女之詩以風時、曰、大夫子不可不戒、女亦魅人、奉匡言以望誠、搔首踟躕、不亦醜乎、如此而是詩刺時風宣公之意了然矣、左傳靜女之三章取彤管焉、古義合符、

靜女三章

新臺刺衛宣公也、其二子乘舟聯之、故降而在此納伋之妻公自納之也、其下高對、故曰伋作新臺于河上而要之、李三山云、遺趾尚存、案大勤民力、而民怨可知、又在春秋初、其拜衛伯亦可知、國人惡之而作是詩也、牆有茨曰國人疾之、亟甚之也、是時宣姜之無德、人所不知、故詩閔宣姜而惡宣公、○新臺鳥獸之行、在九伐之法、罪無大焉、大司馬所以大師滅之也、淫亂之禍至此、而康叔土宇変為戎夷、毒哉、

新臺有泚河水瀰瀰、齊女來、臺既新、又泚鮮明、枕河水而起、眺望亦美、故喜而就

之、燕婉之求、籧篨不鮮。箋新知樂謂之燕婉之好古詩燕婉及良時燕相安樂
也、婉婉毎相過也、存女求燕婉之好而來、則臺上
有籧篨醜惡已甚之人要之也、晉語籧篨不可使
俛、以君況是隱病者、故序曰國人
惡之、鮮少也、不鮮、言非尋常偃人
新臺有洒、河水浼浼。洒高峻也、爾雅望崖洒而高岸夷上洒下漘、室洒猶陷也、臺陷
水高峻浼浼盛水流平也、燕婉之求、籧篨不殄。不殄、不可莖也、大雅不殄禋祀
魚網之設、鴻則離之。興也、水鳥是物、以興求燕婉而得戚施鳥、鴻大鳥離而毀網故
惡而新之燕婉之求、得此戚施。辭之主角愆甚、晉語戚施不可使仰、是馳背之
疾也。○呂邶國十九篇、新臺乘舟、其辭殆有避焉
此只是從邶鄘者、盍取諸其義、而不求備於辭歟
新臺三章

二子乘舟，思伋壽也。此蘇轍之文也，古之錄詩者至此而何限感傷，嗚呼，無何限年成、

衛宣公之二子爭相為死，豈非振振集ム子乎、其何以免。國人傷而思之，而作是詩也。下而字，今行邦本有彼，古請本皆無、足利古本

則有。序例必用故字而字，曰故作是詩也、凡十七、

曰而作是詩也、凡十五，則無者序上而字脫之明〻

〻無疑。必用故字而字，

亦可以見君子作之也。

二子乘舟，汎汎其景。考左傳二子不必同乘，詩之辭不拘與渡河之後、壽載其旗以先、亦不可知。

願言思子，中心養養。釋訓悠〻洋〻，思也、疏引之云，洋養同案

養〻，又痛深〻，心憂。水共悠〻之意，傳闕。

其既死之後，而詠其瞻望之極，殊為情至、

二子乘舟，汎汎其逝。景亦不見。

願言思子，不瑕有害。大雅、不遐

者佐、不避有怨、邶風二出、皆作瑕毛傳並訓遠則不避近也、國語遠於得政、古言可例、言其心有殺害也。三子者頌人也、出當鄘之時、沐以王化則信厚振振以成其身可知也、而今為又毋所害皆滅於賊之手。三綱以滅、淫亂之禍至斯極、不亦修乎、故以於邶國以及之志鄘之趾、關雎之應也、

二子乘舟二章

邶國十九篇

柏舟　綠衣　燕燕　日月　終風　擊鼓　凱風　雄雉　匏有苦葉　谷風

式微　旄丘　簡兮　泉水　北門　北風　靜女　新臺　二子乘舟

柏舟關雎好德之反、**綠衣燕〻日月終風**賢妃憂傷則關雎葛覃卷耳鵲巢采蘩之反也、嫡妾亂則樛木小星江有汜之反也、**擊鼓**嫡妾亂賢妃窮之所致也、暴子賤國則偕與處日月終風皆麟趾螽斯芣苢之反、**凱風**牡喪以禮自防之反、**谷風**桃夭宜室家之反、**靜女**私約則摽有梅之反也、漢廣、行露、死麕之女亦反是、**雄雉**軍旅怨曠則桃夭采蘋之反也、啚云能末則汝墳殷雷之反也、**匏有苦葉**公與夫人並淫亂、則關雎鵲巢諸篇之反、**式微旄丘**甘棠行露之反、**簡兮**兔罝羔羊之反、**泉水**樛木桃夭小星之反、**北門**出入艱苦則羔羊之反也、莫知我艱則卷耳之反也、室人讁我則汝墳殷雷之反也、**北風**威虐則仁如騶虞之反也、離散則父母孔邇之反也、虐邪則在位正直之反也、烏狐滿朝則賢人衆多之反也、**新臺**二南正始之大反、**二子乘舟**麟趾之反也、

右邶國反應二南之大凡也

毛詩卷三

毛詩考

國風

鄘衛

王鄭

二

毛詩考卷四

鄘國第四

○柏舟，共姜自誓也。非夫人故不冒國卅所從詩下例自誓是自傷自見下例衛世子共伯蚤死，蚤死則可以再嫁也史記衛武公賂士殺共伯立妾矣序可以自獻聖千載之冤也須以公子為言薨共伯武公並傳公子其妻守義，可以嫁而改貳父母欲奪而嫁之，奪其志也誓而弗許，故作是詩以絕之也。決絕而使之從也不復我也也字今本闕據足利古本補○

汎彼柏舟，在彼中河。興也柏貞木自興中河與無髦舟之為物載重致遠大濟民用亦於水汎覆汎沈汎推為蓋亦於水浮流未嘗離依者是舟也共姜於君禁約一死生不改其節一所以汎

與於栢舟也跡江與 者不能喻汎汎彼安 髧彼兩髦實維我儀 髦音毛亦作髳 儀爲義髟音

夾囟垂至眉上頂髮鬄則兮母湛存 周詩丹朱鴻角次丞生祿王焉 之死矢靡它 自誓

其終身 無他心 母也天只不諒人只 母我所天也而不次 我意諒也者言心言次

說文猶曰母氏若早寡又將奪大人而去乎故 女子之詩言母爲切且是詩言女子從之孝

汎彼栢舟在彼河側 或中或側 然不離所 髧彼兩髦實維我特

特猶曰一人也辭愈切小 特不思舊婚求爾新特 之死矢靡慝 汎舟離 爲惡辭

愈 烈 母也天只不諒人只 求法不及父者疑獨母在 或非父意不敢何必及父

栢舟二章

○牆有茨衛人刺其上也 所刺非也而曰上 刺其上故衛人 公子

頑通乎君母頑之君也母山遠治嚴於斧鉞是詩先於君子皆老參之類棄靜女序宣公在則頑通之也國人疾之左傳惠公之即位也少齊人使昭伯烝於宣姜不可強之蓋齊人謂頑之通使烝去否則使兄黔牟烝亦可以頑不可者虛飾辭耳若二國君命而淫者則春秋烝報甚矣何獨疾頑而不可道也次為不可道也過之小者可以譏大者可以怨唯是醜者無可如何故曰不可道也疾之甚一言盡去淋漓然提詩句

牆有茨不可埽也興也埽之都傷壞中冓之言不可道也中冓構應劭顏師古則材構在中猶曰牀笫之言又韓詩中冓中夜也本又從遘太祖征次中流毛曰冓也韓曰閨行也據蕭齋遘則冓閨隱蔽之義弘不可道也言之醜也風意於露宣公宣姜如靜女之詠歌之也醜國惡毛國君言之淋漓詩之法也風刺之詩只是汎然賦之

牆有茨不可襄也襄除之攘之別中冓之言不可詳也詳審也從言

也所可詳也言之長也其說長也不易詳細也

牆有茨不可束也束而去之也中冓之言不可讀也讀亦抽也說

也莊子云次言讀其所自也又云舜子為生誦言列子頌途而詠之古雖相承所可讀也言

之辱也三章章之辭無深淺但下意而三章為所次為深也

牆有茨三章

○君子偕老刺衛夫人也夫人宣公夫人而與公子頑淫故書日衛夫人宜與君子偕老序

參夫人淫亂失事君子之道明是宣公左自之事故陳人君

之德服飾之盛宜與君子偕老也與陳古者其文不同

君子偕老副笄六珈 副首飾編髮次覆首也褘衣而副於六服為第一是詩次六服之序或偏祭從君賓客夫人副褘是非次王后祭義夫人副褘後藏凡夫人亦有褘衣是詩次之其最盛者言之笄衡笄六珈次王如笄其數六無於副之兩旁當耳其下以紞懸瑱委委佗佗如山如河 委佗尊嚴徐遲之美也如山之巍巍如河之洋洋象服是宜 象法也是句屬上則德稱其服也與稱衣之宜同屬下則雖宜而不淑者乎猶與子宜為子之不淑云如之何 猶曰子之苟不淑將如之何也象服言非淑女淑媛不當之是服飾也楚語周而不淑

玼兮玼兮其之翟也 六服之一序褘衣揄翟闕翟鞠衣展衣緑衣首章曰褘衣二章曰二翟卒章展衣是詩人未言玼鮮盛與新畫有飾而鬒髮如雲不屑髢也 玉之瑱

三

麗繁也 到參觀 序 玉之瑱也，象之揥也。瑱縣珠也 揥以擿髮 揚且之

皙也。揚眉上廣 且色白皙也 胡然而天也。胡然而帝也。胡然 只是

驚歎之辭 不必說服飾故也 問天帝汎 然形容之 讀者宜逆作者之志而知其趣矣

瑳兮瑳兮，其之展也。瑳玉色鮮白 切瑳或作瑳 展衣其色白 六服第五 蒙彼

縐絺，是紲袢也。蒙蓋 蒙衣之蒙 既服展衣蒙以 縐絺而紲袢其展衣 或是堂下之

褻服 [illegible]明鮮 子之清揚，揚且之顏也。清視清明也 顏 顏角豐滿也 展

如之人兮，邦之媛也。欲訓美女 美士對則媛 不言 為一國第一之女 可謂次配一國

至尊類稱宜享之美色者 所下次 欲以勸之而使自戒也

君子偕老三章 每章褒句數亦異格 或次揚且 之皙置象服 立為三章八句 非也

○桑中刺奔也 君子依詩風時者故曰刺奔而後世謂之淫奔之詩亡國之音者識淺才

責傳公室無衛人刺之賦之桑序備焉 衛之公室淫亂男女相奔壞

人之本次言之 至于世族在位相竊妻妾 左傳異哉夫子有三軍之懼而

又有桑中之喜宜竊妻次逃者也 期於幽遠 詠之桑中上宮淇上 政散民流

而不可止 然說今本解據孔疏所引定本補然焉通の桑中有亡國之音政散民流今

士大夫淫佚其亡音淫不得次樂亡國之音故序繫是辭次著衛之亂也遂為亡國之樂樂記義疏云詩

序摘一句桑中次實桑濮之音矣既曰刺奔又次實桑濮理所必無宗說魅人

爰采唐矣 唐下名蒙又曰玉女也爾雅又本草有益絲力治結之說唯有草似直所取義如小

雅茀鳥之例 沬之鄉矣 絲所都歌是也 云誰之思美孟姜矣

一〇

三子孟不言姬故序曰妻妻期我乎桑中穆子大チ傳覩桑者乃飲桑中郭注桑林之中

樂祓疏桑間桑林之間桑宋桑林亦出左傳諸書墨子宋之桑林齊之社稷男女所觀也要我

乎上宮送我乎淇之上矣要有趣言之也而要之其道也

爰采麥矣沬之北矣唐ハ蒙也麥野生葑ハ蔓也漸進人家而相迎之序也云誰

之思美孟弋矣春秋定姒穀梁定弋朱子據左孟杞女期我乎桑

中要我乎上宮送我乎淇之上矣桑中士女相迎之地其淫也要

之上宮其帰也送之淇之上

爰采葑矣沬之東矣三章章七句然亦首章奇而三成偶愚不可以不慕眼唐之例

也孟姜也正同三之三云誰之思美孟庸矣弋氏庸氏不顯孟時有其人而詩人

詠之也 期我乎桑中，要我乎上宮，送我乎淇之上矣。

三章，章七句，凡九十九字。一句換一字，凡二十九字。命云：淫泆之甚，次之王黍離者也。

桑中三章

○鶉之奔奔，刺衛宣姜也。刺其爲頑妻也，宜與衛夫人比觀焉，刺宣姜始於縱義，終於鶉奔，寫衛國宣姜之惡也，猶詩風之亂。衛人以爲宣姜鶉鵲之不若也。美謂鶉鵲之比也。

鶉之奔奔，鵲之彊彊。比也。奔奔然非耦相從，則奔而避匹也。彊彊然微而不從也。表記引詩有義可徵，言其鶉避非耦也，以宣姜不若鶉鵲，此不及體也。○左傳鶉之賁賁，天策焞焞，此取之於詩言鳥之翔翔之勢。人之無良，左傳引以當羊斟之言，我可見宣姜既失身於宣，又淫亂於

頌全不若我以為兄。詩人云以無良之人為兄則
鶉鶉者蓋言之兼不亦雖常其辭止於
斯而云故言之者無罪使聞之者則足
為君之忍是以成之也讀者不可迫切說之
鶉之彊彊。鶉之奔奔。表記引此證君命逆則臣有逆命人之無良我以
為君。陸佃云兄以女兄也婦刺宣姜之詞君以女君也妻刺宣姜之詞兼是說流傳憂宗不追得說之詩
之旨然宣姜本衛之小君也使其詞之其頌將為衛國此矣所獨責於姜之哉
鶉之奔奔二章
○定之方中美衛文公也。是詩成於文公初年或以為從此為書於蝃蝀三篇輯錄
之意也衛為狄所滅。左傳遂東徙渡河野處漕邑讀衛
下邑齊桓公攘戎狄而封之。提齊桓公明是孔門遺策微桓公康叔之國矣

微管仲吾其被髮左衽盛哉霸功文武賴之

文公徙居楚丘。文公辟狄居先遷齊

始建城市。在二章而營宮室。在三章首得其時制。時與制度也

百姓說之。因匪之道此人國家殷富焉。因之隸北三十六

定之方中，作于楚宮。夏正十月營室昏正而作宮室于楚丘也書云營于桐宮揆之以日，作于楚室。之二八尺之臬而度出入日景次定東西又參日中之景以正南北於大雅亦景迺岡樹之榛栗。營宮每又椅桐琴瑟以之林材梓漆。次供器用爰伐琴瑟。只是因椅桐次其備豫之遠

升彼虛矣，以望楚矣。將建城市宮室故親升古墟以觀楚丘望楚與堂。

景山與京。晉語景霍次為城法景大山朱注山名見二商頌降觀于桑。劉懽云衛

六

詩者言桑如桑中跟及此之盂衛詩蓋亦二州桑土宜此其桑土矣卜云其吉終然

允臧。然焉同焉語善齊而有終焉之志人謀龜從忠謀亦從於是文公乃是必終有藏於邦家

癸與奚伐琴瑟語意同並朝於年後之辭也

靈雨既零。靈善祥風之務此言宮城既成之後命彼倌人，星言夙駕，說

于桑田。倌人主駕者也桑田桑間也文公務訓農通商惠工次勉富國之事詩言其

勤於苦於農桑也匪直也人。是百姓悅之戶口歲增秉心塞淵。文公抑於風虛郵之

騋牝三千。次言秉心塞淵故匪直庸人令民繁盛馬亦蕃殖至於三千也騋牝取其大大數

辭之美也三千周之王馬之大數得嫌言之也左傳元年革車三十乘季年乃三百乘

定之方中三章

○蝃蝀止奔也○應云桑中刺奔衛文公能以道化其民○相亂亦同

能以序曰夫婦失億曰衛君無道淫奔之恥○人知恥始國人不齒也主三男

子言之詩則專言女子之事也
序之周密豈不盡乎吾考矣

蝃蝀在東○其之敢指比也蝃蝀比淫女莫敢指不祥也淮南子天二氣則成虹陰陽
相毛蒙日氣雨氣相犯成虹故取譬也女子有行遠父母兄弟○六次吉有

適人之道一六次喩父
母報恩不過羊生也

朝隮于西崇朝其雨○比也隮升氣即虹也倚南山朝
隮隮比淫行雨比行淫一日朝曰

崇朝比繼有淫褻之論則汙辱者及其
身也風規之意切矣此以雨倚行露之露女子有行○

遠兄弟父母○此比東而後西先父母兄弟而
從兄弟父母倚辭之叙也

七

乃如之人也。懷昏姻也。遠父母之身而忘念婚姻情也　君子偕老之辰如之人明

受上之道宜　終視語後　大無信也。不知命也。信謂守貞信也尼　行露序之命天分也

卒章有言不謂猶之行露之文公之明大可見王世貞　云句法大康是詩之旋也噫未嘗知之風雅之者耳

蝃蝀三章

○相鼠。刺無禮也。刺失君子之威儀也　與野有死麕序異　衛文公能正其

羣臣。左傳衛文公敬教勸學　相鼠干旄即其效也　而刺在位承先君之

化。宣公時禮義消亡惠公懿公　公皆闇君也餘風未殄　無禮儀也。義作儀也與　振序異肆

師職治其禮儀以佐宗伯注故書儀爲義讀爲　儀古者書儀但爲義○蝃蝀化之閒人也相鼠化之士大

夫之人也故序之文　映帶可玩

相鼠有皮。人而無儀。興也。言鼠且有皮、反換人之無儀、為深疾之、未孤黑陰蔑如矣。耳是無威儀也。人而無儀。不死何為。人而不若鼠則不死而何所為。

相鼠有齒。人而無止。止容止也。大雅淑慎爾止、不愆于儀。敬爾儀、濟濟止也。法威儀之容止也。人而無止。不死何俟。洪範五事貌為第一。君子行不慎於止。

相鼠有體。人而無禮。禮、儀也。子曰禮者體也。人而無禮。胡不遄死。變行為叔且變句、遣言之上、驕虜浩誅、厲急所之次、為三章之章也。無禮亦嚴於無儀無止也。○發之棄靜女其辭隱微、上淫亂故也。今文公好禮好正、故君子見之無禮不正之人、得極言惡之如是矣。公室啓明之交、人情窮達之分、大凝論所繫、而詩之興觀在此。

相鼠三章

〇干旄〇美好善也〇不尒，君子不知德，不好善也。重旄旂也，而比門，忠臣得其滿而入，傳者，樂告之也。衛文公之臣子〇古字今本，觀標之足利古本。補，旄丘二十五乘舟一可參。多好善〇旄也，旟也，旌也，或郊，或都，或城，非此其多矣。賢者樂告以善道也〇何以畀之，何以告之，是樂告也。此解善道，以況其告善道，非也。猶之以纖縟玉。

孑孑干旄〇在浚之郊〇孑孑，旗竿特出之貌。郊都城，詩之敘也，旄旟旌，含韻耳。素絲紕之〇良馬四之〇紕，素絲紕之，屬而四馬御之，如也。素絲有素轡，此其絲者，六轡，如素絲素轡。也。二句，言大夫車馬之盛。而所謂干旄之忠告在此。彼姝者子〇猶曰美人，東方之日，可參。何以畀之〇何以，況與之，亦唯目前一所見紕絲御馬之道，是以臨民治國，尚盛於此哉。

孑孑干旟，在浚之都〇爾雅，錯革鳥曰旟，言畫之鷹隼之鳥隼於縿也。郊外野，野外都，邑中城。

城中蓋慕賢者漸近於人也素絲組之良馬五之紕次造組也四馬六轡其實

五六極數僂言次慕其不止四馬雖五六亦易之從革也子因雖天下可爲何唯魯國而已此言治之

中都之法也彼姝者子何以畀之家語鄭詩曰執轡如組兩驂如舞孔子曰

爲此詩者其知政乎夫爲組者總紕於此成文於彼言其動於近行於遠也執此法以御民豈不化

乎竿旄之忠告至矣哉據此是則爲說未悉可知

孑孑干旌在浚之城爾雅注旄首曰旌言著牛尾若析羽於竿首也旄旌在上旟在

其下三章一也互見素絲祝之良馬六之祝織而爲組人毛傳必有所標太夫

無五六其馬之理但意有所在故假言之且求其意可耶彼姝者子何以告之

左傳竿旄何以告之取其忠也家語合作

九

干旄三章

○載馳，許穆夫人作也。是詩先定之方中之篇二十餘年録在衛編，繫之許夫人故

也。與泉水竹竿不同。儘與之本也，猗嗟之例。閔其宗國顛覆，自傷不能救

也。是序江有汜，汜下例。而有傷詩之大義也。閔衛懿公為狄人所滅。次下是廣

說也滅云云，言之河之旅斷絶。國人分散，露於漕邑。左傳云之戴公之次廬于曹，注

穆夫人賦載馳。許穆夫人閔衛之亡，傷許之小力不能救。

閔傳事也，大義一所繫，廣說演首句之例。思歸唁其兄，又義不得。唁兄在首

亭而却為餘事也，序深中之正鵠者。故賦是詩也。上有之字，故曰賦

載馳載驅，歸唁衛侯。衛侯，戴公也。是戴公而非文公。宋桓公迨其遺民而許師不出，穆夫

人必不能安苦也春秋齊侯唁之于野井驅馬悠悠○言至于漕○與泉水遄臻于
衛下意豈其至于漕乎大夫跋涉○我心則憂○衛大夫告難乎方之者奔走茇舍
我不勝其憂思歸唁哉思至于漕哉前章二章直披腹心率然說起次摸寫不可已之情其實歸唁
衛侯是義之所不得止何爲次是怒許人序之例着句提其要而歸唁之事不及說者何不察
既不我嘉不能旋反○與許人尤之應但突如有天墜之勢故人睠之旋反旋濟毛公
朱子並通視爾不臧我思不遠○左傳作帝不臧又帝用嘉之既不我
嘉○不能旋濟○伐木之于章一例章法視爾不臧○我思不閟不嘉
不臧乃許人尤之也然所謂我所之豈歸唁之謂而唯其辭頗微深然不得歸唁爲故說者不能次
意逆志使是詩受遠不亦胡不就序明解而辭惑乎

陟彼阿丘，言采其蝱。出遊療疾子，在根下如聚貝子。偏高曰阿丘也。蝱，療鬱結之。女子

善懷，亦各有行。多思也，不能遠自了斷，乃是女子之常態也，然亦各有其道存焉，不

宜下次之愚婦人也，故能愍其於視也。許人尤之，衆穉且狂。穉而往，皆所以次不及女子也。穆

夫人欲救衛之急，而許人無與盡其心者，是夫人所以次怨望也。從國小力寡，抑宣不可以控告於諸侯

而宗桓公，其私也。蚤已出師逆衛，遺戍于漕。兄

戴公之次勤宗國，則夫人之切意不亦宜乎，稚狂次

目之其情大可見矣。鄭公且不違之序意，況此乎。○

左傳沈胡之屬，幼而狂，因以其誇幼稚，必妄妄。

我行其野，芃芃其麥。阿丘往來所見也。哀心在中，則芃麥亦唯覺其悽涼耳。此篇之許

之小也蝱，四月采，即麥秋也。詩所謂大氐可以時考。年十二月衛滅，今年春為戴公元年，次夏今正推之

戴公在漕。控于大邦，誰因誰極。始露其中心也。大邦蓋指齊桓公。

亦黙爲

也維周維楨非二三女子所能爲也左傳翦毒須遷無所控告也

大夫君子。無我有尤。君子亦在位也皆從不可如何而坐視宗國之亡夫人雖飛騰

想乎如蒙乎故曰無有尤我思歸言果其情和辞如佛彷孟子欲往仲尼豈往矣夫人豈歸矣故也

序曰義不得又百爾所思。不如我所之。鄘詩百爾君子猶曰凡百君子所之

言思之所之也衛大夫跋涉不容而許大夫則褒如亥故發是思次路兄所之次叙言於宗國也詩

自許來故衛系錄言次附鄘風之末篇口庶說次卒章章爲八句然控于大邦左傳次爲載馳之四章

者再出而不曰卒章末十句定本隨今分爲二章從後古

載馳五章。一章六句言首章一章八句言第二章一章

六句言第三章二章章四句孟言第四章卒章上下二句倒

十二

鄘國十篇

牆有茨　蝃蝀

柏舟　君子偕老　定之方中　相鼠　載馳

桑中　鶉之奔〻　干旄

毛詩考卷四

毛詩考卷五

衛國第五

○淇奧美武公之德也○就初篇曰緇衣美武公也故此添之德字次相變左傳

目衛康叔武公之德皆序者不能信之余說非敢有文章藝之盛又能聽其

規諫切磋琢磨以禮自防琴瑟赫咺戲謔不虐以禮制心可謂德也故能入

相于周寬綽而美而作是詩也○

瞻彼淇奧綠竹猗猗○奧也淇之綠竹之美與君子之有本草曰奧者內也水內也猗猗

新竹美貌有匪君子如切如磋如琢如磨○學而自脩也于因於

淇奧君子學之一貌次盛君子也瑟兮僩兮○其德恂慄於中也其赫慎密貌僩嚴貌威嚴貌

十二

兮咺兮。威儀赫咺於外也 顯明貌 咺宣著貌 赫 有匪君子終不可諼

兮。威德至盛民之不能忘也 所謂德音不忘者

瞻彼淇奧綠竹青青。猗猗言其懿 青青言其色如青 言其形狀 陸佃云 竹初生其色

綠長則綠 轉而青矣 有匪君子充耳琇瑩。會弁如星。琇瑩美石 璝華 下

詒微 禁禁也 禁榮華也 有文小正 參出 會弁節 必得也 武公有文章徽然人望而畏之 如星瞻仰之狀也

○參考 隱鳩卿士 奏飾 異於凡諸侯之故存焉 瑟兮僩兮。赫兮咺兮。有匪

君子終不可諼兮。四句出三首章 二三章 而倚倚 青青 亦稱 四句如出三首章 卒章 而如簀

辛章獨奇 錯綜成篇

瞻彼淇奧綠竹如簀。簀積 簀謂之第 簀盡 物也 下四如 亦物也 有匪君子。

如金如錫如圭如璧。前如言學脩之日進。此言學脩之成就也。寬兮

綽兮。言寬弘于玉宮也。猗重較兮。朱注猗嘆辭也。葉頌云猗與那與。猗與漆沮。晋

猗猗兮違之歎文。猗依也。亦通。立車倚較。車較毛公必有傳車別有是製也。式低較高如重之說不

又善戲謔兮。不為虐兮。此亦武公之性度也。自寬綽出。曰出重較。曰重而寛

亦善謔也。虐言過於爾雅。謔浪笑敖。戲謔也。如淇州吁爲是善謔也

淇奧三章

○考槃刺莊公也。武公子也。刺莊公是一篇之次。此是詩之志也。詩之辭則子貢之考槃見之

循世之士而無刑也。鄭朱並勝於古義。不能繼先公之業。相宗曰先君之文相交不荅

使賢者退而窮處也。也字今本闕。據足利古本補。窮窮達之窮也。猶曰窮其處

十三

考槃在澗碩人之寬考槃宜從說盡去樂以忘憂將之以終身故曰考在宗載考之考窮故不以滿其辭也然昔武公寬以車較碩人亦存其存德遺意以在上位者也不論政於本朝而獨言於澗谷之此言外鼓舞而不能繼業者亦見獨寐寤言永矢弗諼寐寤猶之半卧也寐寤於澗中而於言也弗寢不忘是樂也弗過弗告之氣

考槃在阿碩人之薖韓詩作過美貌安樂薖軸相遇則薖是戲過之過於字又作軸作輠是車之載膏器也車行必載是器以膏塗軸使之迴轉滑易之轍以狀戲轂而輠輪法輠迴轉也標以是則碩人不遇同韓其心而安於窮也不承權輿之意自見獨寐寤歌永矢弗過獨笑詠於中而詠歌亦足矣我廣乎不過於是樂而已

考槃在陸碩人之軸同韓其心以遠肥遯而不係遯之也亭亭支車之軸車由是以相

一

遠也獨寐寤宿永矢弗告野處獨宿而足矣何就外人之治是樂之者在於澗遠道也而何而淺漸近於公非極日之力而去此緯有餘裕者苟莊公而反之何必澗阿亦有之河必阿亦淺亦有也

考槃三章

○碩人閔莊姜也莊公衰棄故獨閔之與黃鳥哀三良之同莊公惑於嬖妾使驕上僭州吁之母莊姜賢而不答本傳曰美而無序曰驕曰終大有二義一則美公之詩一中終以無子終之云則莊公一死可知故國人一本無故字閔而憂之也也字今本闕據足利古本補憂字亦二章之義也既閔莊姜又為國家憂也

碩人其頎衣錦褧衣褧即姆加景之景同是句又曰丰詩則孟莊姜始來嫁之懷也

十四

○首章陳莊姜之尊族類之盛以閔之 齊侯之子○ 也 宜齊莊公賙之女 鄭注齊爲虐於

是将小伯 衛侯之妻○ 標之史記莊姜未嫁在衛莊公 五年武公餘烈爲諸侯嫡 東宮

之妹○ 並適夫人之女也 邢侯之姨○ 邢是周公之胤也 譚公維私○ 譚子

衛故曰公罪 公燕公之公

手如柔荑○ 柔澤而白○是章陳莊姜之容於色以閔之 膚如凝脂○ 白而潔 領

如蝤蠐 白而長七詩爲蝤蠐之領河邪首領 齒如瓠犀○ 潔白齊也 螓首

額廣而方 蛾眉○ 細而長也 巧笑倩兮美目盼兮○ 倩好口輔 盼白黑分

碩人敖敖 說于農郊 敖音驁長貌同敖敖言其從 如郊之車馬飾轙也猶選徒囂也以

郊農夫之所耕故曰農郊以著百姓聚觀歎之慶之於 近之郊者特因之說之于此以朝非農義而孟亦有離之言

別餞夫人就而稱寵君亦親迎于斯故○是章言次乃禮來歸寵君於始次說也四牡有驕

朱幩鑣鑣○朱幩周禮所謂朱總故次以德爲之著馬下勤王后五路重翟第一朱總厭翟第二

纓總鑣鑣備飾之介鑣鑣行人鑣鑣言之馬壯而朱幩飛揚也翟茀以朝以翟羽飾蔽簟茀一

劍茀從戶也周禮鄭注引是而蓋厭翟也茀厭翟而朱幩盈如之士昏禮攝盛也重翟其羽二重厭翟

相次厭其次大夫夙退○無使君勞○言莊姜之有寵於君也朱注次爲周人謂之

諸大夫之辭亦通有寵於君之意則可

河水洋洋○北流活活○卒章言齊之可次爲周大極次憂之施罛濊濊○罛最

大罟也朱注濊濊罟入水声也鱣鮪發發○鱣大者二三丈鮪大者七八尺葭菼揭揭

揭茁然上擢之貌庶姜孽孽○庶士有朅朅言五公族之盛與兵賦之武也詩本作[illegible]

衍角二十句本閔莊姜于歸毛鄭本或有二序意

碩人四章

○氓刺時也（刺時之淫亂也）宣公之時禮義消亡（此禮義不與相亂同）

（表宣公者一人之本也）（繫云）淫風大行（武公以禮自防而莊公宴上下慢禮不成一壞遂然是）

（消亡）男女無別（周三部以系謀室家）遂相奔誘（道行涉其）華落色衰復

相棄背（華落自棄之落點化未黃而隕是色衰也　戰國家次色交者華落而愛淪棄者至于）

（暴此）或乃困而自悔喪其妃耦也（者子君是女序其事　困言自以棄而自悔）

也左傳引是詩曰士之二三猶喪妃耦據是則喪妃耦之於是詩古之遺文可知　故序其

事以風焉（是詩之體在此人皆知衛之有氓猶三邦之有谷風而無知其一篇之次異焉唯序則）

明明哉。

氓。刺淫泆也。美亦刺中之美也。及正言言困悔止奔之女也，忽是女

作是詩，狀其悔過感人之至切，次風時之淫泆不忘者，人君子見靜女三章取彤管焉，取卜云美並

可二次關關古言古意矣。是時有七子之母而聽声赤，以世族在位而互竊妻妾，是次君子論其世爾。

氓之蚩蚩。抱布貿絲。氓，民也。初未面相識，故通其辭而忘是怨辭也。蚩蚩，毛曰敦

厚貌。朱曰：無知貌。但言其有可信之色而用是辭也。布，或曰貨布，或曰麻布。貨通質，絲在孟夏。匪

來貿絲。來即我謀。遠來而與我謀也。送子涉淇，至于頓丘。

子來而樓我，故我起而從之，然草卒之行，慮有沮撓，欲歸而告家人，至此而別。匪我愆期。

子無良媒。頓丘之別，結言如是。氓本欲直奔，忘大子文君然，女則有待於父母媒妁，故至

頓丘而忿，氓不悔，故女曰此非我敢愆前約之期也，子無媒而樓我，顧念事情是謀，不得不延之數月。

十六

耳
將子無怒，秋以爲期。霜降而婦功成，嫁娶者行焉。家語荀子有是說，則不
必此仲春也。孟夏期以秋，以待於父母媒妁，則賀之文君一一義。
乘彼垝垣，以望復關。別後之相思也。何必以及期乎。復關蓋關門名，照上送涉淇表之出
垝，所存是篇讀一一去婦無容，境誌之，所以與它篇異也。不見復關，泣涕漣漣。此淚
閔指垝之身也。待之而不來。既見復關，載笑載言。垝來則歛淚言笑，否則不
言不笑矣。頓丘之後，垝亦源源而來，是六句所以悔之與士耽也。爾卜爾筮，體無咎
言。秋期既垝，卜筮並無咎也。以爾車來，以我賄遷。以爾車來，親迎哉。
我亦具我奩裝，乘爾車，以遷復關，以禮成婚也。是
女雖初私，終夫迎之，妻從之，則父母許之，兄弟可
得可知矣。如是則宜其家，可保室家焉。此詩人模寫之妙也。

桑之未落其葉沃若 比也比士之總角容色光澤鮮而自黃隕之後言也故曰未落而又有幾何不落之意次下皆自悔之辭 于嗟鳩兮無食桑葚 甚也食饜過則醉桑幾何不落葚落而自亡無時須臾容易而從輕薄少年也 兮于嗟女兮無與士耽也 士言男子士也固極所甚夫不必多摽下苟子處女耽甚不願得次為士諸次為未取妻者之辭皆非 於其妻私通於女其夫早自外未士適出此適便用字耳 士之耽兮猶可說也 白圭之指尚可磨也下例 女之耽兮不可說也 朱子次之是詩為淫婦自訴則固當以為妾言而至是句却為淫婦解嘲何居惟序若不宿若是左傳表記坊記並引是詩取以斷次其言出之君子之故也若是淫婦之言何以為義之府乎

桑之落矣其黃而隕 比也比葉落色衰焉此所以見棄也 自我徂爾三十

歳食貧。三歲，言久也。備三歲，我食不足，則色亦不傾，澤誰使我黃而隕者耶。淇水湯湯。漸車帷裳。以女方於深泳，泳於淺之意。帷裳自嫁而下至軫者，以車涉深水，帷裳由濡，困苦亦甚矣。爾食我食，故奔走拮据，發誰發貧而得之，以濟苦境，執財業也。容我辛亦得不萎氣，譙使爾有今日安樂者耶。女也不爽，士貳其行。我勞大川身登，妾樂則有最佚。行淫由男子之常態，猶今風俗鄙至此始言其獻衣華而豔新華。士也罔極，二三其德。在詩罔極猶無道也。色衰愛則更求異人之色，故以黃隕起。三歲為婦，靡室勞矣。盡婦道，不敢以家事為勞也，連下二句言己無日寧處之故。夙興夜寐，靡有朝矣。猶曰無朝夕也，小雅不遑朝矣。言既遂矣，至于暴矣。言物類也，既遂其我生我育之意，百事我既遂生業，得優也。亡無失行，而見暴遂也，故曰

暴。兄弟不知。咥其笑矣。可憐此去婦讀詩者而得則流離之義不與奔者同

文能下以不爽勤而不勞亦好婦也君子棄者寔之謀之暴而淫之婦之罪也兄弟不知己無家而次之言

淫於色必又在昔日之依而不嘗於夫之窈相嘆笑耳。靜言思之。躬自悼矣。哉歟

說事之曲於次自白於兄弟然是事非云端一言之能盡況昔日之奔隨既已播於鄉人則說之不知不

說之愈至此而悔舊恭徒靜思自悼而怨其躬耳亦謂不可說也

及爾偕老。老使我怨。怨與爾誓偕老而老則棄我哉。淇則有岸。隰則有泮。

比也言總角燕婉之誓也如淇之有岸如隰之存深生死不相離之爾上比言下常沮洳者曰隰渾其涯也

總角之宴。總角未笄者結髮為兩角也此借言少艾老言年歲者三十歲言

又說詩之辭也宜次以意逆志宴燕婉也。言笑晏晏。信誓旦旦。爾雅晏晏柔也

十八

旦〻鄭玄讀爲怛〻說文作㥕朱注明也不思其反。總角之宴斷〻未婦念及其不再復也
反是不思亦已焉哉。反是不思我一箋云次至斯極也青春可惜嗟女無與士耽有
歎悔之不蚤而使〻閔〻之者內有悔一竹謂序事次風者是君子喜言之妙也○一云總角宴未笄也言
笑言晏〻笑言也是時思其反是女可以次不失自於是誤矣故曰亦已焉哉
是詩宜與采薇之詩並考而求其寓意一箋家爲首章序淫夫之情必爲可信之事二章五序述於不信
之人徒有柰傷次永于歸亦不足頼之事三章序色衰自廣悔恨必及之事四章序淫夫無頼女雖
負且勤必不終之事五章序女雖無罪必反不覆至于暴不慎始而自致寬結之事六章序悔老之誓
雖怨論骨髓己自取之末如之何爲女子者不可不深自慎之事凡六章之言雖借二人之口出序
其所序之事每章皆一箋次風刺盛悟乎時人也全與采薇之詩同其章格學者須熟涵泳心呻吟序文

氓六章

○竹竿衞女思歸也　首句與泉水同而廣焉則與泉水互相備歟　適異國

泉水曰嫁於諸侯蓋是又相總　而不見答也　泉水無是句此云若安其國何故思歸

如詩之思而能以禮者也　泉水曰父母終思歸寧而不得竹竿亦父母終者也

能以禮泉水亦同竹竿以泉水對照頗和平故序之造語亦和平於泉水矣

籊籊竹竿以釣于淇　思共樂而傷其不可再也是篇亦獨格上下句同舉故鄉共樂

下二句八分于敘今日情況　豈不爾思遠莫致之　致去致思也備違也果也家語

有致思屬遺遠而不能致思說言也衞女作詩以貽之故衞爾遺以貽之人

泉源在左淇水在右　故鄉山水席卷在目思須與漕之意也泉源未詳不泉也得之

十九

泉源在北淇水在南皆東流而合是亦相像淇水之遊也女子有行遠兄弟父
母○雖道之遠思或可以致然遠兄弟父母女子之分也既已遠之則於禮亦不可以致思者耳
淇水在右○泉源在左○一説其向而重之前章言淇之遠以父母之私是章言淇之事君子之私
其意亦相重巧笑之瑳○佩玉之儺既遠父母之後又齊之體於君子雖之心思淇泉
謂巧笑佩玉敢失其禮節今置之是之三句而情境之若大馬此亦能以禮者也瑳玉色鮮白前之出言必多
而顏色鮮白也雖不答气不敢攀御向偎是敬慎也儺柔順也内則進退周旋慎齊升降出入揖遜
是佩玉之節也○朱注笑而見其色瑳然其一竹謂榮然皆笑亦同榮然惡丈夫之容不必遜
淇水滺滺○檜楫松舟○舟楫悲昔遊心從淇水流也駕言出遊○以寫
我憂○首章言其思也二章言其分也三章知分而不忍於禮也卒章以禮制心而不自失也我

思之不已門致非道之遠也遠之父母兄弟者我分也雖不見荅敢失容於君子矣然則卿當遊以遣悶耳欲叙是情每章先提其故狀而後發其寂寞無聊滿腔是歸心者咸歎此是扁之竒處

竹竿四章

○芄蘭刺惠公也惠公讒殺大子汲代去國人不服驕而無禮叙詩中之義大夫刺之案是大夫作也古義一以爲惠公之罪箋左右公子逐汲者是詩稱童者則在出奔次前章八年復入而作是詩也五字今本誤標足利古本補

芄蘭之支童子佩觿興也李時珍云芄蘭之葉實尖垂于支通似觽葉合尋似韘故比興遂得也次微卑之支間垂二小尖實無異童子之佩成人之觽焉譏其稚精不稱服也左傳惠公之即位也少杜注蓋十五六雖則佩觿能不我知○能不交語也知知遇也言禮清去服

雖成人彷是亂臭能不依賴我濟亦有治軍
國之事也 是宴大夫之言也 芄蘭垂觿依離落藤
生故喩 如是 容兮遂兮 九章縱容之無經法飛揚貌
辭 漢郊祀歌神之行旌容容法音
補爾雅 孫遂 作 垂帶悸兮 悸說文心動也
也法物盛與作之貌 向言容貌暴慢而
不敢於大臣亦驕而無禮也 左傳其君有家猿次
為之師傅而荒怠法不欲皮注之以惠公其家獻公
芄蘭之葉 童子佩韘 其 佩韘 鉤 雖則佩韘 能不我甲
甲 甲言親昵 甲爾狎甲 狎也 狎貫習也 人自治事
甲者不依輕人而可爲童子 能不親昵我而儒
之事軍國有事則必將已我藉力者耳故同不我
狎 童子 能也 甚未 抱佛脚 臨時亦當燒香
容兮遂兮 垂帶悸兮 是詩之言 激惠公將見
經故也 益驕而無禮太臣不
親二公子 將奉大子伋之弟 攻竊君子 其
其幾 故大夫怨毒之甚次切頑惠公也

芄蘭二章

○河廣宋襄公之母 母字今本脫、據足利古本補。二子乘舟、渭陽、及旄丘、干旄、可以參語例。以歸于衛 言桓夫人大歸、蓋在東遷渡河之前。思而不止 思襄公也。左傳闕無存之文、欲空之。古閒相傳、嚴粲云、衛本都朝歌、與宋挾河、及戴公始涉河而南、河廣宋衛未遷之前、宋桓公猶在、襄公方爲世子、鄭說誤矣、得之。宋桓公御說賢君也、故雖出夫人、狄人之敗大勤衛、其義也。宋世家不通是意耳。故作是詩也 雖思其子甚亦以義斷之、不至放心於行、故錄是詩也。序與式微一例、有首辭而無後辭。竹竿曰思而能以禮、載馳曰思歸唁義不得說之了。

誰謂河廣、一葦杭之 葦蓋取其葉浮水也。孔疏一葦一束也、非一根、葦加之水上者、桴栰然、然否。

誰謂宋遠、跂予望之 非宋遠也、義不得則不得不自斷也。

誰謂河廣曾不容刀 可跳而越之也刀亦取其形似也此不唯一葦杭之册益後世

誰謂宋遠曾不崇朝 崇終也行而可以朝食于宋也跡望之在目此所以在足愈切

河廣二章

伯兮刺時也 刺時之妻怨曠也伯兮有狐首何廣蘇並有時字其義殊行指 言君子行役 君子言實也 為王前驅 摘詩成文以亦循詩歲 過時而不反焉 三章之意躍如也為王前驅是空閨太懸之也況過期不反詩故大哀

伯兮朅兮邦之桀兮 雄雄之詩其憂思凡朅而桀則敢死 伯也執殳為王前驅 伯也彥文不哉既壯武而成名於邦入敵驅之不遠又不可遠者也況為天子前驅而執殳矣 怨女之憂何止長離別朅一憂邦之桀一憂執殳一憂王一憂前驅一憂序不言時郭也饒舌

自伯之東首如飛蓬。相經而髮亂 豈無膏沐誰適為

沐米汁也以膏澤髮之施膏以澤髮我髮散亂

容。寢興非無膏沐無以用之是亦以我自訪也

其雨其雨杲杲出日。觀鳴于垤婦歎于室雨則想其旅

途之苦哀其歸期之過晴則又是

其雨憂將雨也出日者言方晴也將雨則晴方晴則雨悵望之間徒過時月杳然而無歸日與瞻彼日

月悠悠我思之意也言過時而不返即是 願言思伯甘心首疾。言於心而首亦

然疾也雨月閔伯晴日望歸心不與他事親

唯以思伯為憂惟徒勞心緒而首亦為之然

焉得諼草言樹之背。何處得諼草而種之於堂之庭以此損其思憂之甚也鄭曰欲忘

憂此辭不以縮也朱曰不忍忘也非其義也○諼草

蘇頌說食之使人昏然如醉蓋後宮後房之意思

君前女君 願言思伯使我心痗。不唯首疾也心痗

後故名 則將不能從君子

之歸直次求後者也二以字二有字相照其心
而念之不止故欲疾首如飛蓬則首疾亦易消

伯兮四章

○有狐刺時也刺時之喪耦也衛之男女失時二十
與伯兮相錯鳴十

三十嫁娶之時喪其妃耦焉君使民慢而征役煩故也下文次也荒廣也殺古意祭然

古者國有凶荒凶饑也亂也則殺禮而多昏荒政十二有昏禮在

多民此殺禮專指昏禮也會男女之無夫家者會合也男未娶女未嫁不得成

一夫之家也引古禮次斆衛不恤所以育人民也其民也非責其不能舉政也

有狐與野有蔓草同是衰世之風也男女之淫有自來矣故于序並責於上而不非民經意了然

有狐綏綏在彼淇梁以也綏綏垂尾貌狐以偶夫況梁失所也以況失時寡夫失時

喜耦則淫放之心自萌故以狐心之憂矣之子無裳。婦人見而憂之其無裳也夫狐淫物也出山林而綏綏水深如有所求者以喻男子失時隱隱未始有不肖之心女之喪耦者見之憂而思為之作裳其亦生奔心者爾

有狐綏綏。在彼淇厲。厲水涯也深可厲之處心之憂矣之子無帶。無裳衣尚有衣也無帶無以束衣也無服衣亦無也逐句而歷言其寒窶之甚也

有狐綏綏。在彼淇側。是詩以三無為叙而梁厲側八會韻耳然求而彷徨之意則全寓於是三字矣心之憂矣之子無服。以民比狐非咎民也刺彼使斯民為狐者也行露懼亂亦斯民也而使是女悅狐誰之為邪風俗之亂君子有以感於事變故詠情性諷之

有狐三章

二十三

木瓜美齊桓公也附録也置之編末然竒格也卯似麟趾騶虞二篇次終三衛益有
箋矣衛之再興齊桓之盛功厚德也衛國有秋人之敗出處于漕事丁
三出俗變其文自左氏次外未曾有之孔門遺文上哉須其變之各適當齊桓公救
而封之首稱齊桓公之廣聲又冒齊異國故也它有許穆夫人鄘莊姜諸詩同此鄘唐序法上冒
國則不風下遺之車馬器服焉事出左傳國語此句與詩映帶而舉其實八衛
之欲報者豈為是物乎衛人思之與異國數故衛風而稱衛人欲厚報之
而作是詩也三章而卻輕於三木桓公之德其感人深矣厚報言復國家勤勞
投我以木瓜報之以瓊琚有以貽我以木瓜其思意感刺不忘我欲報之以瓊
琚也玉石以表中誠焉瓊次文赤玉葉赤佩之赤言玉之光彩盛也琚佩中下物匪報也

永以爲好也。上爲效信好也，雖以不信報之，未敢以爲報者，詠其感恩之至深也。

投我以木桃，報之以瓊瑤。木桃卽桃實也，樹桑樹檀語例同。瑤，美石似玉者々。劉有継卦反。瑤句王肅得之。說文石尚賁傳未足信也。匪報也，永以爲好也。今日之瓊瑤固不足以報前日之木桃，然永以是結好，將以歲月報去，幸勿卻之。

投我以木李，報之以瓊玖。木瓜最大，而桃而李最小，是詩之叙也。玖，說文玉黑色。是得之。瑤，佩中長博而無者，蓋玉石並用，而瑤美石而玖美玉，皆佩瑤之材也。所投愈小而所報愈重之叙也。舟瑤出大雅，佩玖出王風。○呂氏曰：桃李曰瑤玖，是偶篇法可玩焉。○大雅投我以桃，報之以李，是詩取於先君武公而點化之。匪報也，永以爲好也。所謂苞苴之禮行焉，物薄而用可重之謂也。貴之以遺，則感人極深，三木以得三瓊，此其禮行也。

三十六

木瓜三章

衛國十篇變風唯三衛不與諸國同左傳亦賦足以觀焉春秋經傳大要詳叙之

淇奧　考槃　碩人　氓　竹竿　芄蘭　河廣　伯兮　有狐　木瓜

毛詩考卷五

毛詩考卷六

王國第六

季札觀樂時，王在衛之後，蓋次邶詩於二南之次，太師深意也。且春秋時列國大夫行賦在變風，唯衛與南雅而已。或云王次衛者，恐混於二南，故以次間以戒同異。

○黍離，閔宗周也。唯王國稱閔者四，言其衰弱不振也。與苕之華閔時，并卷可以求旨。衛有閔莊姜，鄭有閔無臣、閔亂，係之與怨之事是也。○說者以是為平王時作，然序無明文，玩其辭，後於兵燹，葛藟亦不可以窺。錄而在編首者，猶適定之方中。周大夫行役至于宗周，蓋鎬京為秦也。戰爭之餘，荒亂之久，犬戎過故宗廟宮室，盡為禾黍。禾黍亦禾也，此草管鳥之謝。閔周室之顛覆也。○苕之華曰三星在罶，之閔周室之將亡也。至此離之而為，黍離序文可玩。彷徨不忍去也。○詩云於是，而作是詩也。

彼黍離離。彼稷之苗。離離猶歷歷，其遠莽離離靡之離言其繁盛也。于句黍稷皆離

離而方苗也，下亦同。説云：離離，黍秀而垂貌。非也。豈稷于變而黍則依舊乎。行邁靡靡。中

心搖搖。邁亦行也。靡靡，須次而雪霏霏，神中會意，與邁自別。搖搖，蕩而不定也，猶搖搖然。

如懸旌而無所薄。知我者。謂我心憂。以我爲心憂也，我心聯讀者昧古字例也。

二句是客，二句是主。次不知我者。謂我何求。哀虜之甚也。先王之廟鞠爲禾

黍，翁嫗在田，婦子餉之，荒荒一曠野，無人知吊。古者詩人欲提不知我者而先提知我者，辭之有

含蓄也。爾有桃獨提不知我者而且其誰知之，盡而不行，與婉而成章自別。悠悠蒼天。

此何人哉。滿自皆不知我者也，故此想于蒼天。大于晋因自之遷宜必乎，而貪天禍，詩人所

讒之何人，蓋不止此耕宗周痍奴滅之

彼黍離離。彼稷之穗。黍稷離離而成穗也先苗而穗而實猶桃夭之華之實之葉也

謂時詠之詩人之常行邁靡靡。中心如醉。廿七之然飲之失本心者也小補載其哉

啾屢舞僛僛詩人求欲其飲舞也知我者謂我心憂。不知我者謂

我何求。要得不飲酒而後醉乎悠悠蒼天。此何人哉。

彼黍離離。彼稷之實。自苗而穗而實只是彷徨不忍去之模寫也說行役往來非一

見非也行邁靡靡。中心如噎。如醉其心惛也如噎其氣窒也憂之深淺是詩

之序也知我者謂我心憂。不知我者謂我何求。悠悠

蒼天。此何人哉。三章百十七字而行役變遷八字詩人淫液之最甚者

黍離三章

二十六

○君子于役刺平王也。孟與揚之水一時故後言之章蝕彼言浸夫也君子以往言

下篇以德言在位雖有德祿位故稱危君子行役無期度也。以行役子王之

慢是詩見於處者之言揚之水見於征夫之怨大夫思其危難。思君子危難風王速

石鼓之也思國勿思危難困飢渴或亡國之危難非序意○大夫作詩備有不推之遠以風焉。

國有朝而無知之禍齊襄葵丘之戍以時而還及民作代因是大夫思其危難有以哉

君子于役。君子而于役在外不踰時者是句即出篇通篇君子四字之八微意皆存可以知非君子家

思夫之詩不知其期。曷其至哉。別本曷字下無哉字者脫也足利古本亦有○曷

何時也至雞棲于塒。雞棲宗雞縛穿垣棲之日之夕矣。羊牛

下來。小雅畢來既升入牢也是詩降而入牢也君子于役。如之何勿思。

猶曰之很矣大夫不及之屬歟是詩之巧也故曰如之何勿思夫行役妻思去常事也於是句不切

君子于役不日不月曷其有佸 不日不月言其歸無日月之期也小雅德

言未播又從游雞棲于桀日之夕矣羊牛下括 桀盡植杙而横架者

君子于役苟無飢渴 憂其有飢渴之辭覩其朝不及夕之急也使之太甚迫之飢渴之

然若無連管之變之有高克之禍太夫憂之宜矣謂之衛懿而詭但棄其生遷殊悲了矣辭

君子于役二章

○君子陽陽閔周也 稱周列國無是例蓋表曰王風故也 君子遭亂相

招爲祿仕 貧者無以為於國家衰始甚 全身遠害而已 而己之字照閔周可味

有藏身者將飢渴於外故君子遠害於冷官

二十七

君子陽〻。一間ノ今萬舞去慾意氣揚〻喜自得也頌〻云龍旂陽〻考王注声清陽左執簧。
右招我由房。自〻房中招我也大射儀寔青簫脯醢射人左房〻鄉射記以命〻負〻侯〻卷〻射〻其後
字例正〻哥其樂只且。君子而樂於此則哀亂之不何〻如〻何者大可息故曰亂郁
君子陶〻。叙〻誼陶喜也礼記人喜則斯〻陶左執翿。右手象翟則是未舞之初也故可〻次
招我右招我由敖。燕舞之位曰敖周礼辛食次樂蓋取游敖之義欲遨〻于遠法遠言故
作食處也支間春是例其樂只且。
君子陽〻二章
○揚之水刺平王也。竹書平王三十三年楚人侵申三十六年王人戍申當楚武王時未
知字〻衆不撫其民〻。驅〻民於遠使〻離動而不得安居而遠屯戍于母家。

不戍申之為本也称母家示非一於一戍也周人怨焉役夫在遠故称王周人之辭之協也

称國人則亦嫌於處者宜與丘中有麻并考諸侯有戍非是辭可閔然在三四思在五六

揚之水不流束薪比也流水激薪而揚其力不能流比王室衰弱威令不行於諸侯焉與鄭之揚水比意全同王室不能專則命諸侯戍邑可矣天子御遠之民而遠戍下國衰弱甚矣

彼其之子不與我戍申役使不均己困於遠戍猶北山之怨國用匱則當代亦不得如常戍待與君子從不知其期皆衰弱所使

懷哉懷哉曷月予還

歸哉代人不至旅悴日甚思念故鄉而悲其歸之不月也

揚之水不流束楚前章提束薪而楚與蒲皆是薪也提戍申而甫與許皆是戍申故及之也

彼其之子不與我戍甫甫於戍申也甫下名呂周語申呂雖衰齊許猶

三十八

在又申與同姓之天子宜以恩之鄭以詔卒王德之故因戍申并戍之也懷哉懷哉曷月

予還歸哉

揚之水不流束蒲蒲草也激之於東楚水勢益揚草草而称之薪漢廣綢繆可徵彼其

之子不與我戍許蓋甚於戍甫也許不見於鄭詩次與甫同姓而近并戍之申遂

為楚所滅許為楚所屬國當平王時蚡冒武王方拓土境則為楚戍之可必矣甫亦楚故效其地未考

○竹書申侯與許男鄭子立之宜臼于東果實錄存或因是詩附會之致懷哉懷哉曷

月予還歸哉是篇七十八字而換二十六字永歎之外須玩六字隨喜

揚之水三章

○中谷有蓷閔周也不能撫其民其不至斯極乎夫婦日以衰薄于南

之道陵遲凶年饑饉室家相棄爾兵革不息男女相棄出於出其東門及溱
洧而青皆淫淫風是篇迫衣食而棄其妻王政之慢民情之薄諸國所無可謂衰矣故同以訓
中谷有蓷暵其乾矣興也蓷猥草然中谷失其所谷水浸以暵然而枯槁矣次興女
之仳離而歎傷也有女仳離嘅其嘆矣此君子憐而詠之者非婦人自述
嘅其嘆矣遇人之艱難矣凶年不免於一死况是之艱難也可以憐是女遇良人
周衰之時而至斯極矣哀哉時命之衰愴然有餘感者也
中谷有蓷暵其脩矣脩長也得水而亦挺者不能遂其性耳有女仳離
條其歗矣小雅嘯歌傷懷悲恨深於嘆矣條其歗矣遇人之不
淑矣凡一死者曰不淑如惡不祥之義也父子相棄喪不祥則夫婦相棄是不淑也可以憐是女遇

二十九

菸殘也

不淑之時矣使其生於谷之南之地次桃夭宜室宜家何至爲谷蓷而菸傷邪

中谷有蓷暵其濕矣乾者失其所而悼也脩者傷於水而失其性也濕者浸泉浸

悲而歎也有女仳離嘅其歎矣卒章最痛切矣嘅嘆條歔大息如此特次艱維

不淑爲敘章是結語卒嘅其泣矣何嗟及矣嘆且歔之時尚然有依路者至

事窮而嘅泣則方求如之何可謂是女溝瀆自分而已故曰雖悲嗟亦何及乎

中谷有蓷三章

○兔爰閔周也節士大夫閔時也其詩曰知我如然不如無生閔字可以弄者君子無望

故不曰刺桓王也桓王失信必有其事矣據左傳王易田失鄭文奪鄭伯政其長可知

孔疏次信不由中也是恐非桓王之過諸侯背叛鄭伯始朝桓王不礼一云次夫之諸侯

所知權然遠禍。歎之不可離而不憂不已也王師傷敗。此亦不言繻葛之懟君子

不樂其生焉。周至桓王而益衰甚於君子陽陽其樂只且

有兔爰爰。雉離于羅。比也叙訓循爰爰緩也役兔脫於羅而獐然自得次比之敎國狡兔逸於王罰紀雉介良而反著於羅次王國士民没於毋望之禍亦次自道也我生之初。尚無爲。少壯時國家猶閒暇庶幾無事次終是實也宣王末年周既衰幽王十一年平王五十一年則詩人周遷東周之蹙我生之後。逢此百罹。尚寐無吪。吪訛同小雅或寢或訛我始頓在無奈今而遇之是百憂不樂其生頓寢而不動耳無吪亦是無奈君也不煩嫁頓奈上而憂樂云云沈二尚字有味。無吪謂之不樂生盡矣近庶幾次一如其又重下同

有兔爰爰。雉離于罦。郭注罦有兩轅中施罥次捕鳥孫炎云一曰次掩兔我生

之初尚無造無造即無爲也造字尚書考證我生之後逢此百憂

尚寐無覺覺在身而覺與聽在耳目咸寄偶不罹不吉憂難而不吉憂爲寄偶相對

有兔爰爰雉離于罿翻車也大名相用其制有小異耳罿罬也罬謂之罦罦者咎

我生之初尚無庸不用反不用也潚洫送日月也我生之後逢此

百凶尚寐無聰背叛傷敗不也之言無之於耳衡之於聰故也于曰六十而耳順○無聰

懶散極矣目有之聞之聞而耳之熟常聞捨之耳甚於聞之自耳目前後從有叙此雖韶鼗可以其博依矣○作是

詩者有感于周南兔置施苟肅肅丁丁則郭敲無敢慢也今寫網施兔之侯其如之何

兔爰三章

○葛藟王族刺桓王也古或作平王誤也毛傳亦可徵周室道衰周道

親親我望是以亦知其爲古言棄其九族焉。周之爲常棣伐木以親九族及其衰也頹弃角弓作矣至於葛藟其辭愈疏遠而無恩極矣須照諸序次求之文意○左傳公族公室之枝葉也君去之則本根無所庇蔭矣葛藟猶能庇其本根故君子以爲比況國君子所謂君子即王族也論之族而及是詩與其序文合於我是以其言序之爲古義古文也且以體亦主左氏而滿足之不敢臆斷

緜緜葛藟，在河之滸。比也。緜緜葛藟比九族之浸而蕃衍焉在河之滸比在天子之守下也河潤水因況在其旁流沛澤所被王族得以滋蔓之如是比之而後陳今之不然以哀獻於下是比體也河潤所生不止葛藟殊取其葛延庇本根焉葛藟之不緜亦王室之瘁也類弃同十如之彼

雨雪先集維霰終遠兄弟，謂他人父。王不親親九族殄瘁我終與兄弟相遠而無所據不得已而父事異人之老者以之憐焉謂他人父，亦莫我顧。顧者旋視

三十一

相訓也 四句 言平王族 不依王室則無所居也 魯成公欲就楚叛晉 季文子曰 不可 史佚之志曰 非我族類 其心必異 楚雖大 非吾族也 其肯字我乎 春秋之例 言是意甚多 是詩亦與史佚合符

緜緜葛藟 在河之滸 興也 滸爲厓 郭注水邊 興也 曰岸也 水曰水厓 終遠兄弟 謂他人父 非刺平王 是傳可徵 謂他人父 亦莫我有 有者

保抱 相存也 安處視而不有 不謂 不近作 字我也 遂不君 不有其外在 存稟 不有寒居 考例

緜緜葛藟 在河之漘 興也 夷上洒下曰漘 言岸上也 不其 水 唇也 終遠兄弟 謂他人昆 父母 亦言 謂他人昆 亦莫我聞 聞者

古人相語也 不聞於我 又不使我聞之 猶如路人 父曰顧 母曰有 兄曰聞 用字極工

葛藟三章

○采葛懼讒也　子貢傳亦曰大夫憂讒或云采葛非人臣事嗜中谷蔓延獨女手所宜刈采

彼采葛兮　爲衣服也三采皆不得已者非遊戲也詩人之辭反覆　一日不見如三

三月兮　泄柳申詳無人乎繆公之側則不能安其身負孟子曰我退而寒之者至皆憂君側也

彼采蕭兮　爲祭祀也時日有期　一日不見如三秋兮　次三冬例也亦三月

也疏云三秋謂九月朱子從之有確據乎否唯積月而時積時而歲故其序如此耳

彼采艾兮　爲疾也三采皆言不得已而遠君側焉　一日不見如三歲兮

甬亨序不親九族而好讒佞骨肉之遠無由有愛譏不懷者故也次采葛次葛藟其意殆有相似

采葛三章

○大車刺周大夫也　唯王風有刺大夫與小雅刺暴公相似列國則有哀三良是已

礼義陵遲。男女淫奔。上句為辛章繫之 故陳古以刺今大
夫不能聽男女之訟焉。是詩自行露點行者故次召伯聽訟亦其義也
大車檻檻。毳衣如菼。大車特言其車之盛也猶言武車孔懷女子從車声檻檻而知其
為大夫則自御去毳菼之衣纁然乏於車中如天大下需行物與元長不怒而威於斧鉞○陸佃云說
毳毳衣以毳毛為纁是或一服也毳冕不如菼織 豈不爾思。畏子不敢。豈不風夜
謂行者露全是一意或曰此刑政之致民免而無戦革面而未能革心者二南之化遠矣噫後儒苟
刺之說乎子曰無畏畏而惡不仁者天下一人而已畏而不敢非以礼制心者亦
大車啍啍。毳衣如璊。啍啍亦声也小雅或車嘽嘽嘽嘽焞焞焞又作啍毛傳以次詩
詩叙以之不取也說文璊玉赬色 豈不爾思。畏子不奔。爾思情也不以奔礼也

穀則異室。死則同穴。異室同穴、禮義也。言之以見爾以禮義盡哉、亦欲同穴之意也。

非禮不可以欲、故以禮義勸之。謂予不信。有如皦日。以心譬之、如是猶以禮自防。

貞女也、使之者、非賢大夫乎。行露以訟言、大車以使無以言、寔連璧也。○疏云、周婦合葬、陳在

周公以後葉、是亦下考。然詩作於東遷、謂之詠召伯、亦遠。且召伯下及康王。

大車三章。予曰、古者不祔葬。詩云、死則同穴、自周公以來祔葬矣。是詩合於禮、可知。

若從姻還葬、嫁殤、是非禮之大者也。夫子何徵之。

○丘中有麻、思賢也。匪風思周道、下泉思治、以終變風。是篇、王風之終也。不曰刺莊

王而曰思賢、其必有說。莊王不明。平王崩而桓王廿三年、莊王十廿年、齊桓公以莊王

十二年立。王風遂亡。賢人放逐。考槃曰、使賢者退而窮處。參明詩意全在退、語不同處可

三十三

逐國人思之而作是詩也子責儻留子賢而退隱周人慕之賦丘中

丘中有麻彼留子嗟留子嗟見放逐而在丘中種麻次矣衣食計也此寂寞無聊之

景不與考槃肥遯無悶者同上曰丘旅旅曰来食恐所次慰其欝陶也彼留子嗟將其

來施施施施只有得之白猶曰施施來遊喜子又施施從外来欲因是詩

丘中有麥彼留子國子嗟父也有恐儻蓋子嗟是王而其父既老其子猶傺故三章

序之如是彼留子國將其來食君之麥雖美姑且郎哉一餐願治漁薮欲君矣

丘中有李彼留之子蓋子嗟子也年弱故曰留之子上二人先祿其實則不可混己

次麻麥李分三人所指詩人模寫也彼留之子貽我佩玖望其貽寶玉玉所次結好

也白駒生芻願毋遐心亦同荷篠丈人宿子路而設雞黍將其来食也見其二子之郎貽我佩玖之意

山隰見離合雖異其知賢愛賢則同留之子年猶富其無賜環之日永願再庇於君家之宇下矣

丘中有麻三章

王國十篇

黍離　君子于役　揚之水　葛藟　大車

黍離　君子陽陽　中谷有蓷　兔爰　采葛　丘中有麻

三十四

毛詩考卷六

毛詩考卷七

鄭國第七

三衛之外鄭詩最富故次鄭次王舊説鄭初在畿内故次次王非也

○緇衣美武公也變風唯秦有美秦仲襄公三首它定之方中淇奥木瓜無衣及是也凱風干旄是别鄭國刺詩十四而美則是篇也父子並爲周司徒善於其職也敝又作𢿱又造欲其永不易故序併及桓公可謂徹底矣國人宜之稱國人者示之詩作於鄭國也説周人作非矣宜稱也左傳王子圍相鄭穀子羽曰是謂不宜故美其德衛風美武公之德在首句此在下相變以明有國善善之功焉有國善善言世濟其美也桓公始封於鄭武公繼有其國蓋善美之善也善即善於其職之善武公有大勲力於平王見周語晉語一○東萊呂氏云此後之講師失旨也噫何言歟鄭樵朱熹詩之興賦余不

唐用鉞呂氏頗知序可貴然主首句而不審繹廣
詳屢誤解而曰講師講師使人生疑惑惜也不免
承習之
私臆矣

緇衣之宜兮敝予又改爲兮。緇衣卿士聽朝之服也疏云天子與其臣皮
弁以日視朝卿士退適治事之館釋皮弁而服緇
衣矣其私朝對在天子之庭者公○宜言衣稱其
人也首章章首而二章卒章偶是篇法也適子之館兮還予授子之粲
兮○適子之館備曰子適子之館言武公忠聽政其館也還言武公退食自王所也

緇衣之好兮敝予又改造兮○好言衣之美好也猶五服五章之章衣稱其人
則自然美好然說好猶宜不確適子之館兮還予授子之粲兮○爾補
粲餐也粲粲米精米故謂飲饌爲粲也曰將其來食曰甚飲食也皆愛賢之辭也說飲食粟常繼來矣

緇衣之蓆兮。敝予又改作兮。爾謂蓆大也蓋言衣之貴盛也玉藻謂服習容觀玉聲乃出揖私朝煇如也登車則有光矣

適子之館兮。還予授子之粲兮。是詩無前後深淺之別但六十九字而授之六字何限意緒且須知上二句是國人所願故三章章三句換而下二句特三字改之而已○子曰好賢如緇衣又見於緇衣見好賢之心至也與序正合故宋儒不得其說為淫詩之弊中語意系輕儀男女次緇衣戲出君臣之

緇衣三章

○將仲子。刺莊公也。莊公不忍故作是詩風之不勝其母以害其弟。不勝猶不忍也不能如其母之欲以遂以陷害弟於不義而放逐之也○二句語意上屬序之例同有女同車而作有汜載馳別是一格弟叔失道而公弗制祭仲諫

三十六

而公弗聽。詩之義盡於此矣。小不忍以致大亂焉。段叔而傷父母之心

小事也。兄弟克伐，與父母求誅，大亂也。○序結語與有女同車治同大亂以前之詩也故先叔于田

將仲子兮。祭仲丈曰祭仲足曰祭足曰仲足也丈單曰仲仲其行也仲字猶言季夫無踰我

里。無折我樹杞。杞也次踰里折杞比入人家而傷木名為野盧氏禁野之橫行徑踰者

法徑踰射邪越疾越堤淳者樹杞猶杞樹也遂人職溝里縣遂皆有比域溝樹也豈敢愛

之。畏我父母。既不愛也則鄭志大可見二句盡之也莊公之惡念次刺其心是切諫也畏

毋而曰父母詩人之辭也依違而帶言之耳仲可懷也。父母之言亦可

畏也。懷者慕愛之思也齊詩曷又懷也即畏忌之反也左傳非威非懷何以示德威言明畏可

忌懷懷言慈仁可歸服仲可懷也者言仲之為我謀親切而可佩受也

將仲子兮。無踰我牆，無折我樹桑。孟子樹之牆下以桑　小雅維桑與梓必恭敬止故愛之也　豈敢愛之，畏我諸兄。不言父母　仲可懷也，諸兄之言，亦可畏也。莊公曰多行不義必自斃子姑待之每章末句須添子姑待之四字蓋夫未知仲可懷則叔之將我周公可知也然叔之未殺上有君母之寵下有國人之歸無敢而暱默之則母兄國人未必服之且叔不大滅之雖不全拒故曰子姑待之詩人推忠恕之次諷切之而已母兄國人之小有言尚可忍也使母弟叛逆而屢殺之豈非太惡乎

將仲子兮。無踰我園。自里而牆而園是漸迫也自父母而諸兄而國人是漸廣也　無折我樹檀。小雅樂彼之園爰有樹檀季氏有嘉樹韓宣子譽之出左傳　豈敢愛之。畏人之多言。不義而得眾國人說而歸之　仲可懷也。人之

三十七

多言亦可畏也。晉語引之曰見懷思威民之中也鄭詩之言吾其從之矣此義庸前賢所明覺而況於淫穢狂妄甚夫周樂主文詩皆正音季札亦歎可觀鄭衛何曾有淫聲邪音乎

將仲子三章

○叔于田刺莊公也。左傳稱鄭伯譏失教也三篇皆諷切其志在不教而殺也叔處于京。受上篇故不言處稱京則非從公田繕甲治兵以出于田。不臣之形已見矣

國人說而歸之。稱國人則衛國也左傳大叔命西鄙北鄙貳於己公子呂曰國不堪貳是也○句末脫也字有女同車可照券

叔于田巷無居人。叔往經過于帶里途觀者如堵故曰巷無居人豈無居人。

不如叔也洵美且仁。行旅愛也命西鄙北鄙貳於己豈無陳民之旅民歌舞之

見康誥所謂別播敷造民大譽者故先稱其仁而悅之也盧令亦以美且仁為首章

叔于狩巷無飲酒一帶里途若無飲酒之人也既備而飲酒出言者此是章一節以言飲酒也然巷飲非叔之飲是日叔治兵出田其一節得適從觀慶喜而當宴會飲歌舞之人故曰巷無飲酒

豈無飲酒不如叔也洵美且好可愛之謂好是日飲酒之人歡所滿巷然人皆願從叔之之飲而當其餘瀝而已

叔適野巷無服馬繕甲治兵則一帶里途滿目皆服馬之人也故曰巷無服馬

豈無服馬不如叔也洵美且武服馬厲飾誰不趨之然叔之實武而絕倫人皆願其善用也不如仁慕其懷也不如好慕其愛也至於不如武則有夫決拾之勢已見矣

叔于田三章

于田 于狩 適野 仁武 好 吾人 飲酒 服馬

○大叔于田刺莊公也。其辭盛於前篇故稱大鄭有兩叔于田酷似故字子右者

兩卿同朝是篇言其從公而田以巷人知有叔而不知有君之狀也叔多才而好勇

射御負而暴虎不義而得衆也。適篇皆是意也夫有才有衆可以有爲況好勇而安

不義乎此不可不訓戒然莊公志在從殺故吞然冷笑許以刺也

叔于田乘乘馬。叔字十出焉其得衆之甚也執轡如組兩驂如舞。

言御車馬姣莊也叔英氣勃勃自御其車而出叔在藪火烈具舉。謂至從所而叔

之行在烈火並起也襢裼暴虎獻于公所。放火烈藪有虎跳出田獵得之獲搏

虎以戲不亦壯乎夫暴虎者一死而無悔者也以是巷其不憚弑況與君也小雅漆沮之從天子之所

將叔無狃。左傳莫敢狃之於蒲騷之役戒其傷女。衆人悦其壯武而賛之曰一擧

絕倫然多狃今日而復之 習
其或傷女故謹戒苦之也
叔于田乘乘黃。黃其馬也以物 黃即首章乘馬 四 兩服上襄。兩驂雁
行 言車馬之馳也二句亦美叔之良御上襄進而 驤也襄亦匹馬皁上九馬隨之漢書雲起襄
又文記 襄首 叔在藪。火烈具揚。三章如夫公之田而 曰叔于田公之所在而
曰叔在藪並三復之詩人風意 所存獻于公所一句何等焦急 叔善射忌。又良御
忌。美叔之多才亦次著其得無射則不須說遇 縱送如彼御則範其馳驅磬控如意或云善其
無傷之詞非 也不解序耳 抑磬控忌。良御也四家毛必有所傳 今從之相激曰棹轉與騁
義差似或云使馬 曲折如磬似從 抑縱送忌。善射也朱注覆鑣曰 縱送禁縱手縱矢前手
送矢也若理則逐有微乎不及盡縱送與馳逐二節 法縱矢者義逐禽也縱必獲毛義亦已了之

叔于田，乘乘鴇。蓋其副車也。自獵者獻息，四黃而乘宜鴇次毛羽以名之爾，推作鴇依例
後世從人，兩服齊首，兩驂如手。言獵將畢，而馬不驕也，中服並
或失本末
首於前，而兩驂差退，如曲肱，兩手於首左右直
兩馬並在先後之形容，前章亦同，唯其步驟疾徐
之異，讀者宜注目。叔在藪，火烈具阜。二句三章如依例
還也，但是須說獵將
畢文後一䟽次。叔馬慢忌，叔發罕忌。慢，惰也。用字之巧，訓逐不
耗磨餘勇也。
雖是詩人讚衆皆屬目於叔之進退，唯命之模寫也。雖
有心，猶無忌，此詩人之忠信，所以次憂君憂國也。
抑釋掤忌，抑鬯弓忌。掤，矢箙蓋也。用矢時繫之掤於
箙，而今解其繫，次覆箙也。鬯
與輗同弢也。衆皆見叔之馬慢發罕，而詩之獵將
畢則叔果釋掤鬯弓，於是車徒相命，恭去其未始
詩之之進退耳。○公子呂曰無生民心，厚將得衆
公乃曰不義不暱，多行不義必自斃，毐哉修哉

大叔于田三章　乘黃、如兩兩　乘馬乘鴇　如兩兩

○清人，刺文公也。危亡將及，故亦是詩風之也。高克好利而不顧其君，高克國君是惡物。文公惡而欲遠之不能，所謂知之所惡者耳。使高克將兵而禦狄于竟，魯莊末年秋狄伐邢，閔元年齊救邢，僖元年諸侯逐狄城邢，此春秋書之秋狄伐之始也。高克禦狄是故也。秋入衛，鄭棄其師，同在閔二年十二月，亦與此說於是久而不召不確。文陳其師旅，翺翔河上，豈以高克遠之也，一去而公不省，故次師翺翔已。久而不召，眾散而歸，高克奔陳。秋伐之而未退，故高克不得還者，蓋三秋入衛滎澤，伐北之秋退，則河南之師可以次還矣。公子素古傳可知已共素譚大夫子康可移以後伯仍叔皆同。惡高克進之不以禮，進之言進而事君也，與退之對

一七十

而成辭古焉文公退之不以道。克固不示然公亦不道故惡之危國亡
師之本。故作是詩也。高克好利不顧則何所不為而公授之師旅久而不召也
危亡之本也文公之惡惡一人也公子素惡高克為軍國正疏云克若擁兵作亂則危國棄衆出奔則亡師
大得詩序意矣作詩時師未潰又未有知其必潰者惡是危亡故作詩風之鄭氏云不言已潰而言將
潰其詞深此所未發序故也清人不同二子乘舟且況是詩者遊戲之辭亦非序意
清人在彭。駟介旁旁。旁旁疏云馳驅數遊不息北也傳傳之然不得已の煮狄已
言高克無事可為兼於事實未合二矛重英。河上乎翱翔。酋矛長二丈夷
矛二丈四尺並建於車上故其英重蓋矛柄近上有飾以縣英須曰朱英則蓋染毛羽次為之の在
彭在消在軸言其遊遊不安也軸介二求言其參軍容也翱翔逍遙言其空閒送日也危亡之形既

見公惡翺其不擅大衆以致又惡知其不率師出奔故特託之以責之然非序所示也古義可宗

清人在消駟介麃麃。行人麃麃儦衆貌朱儦儦慱盛貌兩雪瀌瀌漢書作麃麃俟俟鹿鹿衆也

二矛重喬。河上乎逍遙。穀木上之句同喬字之喬亦然故朱注英繫盡而喬存也葉重喬不必詞英有無且以喬其英之繫訖鑿通篇無拠表蒙我之意

清人在軸駟介陶陶。祭義鄭注陶陶遂遂相隨行之貌葉旁旁麃麃陶陶並步驟盛夷之兵以著其擁大衆於外也按是衆旅貪人而使至潰故因鄭棄其師

左旋右抽中軍作好。左陳旋師講兵右陳抽矢抽刃而中軍則成陳嚴張軍容也翺翔逍遙次進退時言是章次布營時言○處說中軍謂將居車中也強甚且御者在車左亦游說也左右中軍言三軍必矣

清人三章

○羔裘刺朝也 朝無直臣故風之 言古之君子以風其朝焉

風而思君子不改其度是詩亦再言其直鄭無賢臣

臣可知清之前篇考之若有直臣未必至棄其師

羔裘如濡洵直且侯 侯言其有主民之德也洵美且都字法同古之大夫其羔裘如

濡則其德亦直而有君德也羔羊序曰正直 左傳曰從者亦是詩者有感於召南委蛇矣 彼其

之子舍命不渝 安有於天命而不變其守也

羔裘豹飾孔武有力 古之君子其裘如濡則其文德 是次言潤豹飾則其武力

是次胥靦一朝今之君 支徃彼之羔裘而豹飾耳 彼其之子邦之司直 用之

邦家之而足以稱其司直矣左傳謂之司馬太司武 又哉主纏直雖不不生書云主吾為師

羔裘晏兮三英粲兮 晏傳曰鮮盛與日出清濟下 義也然晏安也是常訓蓋言服

稱其德而晏如也三英次二章云重英朱英緑縢考侯程子云素絲五紽之類近是大夫之裘其英飾

三而粲然美也彼其之子邦之彥兮美羔裘三英恭而安文武兼備實一邦之彥

也如是可以次章云民主美彥受上文武二直信也彥字從彡故曰文也彰法人說詩誦不取也

羔裘三章

遵大路思君子也與風雨思君子云文同義異合左氏叙經法莊公失道

莊當作文莊公英主也無棄賢之事且清人之從不可通論莊公之詩也文公時三良大夫受害師又背

王命執其使可以謂失道也君子去之丘中有麻有兩賢是彥有兩君子文曰賢人於此曰君

子去之路行次示詩中之義也國人思望焉慕而聽顧之也

遵大路兮摻執子之袪兮執袪於大路是不以遑顧人月之意也朱子徵宋玉稚

說可閔無我惡兮不寁故也毋惡我而不斷須故舊本有不遽棄之義也

遵大路兮摻執子之手兮不唯執袪也君子將去從而斷須是繫白駒永今朝之意

無我魗兮不寁好也疏云魗與醜古今字○好言文要之好也故不必好是故而好者以唐之羔裘亦先君子之故而從繼子之好○鄭箋次莊公說者是序之所次廣也

遵大路二章

○女曰雞鳴刺不說德也不說德居子所次去去故次是次遵大路而終之文公變風爲怨之詩合緝於後次表祭神亂國遂次終莊公害弟之惡也故女曰雞鳴之流盖在溱洧之後英絕見殺于三年而文公立文十二年高克虜陳公子五氣終於文公即位前八年陳古義也衛河之美十五閔風第二非陳古義何次至此次刺今不說德而好

邑也　德包對德古言也德言德行又言有德君子亦是
是詩句皆陳德義卒章稱有德君子亦是
其德行也蓋文公報於叔父之恩又娶于江
蘊頻穀其文遂其亂門不治國俗敗而又淫亂
可采見矣○是序與詩月
出序文相變精微可玩
溱洧之後

女曰雞鳴士曰昧旦　昧旦則之適雞鳴　子興視夜明星有爛
叙夫明星謂之啓明自此通篇皆女之言　將翱將翔弋鳧與雁
弋言加之與子宜之　加言中也從佃引史記次之弱弓微繳加諸鳧雁之上得其爾雅
宜肴也言調和而肴頌云是飧　宜言飲酒與子
是宜朱子引內則雁宜麥近之
偕老　宜其調和嘉肴次飲旨酒至於白首永同其皇欲樂矣○朱注射義男子之事中饋婦人之
職　琴瑟在御莫不靜好　在御言在其行之進御也正縁也好可嘉也　女曰琴

四十三

思以左右之以儀節宦祀而無事勿有粗暴之懟焉相警戒之辭也琴瑟因飲酒而及之

知子之來之雜佩以贈之

因飲酒而及賓客也嘉肴旨酒必有好友來也言親愛其人而致之也雜佩以報贈焉琚佩以例也毛傳得古義贈玉所以結好也女曰我詢知子之好而來也我亦贈之雜佩以厚其好矣夫婦所以在有德君子而妻說夫所以夫亦使妻說賓客此夫婦並說德行也

知子之順之雜佩以問之

順也言和順相比也問猶問安也禮道不廢故曰遺也夫知人者君子之事也婦人何與焉唯能知其所親愛扶欲之而不失而已雜佩之贈所以厚君子之好也雖有賢主人入家婦惡人情所不堪也同心如是其則金蘭之情豈不日深系萬世女師

知子之好之雜佩以報之

好去言與其人歡洽相投也報去言報其好意也文伯之死婦人失声於宴曰是子必曠於禮矣言篤於色而薄於賢也李

章永歎宣次是觀矣，惡人夫者已既篤於德，又使其妻篤於德，如是而後可稱士君子，此謂古義矣○

贈與問偶，賢與好偶，而起句之末，結句之報，是奇古學盡焉

女曰雞鳴三章 次上八篇一轉而十篇在衛而彼三十篇

○有女同車，刺忽也○ 忽之一死，先全於鄭棄其師三十餘年，忽之詩別起，至揚之水十篇

一轉○桓公武莊皆英主也，三世也業，忽竟賢矣

序不曰鄭公而曰忽，與春秋符合，忽春秋所不君也

鄭人刺忽之不昏于齊○ 鄭序唯是稱鄭人孟與齊字相映，與下國人相

變○是序皆仲子一例

太子忽 春秋書曰鄭世子忽 嘗有功于齊○ 猶曰齊忽焉

太子時嘗有功于齊，古文簡，舊嘗云者，自後之辭也，此言伐北戎事也

齊侯請妻之○

齊僖公時爲小道

齊女賢而不取○ 次上假車也，北戎之役，齊侯請妻也，非二文之妻也

卒以無大國之助至於見逐○卒字與當字呼應及鄭依以無大援故爲
祭仲所逐也 故國人刺之也○也字今本脫據足利古本補○詩直稱孟姜以指忽
前適幾去序繫之國人春孟示之丘麻萋下例之意殺○五月莊公卒九月忽出奔洵三歳而復歸
閒一歳而見殺是詩未可知何時作孟忽去而狐疑爲祭仲所馮陵故追悔往事以刺忽猶余且
悪祭仲跋扈也凡曰刺忽者皆悪祭仲也不可不釋○忽之殺而祭仲專國實本於此故刺忽之詩
起論於是篇詩亦孟作於見逐之前也

有女同車顏如舜華有淑女可以同車也將翺將翔佩玉瓊琚
美步趨之高貴也越得西旋習步而從獻矣 彼美孟姜洵美且都直稱孟姜
沱同彼子嗟子國奄息鍼虎其辭直也人或疑是女涉孟不達詩之辭者耳何必孟而稱子孟子姜乎所

呈唯在姜女也都鄙之反言其風
柔佳冶大異於小國女子也

有女同行顏如舜英言同其車而從夫共婦從是同其道也此亦猶曰有二女之堪同行者

將翶將翔佩玉將將擾擾材之美也將將聲之美也彼美孟

姜德音不忘言不唯美於色而已所謂賢也故惜之

有女同車二章

山有扶蘇刺忽也自此至褰裳四首相似皆主權臣刺之權臣祭仲也有女曰見

遂揚水曰無臣序者三致意昧者乃曰刺忽甚矣噫忽唯是弱主而大亂鄭國者祭仲也狂狡可惡

故風忽而欲激退之蓋是鄭人之志也所美非美然四首序文甚有叙宜細味之所美非

美言忽賢非賢也美者因詩之辭然與焉同常武序亦通

七十五

山有扶蘇。隰有荷華。以山以物有其所喻朝廷有賢
相美其國其所也是句例南山
有臺者首假扶蘇未詳或
云木名或云小木扶疏
不見子都。乃見狂且。朝廷
不見美人而見狂夫耳荷華美物故受次子都狂
對子都則猶言其子被髮佯狂言不脩容觀也楚辭
冨都郡名言美少年也孟子文子都之徒以美女
此子都古之美丈夫或汎稱而非一人名歟
山有橋松。隰有游龍。松之喬龍之從是草木之大者
故下受次子充言充顏色豐滿
身體肥胖也子都從
其都稱之于充必然
不見子充。
鄭指衛率豐盛言
稱德之相也周禮
有充人養牲而肥之者
禮視牲告充注充猶肥
乃見狡童。
提子充故次
矮小童子系
應之高尚之韞祭仲次知爲充狡也狂童狡童又
出下篇其人同○鄭指今王棄高明昭顯而好讒
愿暗昧惡角率豐盛而近頑童霸周前言然首
章後言然卒章亦是詩者豈本由史得之言歟

山有扶蘇二章

○蘀兮刺忽也刺忽所謂鄭之一人之本也其實祭仲之專也君弱臣強始提

君弱蘀兮蘀兮以君弱也風其吹女臣強也不倡而和也言倡而和見之道廢也

蘀兮蘀兮風其吹女比也蘀以君風以臣葉既槁而風又吹之幾何不散落乎以言君危孤弱而權臣脅之死亡無日焉十月隕蘀其下從蘀以言落葉也此言其槁而將落也叔兮

伯兮倡予和女叔伯群臣相呼也倡予與汝予從予一例也此政此事汝若首倡我我將和而從謀者也此君倡臣和之道廢也于子產同國之大郡右也畏君之威君其第之祭仲輩在待之君之倡互相倡和以決之斷軍國之事蔑君甚矣

蘀兮蘀兮風其漂女漂叔文本亦作飄葉吹女其辭汎漂是飄揚之也蓋危是詩之

巧在四字變換處叔兮伯兮倡予要女。要專於和也要是求而從成之義言

蓋以力決遂女志也和者唯是同意之義左傳使季路要我又從其事而要其成樂記要其節奏

蘀兮二章 章四句 呂氏未精序文其說失古義

○狡童刺忽也。愚按狡童而曰刺忽風忽使遂也國事繫一人詩之常也國風無刺大夫之

詩不能與賢人圖事。詩中四字我字賢人也忽之一者賢非賢故秉勢專者不得

而和非無賢人然不能進參國政而委之權臣遂使其凌轢賢人權臣擅命也。權臣

釈狡童也山有扶蘇之乃見狡童亦指忽一者并矣而説其君為狡童大昧序文者耳左傳祭仲專

彼狡童兮不與我言兮。祭仲狡猾左傳足徵擅國命而不使賢人與聞焉。○非童

而稱童是詩之辭也維子之故使我不能餐兮。先君三世之丕業將大壞

君子遐遠，唯明見祭仲之忽焉，朝廷憂而不能退食也。子，卽指狡童。或云：曰彼曰子，非指二人。彼，指權臣；子，稱忽。案：從諸頌疏，又引宋均論年稱大不違詩辭耳。巷伯曰彼譖人者，曰謂爾不信。

彼狡童兮，不與我食兮。食，受也。不能餐，言去不與食，言不相親也。擅權者忌忠良去不必說食祿。

維子之故，使我不能息兮。子，之狡黠驕亢故，使我心胸塞而不能氣息也。不唯不能餐，不必退食，示不端直與聞政命在朝廷故也。○我憂而不能餐，子胡不食我，子可與食而不與食，橫逆蔑甚我，遂不能息。是詩之本辭也。

狡童二章

○褰裳，思見正也。晉語晉正於秦，五子之而從軍往重行。前篇所謂乃見狂見，狡童是也，次行變擅命。

國人思大國之正己也。孟子文征之爲言正也。

各欲正己也焉用戰盖忽之力終不能如祭仲何故欲借力也次上用序下意要遇

子惠思我。褰裳涉溱。於鄭詩連而甚我左傳君惠徼福於鄭邑褰裳涉言疾奔走而從之也下章枕從之意

子不我思。豈無他人。思正己之心甚憂故因諸侯苟憂我不必衛齊宋雖秦楚我將顛覆而奔走豈無他人為求之又求不得不借之意

狂童之狂也且。狂童日往不已不借力大國正去國將顛覆不可不急決是下篇也

子惠思我。褰裳涉洧。下章唯次溱洧為鄭與東方之日下章次日月為叙相次下篇並意重於前章而章章加餘演

子不我思。豈無他士。眷阿曰吉吉去曰吉人斯父曰爪爪曰爪去只是會韻○齊褰之轉高渠旛豈有感激於是盡施其時祭仲以知為狡童哉

狂童之狂也且。歐陽脩云次雖告人豈詩其思而從後業是思叔之詩也非之叔之

辭也序之不可不審如此夫

褰裳二章

○丰刺亂也 淫序亂也丰之先東門之揚猶君之先東方之日凡禮曰婚姻之禮廢而淫辟之罪

麦序唯知之意 昏姻之道缺 昏禮廢而不備也非衍文女不隨一事 陽倡而陰

不和 前序以不倡而和是亦忽之弊從風之所自也 男行而女不隨也

也字從之是利古本誤○東門之揚曰下親迎女猶有不至者也是詩悔不送而曰駕予行故曰不隨

子之丰兮俟我乎巷兮 丰面貌豐滿也俟于巷莊莫雁降堂出大門乘婦車以俟

之時 悔予不送兮 女時有異心莊而悔之故曰予興美丈夫也來而俟于巷予有他故不

得隨行使子徒歸今甚悔之矣○婿莫雁降出大門婦從降自西階是送也

四十八

子之昌兮。俟我乎堂兮。昌壯大也柳子南夫止之意與年相應齊清倚謂昌兮頎而長兮俟兮堂謂升堂而及雁通拜登首而出之時也時女在房故追悔其不登隨而行也

悔予不將兮。將送也送卽隨也俟乎蓋是女等閑而知也俟乎堂時見而知也前後之叙可琉

衣錦褧衣。裳錦褧裳。昏禮有模盛故擬其言之也士庶人非與衛莊姜同褧且女服不殊衣裳別而言之亦詩之辭也故曰不二次之文害辭不必辭室家也○褧景同士昏禮婦乘次几姆加景乃驅塵以御景亦連衣裳為之

叔兮伯兮。駕予與行。叔伯卽夫之從者及己家人也夫之迎女有從不隨及夫之去女則有悔從乃曰我衣裳既成請為我駕予將追及焉豈是時禮廢如是成婚者亦有之鄭之亂可知不然雖狂女知其必見黜而行乎詩人模寫不可不求

裳錦褧裳。衣錦褧衣。婦乘車而從姆加景今不從嫁而既已加景狀其狂急之態也

叔兮伯兮。駕予與歸。行自此發也，歸安于彼也。其風亦先行後歸。○鄭說既失之。前人從中後，叔伯然則吾得呼前人為子矣。此婚是須臾之間且增之。淫者猶有留而從遺之者。

丰四章

○東門之墠，刺亂也。淫亂也。丰主言昏姻道缺，是詩言淫風流行。男女有不待禮而相奔者也。東方之日序亦有此字。可玩私約相隨同奔。

東門之墠，茹藘在阪。東門之有墠，墠邊之有阪，而茹藘生其上。是女之所思室其阪上也。東門左傳亦出。在鄭，祭仲比也。除地去草曰墠。是蓋為賓客若貴人祝駕設之也。茹藘延蔓，從長者也。曰東門，曰墠，曰茹藘，曰阪，皆言其不易微行也。其室則邇，其人甚遠。其室其人可望。其人雖見也。下曰子不我即，此言我不于即之故。東門之人行墠又可思。況茹藘草秋後乎。

四十九

東門之栗有踐家室 左傳諸侯伐鄭斬行栗注表道樹周禮列樹以表道此言車馬
行人之處也遷足有踐傳踐行列貌此亦言人家踐之以屋也 豈不爾思子不我即
即 我不子之即有不得已然子不我即故無然久不相見耳非之我不思也請其來而僂我我焉往之

東門之墠二章

○風雨思君子也 與子衿並編意也 亂世則思君子不改其
度焉 亂世猶風雨不改度猶雞鳴子產曰為善者不改其度故能有濟也蓋狂童恣行或茹落
或面諛朝無骨鯁故思之或云突與忽更入更出之間士皆怵利害失其常度
風雨淒淒雞鳴喈喈 比也淒淒寒疾也比世壞亂吾雞鳴之介然深者雖有怪風劇雨
守夜而不失時 既見君子云胡不夷 夷滌之忍心之磊塊変而易也

風雨瀟瀟。雞鳴膠膠。瀟瀟暴疾貌。或云喈喈而鳴而不失和。膠膠鳴而不失周業于字。汝音。不汝義。喈喈猶雞鳴喈喈。膠膠猶雞鳴歟。歟雞有是兩樣者。喈喈之然者依然喈喈也。膠膠之然者依然膠膠。不汝其度也。既見君子。云胡不瘳。瘳病之愈。心之鬱結而變而解也。

風雨如晦。雞鳴不已。晦月盡也。如晦言夜色如墨也。不已不變也。既見君子。云胡不喜。喜憂之反。心之修但變而悅也。或云喜其於瘳。瘳其於兼小辭哉。艸蟲先說後義。是詩前二章並疊章字變語。與清人羔裘章格同。如来句協韻耳。

風雨三章

○子衿。刺學校廢也。逝一死後百五十年子產君相要時。鄭士大夫猶朝夕遠而游于鄉校。則是時亦可知。子責遠其王風曰東遷學廢。君子傷之。在世亂則學校不脩焉。

倒前序亂世字是變侗謬國亂又變也皆有則
字宜細玩之是序別本作亂世誤也○前有刺亂
于箭而風雨于於並繫之世之亂而此二首之
相似與狂徒之禍殺之皆可見是序之宗察也

青青子衿悠悠我心○鄭亂淫風蕩學子去不游
於藝者今日子今方服
青青衿而遊憒不憂我者之慾思其慶業也
礼曰君子者所遊必有常所習必有業具憂青
領是學學皆
寸陰之時也**縱我不往○子寧不嗣音○**嗣音寄聲
也哉語不敢
徹聲聞於天玉璽於下執事宗玉賦繫齊淇公衷
音聲の我在學朝夕不眠子則哀眠何不屠寄聲
問我無從流俗而全失
樂律之志来患告之辭也

青青子佩悠悠我思○青佩盖亦見慶學子所佩也凜
青組綬可疑玉藻作緼組綬是
赤黄之色の子曰食夫稻衣夫錦於女安乎近就其
身喻之青於青佩亦下例苟轉聆而見之豈可須

更曠學邪縱我不往子寧不來我不往子必知其來子不來我曾不知其故

挑兮達兮挑佻窕通輕薄也達放達也左傳無禮則脫之脫與是達義通挑達者學子之所最可戒也故君子憂之在城闕兮在士女紛華之地而般樂怠敖可謂遊蕩常出其闉闍有女如荼鄭之俗可想一日不見如三月兮深憂其遊蕩猶將戒之蓋不忘也國無綱紀風俗淫靡少年無業遊蕩失志於學卒章甚之○首章待其傳音也二章望其面晤也卒章無音無來思之愈切也樂洋君子厚其交遊亦可見脩辭之妙○邢刻本兮上有也字衍也

子衿三章

○揚之水閔無臣也依序猶狂狡也據史記忽死後十二年而祭仲死閔猶碩人閔莊姜依此詩時忽既死故曰閔不曰刺疏云依詩時忽實未死箋疏泥詩之辭耳詩於忽死後二十年時

言語次惡仲閔忽也君子閔忽之無忠臣良士。終次死亡。上前序

曰非矣曰臣強曰忠良曰狂童皆無臣之謂也至此終次死亡故言是詩閔字而作是詩。

也。有女揚水其辭遜於化篇然錄之次始終忽之亂也有女追刺忽未詳注之初次四首權臣跋

唐次四首國家壞亂揚水閔忽亮死之後次終焉十篇一轄是編緝之意也徵序詩其不可見也

揚之水。不流束楚。以也以忽之孤弱不能御臣下焉手風丁意終鮮兄弟。

維予與女。設人而君之也權臣奪政忽抱空器而孤立耳原繁謂厲公曰莊公之子猶有十

八人鮮兄弟言其相乖離也與人皆有兄弟我獨無詞無信人之言。人實迋

女。忽雖死往役備在次暴滋甚故君子追閔忽曰亡矣非臣矣故國權下移群臣傾於私以終至於

鮮兄弟唯人言不可信彼狡童實誑女使女至死矣君子惡祭仲之往役滋甚故其成辭如是

揚之水。不流束薪。平王崩後二十餘年而忽終鮮兄

弟。維予二人。言雖役人而流至是真忠直獲君而不從往役者也序所謂君子閔而作

是詩真伴人殆小雅讒人罔極構我二人無信人之言。人實不信。忽竟死而

閔之曰人實迋女曰人實不信是惡祭仲今自之妄者也實字可味實如是則忽之見弑亦可閔

揚之水二章

○出其東門。閔亂也。閔國之衰亂也宜與野有蔓草相照以求之閔字大有發明次

下三篇是十之餘也鄭自莊公寵弟而釀公子年爭之亂厲公在櫟十七年國有二君人心無所次

致之是衰亂公子五爭。兵革不息。二句亂之所由也三篇皆有兵革矣五爭桓十

一年忽出厲公入一也十五年厲公出忽入二也十七年弑忽立子亹三也十八年齊殺子亹祭仲

五十二

立子儀四也莊十四年厲公殺子儀復歸五也春秋以厲公爲君故忽不稱爵男女相棄○ 一

男女夫婦也手風曰室家相棄之文相変民人思保其室家焉○此衰世之情也

故曰閔夫保室家生民之常也兵革窮民淫風亂俗夫婦衰薄日以流也於是民思保其室家也

出其東門有女如雲○言遊女之衆多也大雅邪之如衰世亂男女無別起處子出遊

窈窕依然態也非以俗有淫心雖則如雲○匪我思存○淨容出遊者能而言妓此

不可與保家也不存於吾而存於蕉萃是衰態也縞衣綦巾○縞白色綦蒼艾色蓋賤女

陋服也巾或曰佩巾或云裹頭之巾聊樂我員○聊循且也出泉水員叙文本亦作云韓詩

旅魂○欲求於賤之女以奪流蕩也賤之女不必好婦特取其不以艶裝衒人耳妙爲衰世之情

出其闉闍○盖郎東門也門外有副城曰曲以隱門者曰闉闍上之臺曰闍有女如荼○

荼花白而叢聚況衆麗人之形而成叢也比衆
又如吳語白常白旂素甲白羽之矰望之如荼雖
則如荼。匪我思且。且存一字念益厭之之意其猶上章員益以若諸○好色者人
所欲而今使之情如此
衰淑之故予序文盡之
非縞衣茹藘。聊可與娛。之意浩
念益自安矣茹藘以染絳不必巾而已或云縞衣
茹藘自目其妻其自呼妻曰樂曰娛古人恐晒之
○茹藘唯鄭詩二出以其比主產絳
故茜以其多生於西故名鄭西國也

出其東門二章

○野有蔓草。思遇時也。思不得嘉時而相配也亦是說
亂與上篇正時務男女配偶
之年月也欲及其時
而成婚是思遇也
君子之澤不下流。別本無子字邪刻本
則有孟有所傳故參諸上有大車則民夫人待於
下流民氏云是句講師見零露之語而附益之未審

五十三

纂因云曰取一名與以為解曠皆不違序意耳彙纂不足辨唯吕氏可憾東萊序曰德澤不加於民詩

豈有零露字乎是猶前序有五辛兵革彙纂幾前序因經文無一干戈擾攘男奔女竄亂景象全不解序文

耳是句不與零露相関民窮於兵革是時鄭有二君狂童恣行上澤不降為戰伐不

恤故民窮困窮也言思遇時之所由此男女失時三十不娶二十不嫁也是詩與衞之

有狐同序皆繫於上而不愆於民有狐亦同男女失時思不期而會焉此國經文

而言也亦衰世之情也兵革不息民窮久矣怨曠殺多其思昏姻者非夫無信也是序曰君子之澤

不下流有狐譽荒殺多昏之禮皆示閔民困上之意也序義不明則詩亦長夜耳

野有蔓草零露漙兮零落露貌興也野者邂逅之地也蔓草被露昏姻之時也有美一

人清揚婉兮美人是男子之所思也邂逅相遇適我願兮仲春

之月鰥夫行於道中野而見仲露方凄矣是其時也
我所思清揚可愛若今得而遇之於此將與相約
次遂我所願也此男子行於道中露中鰥々有家
猶有相從之在彼漢濱雖淫瀆乎其終在也

野有蔓草◦零露瀼瀼◦ 蔓蔓著日零露清 令次日零露瀼瀼 有美一人◦婉
如清揚◦ 褒如柳若下倒 邂逅相遇◦與子從臧◦ 臧猶善也小雅既見君子
鹿幾有臧夫我鰥而未寡不誰適我願也二人終
焉名臧夫耦之相求於是自遇有相是與相思
也是詩亦非男相遇二序
並曰男女失時亦是其義也

野有蔓草二章

○溱洧◦刺亂也◦ 淫亂也不雖如出東門之揮遺淫無怨
夫鄭桓武皆良君也莊公亦有大勳
力於王室而為諸侯之長至忽之身始失政失德
國次潰亂公子五爭終致溱洧之大壞亂以是詩

終忽十篇之亂蓋是詩作於女曰雞鳴前數十年**兵革不息男女相棄**消
子五章章句四而意則與前序通凡序之變也而再提是二句可味夫人倫明於上小民親於下兄弟相
發民何次相親**淫風大行**夫婦相棄則人情淫放淫風流行則夫婦恩薄是互相為本者
也**莫之能救焉**君防也患人水也防壞而水從之雖汎溢如之何哉故不能救焉也
序起句曰公室淫亂結句曰不可止焉與是全同序之脩辭精蘊寓數如此恐得以濡淺議之也
溱與洧方渙渙兮周禮女巫掌歲時祓除釁浴注祓除如今三月上巳水上之類釁浴以香草沐浴焉祓鄭俗三月祓除水上
士與女方秉蕑兮蕑蘭而手之也蓋為釁浴
也夏小正五月蓄蘭說曰為沐浴也當祓除之時盜是汙行蓋主意所存也**女曰觀乎**
埜於洧之外也與下句映帶成也**士曰既且**寫引也為三思來人之意**且往觀乎**

洧之外洵訏且樂士有心外女猶要去遇其善淫也訏言寬曠而僊也維士
與女伊其相謔贈之以勺藥其勺藥猶貽我握椒娟花容婥約次爲好
耳韓詩離草也余赤安勺藥亦三月開花陳鵬飛云勺藥溱洧之地當有之詩人賦物有所因也
溱與洧瀏其清矣瀏清貌瀏亮之瀏漢言水之盛瀏清言水之美士與女
殷其盈矣秉蕳見其遊戲無別也殷盈見其浮風大行也首章之趣在方字章章之趣
在瀏殷二字相變處亦有趣矣女曰觀乎士曰既且女而摟男淫風大行
故也且往觀乎洧之外洵訏且樂蓋水內人多故誘之水外維士
與女伊其相謔鄭公善破字何不破將亦狙八句重出無一換一字湯贈之以
勺藥溱洧刺國俗大壞也莊公害宋公子五爭人倫滅於上故也荀子國風之好色也傳曰盈其

欲而不愆其止其誠可比於金石其聲可內於宗
廟至哉古之傳乎寔與序作契盈欲者發於情也
不愆上者止於礼義也誠比於金石聲內於宗廟左傳
所謂周樂而季札所歎美是也桑中溱洧亦君子
憂國忠孝之發比於金石內於宗廟一也古者大師陳
列國之詩則太司樂因而禁其淫聲過聲凶聲慢
聲故周樂皆正聲也子曰志之所至詩亦至焉詩
之所至礼亦至焉故詩三百無非礼之詩矣孔門
以是為教使門人小子講
習之豈有所謂鄭聲淫者乎

溱洧二章

緇衣　將仲子　叔于田　大叔于田　清人　羔裘　遵大路　女曰雞鳴

鄭國二十一篇

有女同車　山有扶蘇　蘀兮　狡童　褰裳　丰　東門之墠　風雨　子衿　揚之水　出其東門　野有蔓草　溱洧

毛詩考卷七

毛詩考

國風

齊魏

唐秦

三

毛詩考卷八

齊國風八 齊太公之後也史記世家次齊其與 亦同詩之敘○樂記齊者三代之遺

声也是齊詩又曰齊之音敖辟喬志是俗之言夫子

大嶽之後虞夏而為之侯伯故齊詩有是言

○雞鳴思賢妃也。變風莫先於 當周衰王時 此 哀公荒淫怠慢。此 古

大師所陳非後人次臆附讀之 故陳賢妃貞女 古之君夫人也 夙夜警戒

相成之道焉。陳道者陳古義也 與女曰雞鳴相交 文

雞既鳴矣。朝既盈矣。朝言朝者也左傳朝至未已 章之會亦言會者也私朝辭色

始以此曰云 警戒之辭也 匪雞則鳴蒼蠅之聲○蠅止以雞聲 可疑或云必

是寫後○賢妃夙興而告君曰雞既鳴朝者將路 備之君子之次與也充而察之 蒼蠅上一声也

數

東方明矣朝既昌矣。昌衆殷其盈矣之殷也匪東方則明月出

之光。賢妃設蒼蠅聲遂不疑此詩及文此言月亮為言日出再告此起君也謝而警之見而警之是

前後之敘也

蟲飛薨薨。甘與子同夢。蟲飛飛鳥也大雅如彼飛蟲時亦弋獲爾雅薨薨衆也如之

螽斯薨薨度之薨薨羣飛貌甘者甘寢寐瞑之甘心一作嗜也同夢同寢也會且歸矣。会朝

者得退也但有飲酒朝至未已者布路而罷出之左傳無庶予子憎。庶臣庶也生子子偏子

益親之之辭也從心一作寧無無庶之憎子子乎或云無庶字倒庶無言庶幾無見之也○賢妃始

誤於耳又誤於民屢漂染君而使君不得熟寐故諫謝之又與君同眠至于雞鳴者羣飛妻亦一作也並

君退朝猶則下次布妻為者臣庶必憎君矣妾唯恐之故屢撓君臥不使君安休寧妾之罪也

雞鳴三章 序蔡哀公未必有此行也考此只美古之賢妃朱漢爲多噫漢儒美古之人是詩果有此行乎序蔡周申令司護朱注耳只是一代私者不必向萬世而公論律哉

〇還刺荒也 禽荒也內作色荒雞鳴也外作禽荒還也 哀公好田獵從禽獸而無厭。乎字從獸無 獵獸謂之荒 國人化之遂成風俗。國人言之士 大夫也 習於田獵謂之賢。賢即價也序擧首章二章而不及卒章也 刺於馳逐謂之好焉。不必知德行道藝之至焉也君子之智如獵夫發明詩義耀如也〇還兮

茂兮昌兮並美嫺之氣象也還兮好兮臧兮並馳逐射殺之良也不必論混亂序之支明哉

子之還兮。遭我乎峱之間兮。峱已說齊之山也故以便捷美之 並驅從兩肩兮。肩豣之文亦亦作豣豣業二字通據爾雅豵一歲豣是獸之大者不必問其鹿麕與二歲四歲

三

可也揖我謂我儇兮。儇慧利也言縱逐之發の丁人馳馬而走徹於則抗有狂之揚

鞭蓋因抗声曰還哉子今逐並驅焉念兮逐二丁豕二豰多之其人亦揖而呼曰子之定儇矣

子之茂兮。遭我乎峱之道兮。茂美其氣勢盛壯也赤峻山而在道邂逅其騁

焉乃呼曰壯哉壯哉並驅從兩牡兮。牡豪豕於豕而壯者北是揖我謂我

好兮。其人揖我而笑揚之以謝於馳逐哉合矣如破可謂好人矣

子之昌兮。遭我乎峱之陽兮。昌亦美其走馬之英氣榮也並驅從

兩狼兮。有狼獸之特者能不過鹿豕至射狼是猛士也揖我謂我臧兮。美其

強者殪狼之勢也射則藏兮之臧

還三章　還茂昌　間道陽　肩狼壯　儇好臧

○著，刺時也。與下篇聯，猶丰、東門之墠。時不親迎也。丰曰昏姻之道缺。

俟我於著乎而，親迎之禮廢，唯俟於己家而已。自著而庭而堂，皆以狀其不禮，教情之念甚也。禮道日以陵遲，著言門內屏外也。是君子之家，而非庶賤也。乎而猶乎爾。充耳以素乎而。充耳瑱也，但於主紞而曰以素也。瑱與紞合而言之，充耳也。瑱以玉石牙角爲之，紞懸瑱之繩也，垂之冠兩旁，以素，素絲織之。尚之以瓊華乎而。尚加也，言之以瓊華聯之於紞也。瓊言玉之色之美也，其美如華，故比而美之。言之常者華主，以凡卿大夫之凛賜，以之左佩華法王華之佩。

俟我於庭乎而，充耳以青乎而。著之素，庭之青，堂之黃，明是三人也。講之者設爲三子女相會，互夸其夫之美也，不必然。無俟設飾，於理不通。詩唯寫親迎之禮廢，輕忽日甚耳。呂氏云，但行婦至壻家之非，無親迎俟之誤矣。尚之以瓊瑩乎而。瑩本榮字，从玉。

三

蓋後世字雖以玉，仍是熒之義也。爾雅：木謂之華，草謂之榮。更不止熒螢瑩鶯皆言華也。瓊瑩亦言玉之如華也。山海經：黃帝取峚山之玉榮，注：玉華也。庶乎說次三瓊為美石，不通。豈況唯今君玉瑱，效詩正所況耳。衣錦褧衣。

俟我於堂乎而，充耳以黃乎而。張彩云：服飾不同，自素而黃，俟處不同，次近。衡而，尚之以瓊英乎而。爾雅：榮而不實者謂之英。亦是華也。離騷：懷琬琰之華英。又登崑崙兮食玉英。易林：飲食玉英。以玉後世字。○著庭堂，素青黃，尊榮其設者而適當巧哉。

著三章

○東方之日，刺衰也。序云刺得其很之義，於是詩東門之千掉，猶有廉恥之心；溱洧桑中，猶在此遠經。卷曰刺衰者甚之也。序文錯切。蓋齊俗淫遠及其淫放，亦有甚於列國者也。君臣失道男女淫奔。君臣亦有日月之有常意也。詹荒戒俗且於還。君臣色荒之傷國人亦可知。

不能以礼化也。東門之墠亦同。不待礼乎。曰有於其淫亂之獄者則飾婚聘之礼。婚聘礼廢。如蕎而君臣不知飾至淫亂至此。亦依次止之礼何学可玩不與經之復学相渉。

東方之日兮。彼姝者子。在我室兮。賦也。東方既明。淫女來而在室也。不畏日月之光明而恣其淫行。衰亂之甚也。人雖甚淫無不憚日月者。是詩称日月者寓君臣在上人無忌憚之意焉。此序所示也。宣以東方之日直託齊君。称睦君臣。色荒男女之礼不正。故衰至此。

在我室兮。履我即兮。男尋女相遇夜深而歸寢女踐其迹而來則天既旦矣不知恥之甚。履我次第以踵之。唯是女求男。逢遇而是男蚕之為茅蕺之意也。○子曰不踐迹亦不入於室。是詩踐迹而入於室也。古雖上之歸戒有所相因。

東方之月兮。彼姝者子。在我闥兮。闥門內也韓詩云門屏之間史記樊噲排闥直入正義宮中小門案小門近是在闥未之排扉入之也月是既生魄之後也男以昏閒行而女隨之復來也言有人兮于我闥蓋攏白兮山吐序是男弱敬遠矣夫邪淫在避之日是國如無二季君子寓意巧存焉或云日月喻姝子其盛猗神女賦婦來如白日少進若明月淡哉在我闥兮。履我發兮。發言之發出而來也言我之也發履彼也

東方之日二章

○東方未明。刺無節也。雞鳴得晏之甚者無節言之不夙則莫也朝廷興居無節。興晨起也居是帯言號令不時。号令言之以令之挈壺氏不能掌其職焉。焉是語助也無是顛倒衣裳不知是知其為何故夫君不夙則莫漏刻之

違遠唯其心所欲使挈壺氏告之晚於朝故夙則朝者皆顛倒衣裳也鄭以歸罪於挈壺氏大誤

東方未明。顛倒衣裳。君當趣使挈壺氏報曉故廿本夫忽遽很狽如是是月寒然淹朝故也

顛之倒之。自公召之。顛倒而又自公促之所謂號令不時也

東方未晞。顛倒裳衣。晞乾也白露未晞匪陽不晞皆同此亦言東方未得日而燥白也

毛傳明之鄭孫亦是意欸

倒之顛之。自公令之。

折柳樊圃。狂夫瞿瞿。比也柳雖不足爲樊狂夫猶且懼而顧之不敢犯也以比無君

僅有節則人皆自戒不至狼狽顛倒焉○柳易植折而插比則植蓋古寔有是樊而詩人詠之也

不能辰夜。不夙則莫。君之無君令無已故掌辰夜者不能辰夜漏且不早則晚

若當夙則豈至顛倒衣裳乎苟莫則日出三竿矣伸縮焉亦見於言外矣夫朝者待挈壺氏告時而

五

人漏刻雖有崇君徒意進退之
是以挈壺氏不能掌其職焉

東方未明三章

○南山。刺襄公也。次下齊詒淫　襄公淫國終之君鳥獸之行。淫乎其妹。違諂激甚與之經文相應大夫遇是惡也。作詩而去之也。字據足

刊古本句末無助字摘之中間變文也の去之　於詩大有累明若不去則是詩不可訓也

南山崔崔。雄狐綏綏。比也南山比君位雄狐比襄公　綏綏匹無尾有求匹鳥獸之行也

大夫乘馬乘車去是激疏也其諫烈日君曰雄狐　猶魏之碩鼠直諫去君故也說者不知去之義

殊去益遠周禮外內　亂鳥獸行則滅之　魯道有蕩。齊子由歸。齊與之　道蕩然

而行人彭彭齊子　於此是道而嫁　既曰歸止。曷又懷止。曷又者一可　次止之辭

也。襄公素與妹淫，史記不以過申繻之諫桓公，亦知是姦故也。猗嗟序可照參左傳之醜，尚可以黜也。

播於諸侯子書故曰昌，又懷天下有道九伐之法，無大於滅國，滅則大夫亦滅，故烈諫以去。

葛屨五兩，冠緌雙止。比也。比無貴賤上下各有配耦，奇說苑親迎之禮，諸侯以下傳二兩

加琮，大夫庶人以二傳，二兩二加之束脩業，諸侯二下兩當琮五兩，武是耳色，敦必有以五爲孔而言之也。緌

纓之垂者○韓非子履雖五采，必踐之於地，業非二一傳五系也。魯道有蕩。蕩蕩，自王道來

齊子庸止。齊子蓋周魯之稱也，否則齊詩而謂之齊女爲之齊子，以稱與周王衞之侯魯之侯子異

既曰庸止，曷又從止。庸備由也。從八如之載驅疾驅於通道大都。

蓺麻如之何。衡從其畝。興也。一橫一從，與其父與其母者，畝東西爲之衡，南北爲之從，小雅南

東其畝是也○說從橫顛耕恐誤。取妻如之何。必告父母。子曰之殺則必告其

一六

廟如楚公子圍告於莊共之廟禮因齊成次告鬼神既曰告止曷又鞫止鞫窮也

丟其為之喜襄公何故又為是鞫也之行而往與焉夫人則惡播於諸侯故後二章繫桓公言之涉後

桓公也曰鞫曰極皆目其會行至醜序所謂惡也

析薪如之何匪斧不克興也自邇風化未唯斧能割三木喻不可復合唯媒能合二姓之恚以不可復哉取妻如之何匪媒不得與焉喻媒妁次禮聘去

既曰得止曷又極止極是醜惡之為害而戚周之介極法窮極惡事也曷又者幾譏

其不改其前惡又重其醜也郊山哀恥桓公序所不深其誤斷然大夫去國大事也何追指桓外也

南山四章

○甫田大夫刺襄公也諫求大功諸侯直是大夫之法無禮義而求

大功。大功釋不修其德而求諸侯。遠人不勝修文德次未足道也。諸本無其字志大心勞。鄭語齊莊僖於是乎小伯襄公於是乎僖也于故其有大志如師于脩也敎務爲轘高飛可見而汲汲求者。非其道也。不欲求之其道也釋卒章

無田甫田。維莠驕驕。興也求大獲於外者不勝其勞無思遠人。勞心忉忉。不能遠而圖遠者勞而無功矣爾雅忉忉憂也陳詩心悲忉忉

無田甫田。維莠桀桀。桀桀猶驕驕並有強梁蹊盡之意頌云有厭其傑無思遠人。勞心怛怛。檜詩中心怛兮傳傷也存傳卻武子曰君能沐和遠人將至

婉兮孌兮。總角丱兮。內則未冠者拂髦總角總到衣縉爲之束髮次爲兩角其形狀如丱

未幾見兮。突而弁兮。之也未幾見言無一會同頭悅如之昨出憂也人情一嘗恒春

故曰未幾而見童子有日長之道躐其道至加
冠也次比次其道求之則有益於得焉有禮成則
大功可得脩其德則諸侯可得是以遂却權故曰
未幾突弁○或云此童子而殺成人之容者也或
云此是賦襄公之童心
是行也並未憂在心汔

甫田三章

〇盧令，刺荒也。于長傳襄公好田大夫風之若說與還同是詩不錄可矣襄公好
田獵畢弋。齊詩襄公不聽國政用狩而不脩民事。不脩民事左傳所樂
而淫于原獸又惡悍公脩民事田汝時古文不期符合如是百姓苦之。其樂之一分二句
大叔詩巾趣故陳古以風焉。
盧令令，其人美且仁。耳刻其環青而欣然喜也疏引孟子今王田獵於此鼓次吹佳

意於詩叢洋洋之言毛公亦以標之平者盧重之大
疏云環在領下○路之序事田以時故百姓樂之
盧重環○自下逆而望之愛其人而其大疏云大環貫一小環其人美且鬈○懷其仁而
尊其容鬈鬈髮好貌小雅曰卷髮如蠆言鬈髮未曲上之也
○左傳著見君面是得其也而掩面次絕之以望之
盧重鋂○疏云一大環鋂貫二小環其人美且偲○朱注偲多鬚貌得余説詳左傳考
于患下後世依慾暖○仁愛之君民仰之如父母
上下道阻不得拜慶然每歎無不感歎其德及後之
其出狩考幼婦子相携次候于蓋如覲見之慕章
每見君之面和遍落喜同君君庶幾無疾病路何
次能可備也盧令之再詠其頌狀頌之次是觀感之
短章有何隐焉哉○自公之亂楚人不許之革公之
實而掩面行君之面民争而瞻望之不亦宜乎然
盧序則還希叔于田希姦淫詩亦不足取

盧令三章

敝笱刺文姜也齊女也故在稱魯上曰刺文姜下曰惡魯桓公其辭異者無惡桓公

此篇次當在載驅之後齊人自此三篇皆稱齊以齊魯相錯故也惡魯桓公微

弱。桓公二同惡莊公二同傳俗辭不苟且敬以句之為二等弱次惡也朱子云桓當從雅大夫言其子責其傳亦

為魯桓公不能防閑文姜襄公之姦為故申繻諫之然公不能制待其至則加之以禮于

守序文精哉使至淫亂為二國患焉。本言淫亂言也余亦于樂遂如齊襄公文

通為會行既久故曰二國又懷來曰二人次為齊侯之子序周次序行為既為矣

敝笱在梁其魚魴鰥鰥記也敝笱記之桓公魴鰥于魚次鱮記文姜無藏之魚鱒魴記之序

以惡異國之君故其辭激疏云孔叢子云衛人釣得鰥魚其大盈車本草注鰥鰥健而難取吞餌同類其

性獨行齊子歸止其從如雲。與齊子由歸同其嫁時從之者如雲之繁起

敝笱在梁，其魚魴鱮。鰥大而獨行，鱮雖小而旅行，是詩人所以況魴鱮美魚，詩人妻

媵臣齊子歸止，其從如雨。如雲特言其盛，如雨欲暗勢大雨滂雨小盛易濕

敝笱在梁，其魚唯唯。獨行旅行悠遊自恣也。卒章變二字只是結法。齊子歸

止，其從如水。有大決所犯濁人之寅妻之勢，是詩刺文姜而惡桓公，惡故激刺桓公之題

而刺文姜止，微是謂齊志，是詩之旨在齊人殺彭生之前後跡，南山首出者編集之宜也

敝笱三章

○載驅，齊人刺襄公也。是詩雖獨刺齊子而魯人恨，故特目齊人倚恃有展我甥

回故無齊人之意，看向袁國者因情有茨都人士白華皮是也，皆有其義。無禮義故。諸侯

朝會宜其從行容威車服，故曰無故而盛其車服。齊詩襄公食必梁肉，衣必文繡，武車詩之游

車之疾驅於通道大都。疾驅起發疾詩中意也。通道言魯之道也。大都言汶水也。
與文姜淫。齊子翱翔、齊子遊敖。播其惡於萬民焉。惡醜惡也。南山所謂
遇是惡之惡。播左傳播於諸侯之播。萬民因行人彰彰之而成辭也。序無萬民此字唯是下出
載驅薄薄。簟笰朱鞹。薄薄疾驅之聲。言襄公之女姦之如鞹也。有張京兆次便面拊馬之
勢。簟茀次行為之方文席蔽車後者。亦出系芒韓奕。茀婦人車也。皮去毛曰鞹。朱漆次飾車。の疏云用
以為席其文次也。魯道有蕩。齊子發夕。發夕言以夜發也。左傳秣馬蓐食
潛師夜起。○齊人之於文姜，在齊則齊女也。敝笱言出其言屬於魯侯也。在載驅則魯夫人也。魯
道所出其辭微於襄公也。故敝笱以刺桓公，載驅以刺文姜。所辭在彼而意在此。序所示是也。
四驪濟濟。垂轡濔濔。襄公疾驅是車馬決驟道路而末也。濟濟濔濔皆以水盈取其盈而

進，謂車如流水，馬如游龍之形容。魯道有蕩。齊子豈弟。豈弟，喜色欣欣甚皃。

滑也。言其鼻間謂情不作人悲。佼始就道也。豈弟，途中得意也。

汶水湯湯。行人彭彭。汶水在齊南魯北。襄公自大未姜自衛相朝而雄雄會於此也。

或疑春秋無會文之事，是復何疑。魯道有蕩。齊子翱翔。

汶水滔滔。行人儦儦。齊魯之境，行旅尚相摩，誰是君而可謂顧無此爭。魯道有蕩。齊子遊敖。翱翔者逍遙遊步也。遊敖者燕樂發舞也。由魯道來而翱翔遊敖于汶也。

魯莊公時，文姜宣淫不急，是詩必在其時矣。

載驅四章

○猗嗟。刺魯莊公也。此十之餘也。載驅未必在十之內。齊人傷魯莊

公上下冒也國載馳木丘丁例有威儀技藝。詩中二箇之例然而不能以禮

防閑其母。子者而至次防閑母者唯是禮而已古文哉周公次來宣布君母會諸侯之禮矣

與邀句同者而添次禮干字猜矣失子之道。使之母入之載之驅之請非子之道人以

爲齊侯之子焉。公羊傳夫人譖公於齊侯公曰同非吾子齊侯之子也史記襄公故

嘗私通魯夫人及桓公來而襄公殺通焉葉私通焉之久今詩次有是流言也

猗嗟昌兮。猗嗟歎美也疏曰傷歎非也頎猗與那與昌言容貌壯大頎而長兮。

抑若揚兮。言目下轄目者容之盛在長者身材也廣揚者氣之美貌爾雅抑抑密也言恭

而安夫大雅威儀抑抑者是承若之爲揚揚沐美色之揚美目揚兮。目清而其眉揚色起也毛

公得之疏云眉上下曰揚○蹌揚上之廣也揚下之廣故字並不女巧趨蹌兮。除趨庫趨之巧

蹌蹌也周旋有次序體足次從之左湊頎正道容此言美目揚而巧趨者美其有次遵進退周旋之

頎而有體相應也射則臧兮。將射而進之儀通篇賦大射之儀藝臧猶善子美其於末矣

猗嗟名兮。爾雅目上為名說文引詩作顉云眉目之謂也此美其目上揚猶揚且之顏騂且角

延之倒美目清兮。視容清明之清于向特美其顏狀羊傳宋萬目甚美鄭箋之淑鄭箋之

美也天下諸侯宜為君者唯鄭箋爾言其公也○是章上于向次于向末下向可味儀既成之

兮。終日射侯不出正兮。藏儀既成而滿而射不出正也盡布目正○侯當作之

古侯分相周故大戚三分文缺于侯之甥者因射侯熟語不改耳展我甥兮。鄭心明々

猗嗟孌兮。婉之清揚婉兮。愛我甥而言其妙年可憐之姿婉妻出衛由侯人不可施於耳

今壯十三書如廿一而衷々公姓其年了核舞則選兮。周之大射諸侯次告矢舞文

十一

飲射夫次三矛乂矣舞是射者有舞也選也乎倫也 射則貫兮。射礼不貫不叙○是章亦句相
耦每章皆変句也詩人辛格不冝混春 四矢反兮。以禦亂兮。四矢一發衛謂參
連也前放二矢後三矢連續而中也禦乱者不能語每亂之歎○朱注引次三全嘆姑射中間各長歎上

猗嗟三章

齊國十一篇

雞鳴　著　東方未明
還　東方之日

南山　甫田　敝笱　猗嗟
盧令　載驅

毛詩考卷八

毛詩考巻九

魏國第九

左傳周樂之敘自齊次前全同毛詩自齊而豳而秦而魏而唐而陳而鄶次下也孟豳次齊猶史記世家之例秦出唐者東遷時秦有豳加大賚土田而曲沃屢逆王命遂并吞翼為是故次毛詩之敘孟夫子刪定也檜者鄭桓武滅之魏者晉獻公滅之十國滅名文獻無徵故時世無傳夫子正樂之時亦因前世之傳說存其義者歟○或云魏入晉久矣其詩宜皆為晉而詭其在唐之先猶邶鄘之於衛案古義無是說季札明分魏唐論之且魏詩次碩鼠後則魏之自魏而斷非唐之淨魏滅入晉故附於唐之前

○葛屨刺褊也國詩之文也褊是寬仁大度之反魏地陿隘其民機巧趨利世俗則為機變之巧次射利亦自然也其君儉嗇褊急而無德

汝將之也 也字據定本補○機巧趨利則其君當以德教率下使士民鄉義汝周申主德也然儉嗇不能施布急不能容務小利而不能振國容焉○是序曰無德汝曰不得汝曰無德教與季札所謂汝德輔此明主也正相符合杜預云惜其國小無明君嗇魏郊於儉嗇汝貪殘亡

糾糾葛屨可以履霜 賦也葛屨剝其衣服儉嗇汝二十編刺其飲食儉嗇三十編相聯○朱注疑是縫裳之女所作朱明是女縫之辭也作者未之知 摻摻女手可以縫裳○君使新女縫衣裳故詠新女之言汝通之 要之襋之好人服之 要裳要也襋衣領也汝其在上者言之備曰裳下衣也安嬰也襋也下例通編新女之言故以葛屨宜履且賤然履霜有汝不可妻未嫁縫然縫裳亦有汝不可女手所縫要之襋也君子其服之

好人提提○ 好人新女稱君子女之辭也爾雅提提安也相通 宛然左辟 辟婉妙法帖揭謂言言

其可覺亦女子辭氣也以右為尊故辭右也左佩其象揥言貴服而克讓也備之以劍佩玉

容乃而㥮降於山維是褊心是以為刺君子安舒而讓不敢以貴驕人謹固

不可從一一流褊心德度有徵是女所以揥之隱於君

也為刺語辛蕭露也亦弱女之氣也○褊心言德

字也不寬也首章所言亦其下端然以嫩辭也

則褊心在言外而顧其以德辛振風俗也夫

魏辭與所都爲陽菲飲食而致孝乎鬼神惡衣服

而致美乎黻冕遺風所存詩人為今而風之故曰

葛屨履霜女子縫裳亦忠信童孫廣施孝民一國以

周家風故皆曰文讓周美德也然卑宮而不能

鄉一辟下則左辟亦有失之風哉君子人者度量寛弘

德以率下為有尋者之行小讓周系小利而言之所稱

葛屨二章

○汾沮洳刺儉也儉者古哉豈秦漢人所能繫乎其君儉則未儉之其君子之來也不解

待安陵孚再三滿相此皆曰其君又何疑儉以能勤。儉勤者夫德也序文映帶其無德
甚精儉徵矣刺不得禮也。非刺儉也刺其不得禮也不得禮則其儉非儉是以刺其儉
彼汾沮洳，言采其莫。莫菜也又為美有本字路乾汾水漸濕之處而手自采是菜以
供其家喫也沮洳澤之沮洳漸洳之湖彼其之子，美無度。儉以能勤是其德也故定
先楊之而後柳之與葛屨傳重用可字其吾喻正同美無度，殊異乎公路。殊謂
辭也公路次公行例也其文宜當有德車之行者也疏以公路公行公族者一宜然分而說之則魏國文武
異官故也儉勤雖大德要風而有其公路之事有執淮賤之事與細民爭利不得禮者也故曰大異
彼汾一方，言采其桑。公行在一方哉自一方望采桑主婦之事也公行然之任也莫
與蕡皆給家中噉唯桑不與上下類別帶是義彼其之子，美如英。顏如舜英

之英。與采桑而興之。如玉。言成數辭之巧也。**美如英。殊異乎公行。**公行主公戎車之行。晉成公時卿之適子爲公族，其庶子爲公行。行則公族貴於公行，可知公行又貴於公路。

彼汾一曲。言采其藚也。公族在水流曲處而采藚頭若萊。公族卽公族大夫也。公之子弟卿大夫之適子屬焉以教誨之。**彼其之子。美如玉。**愈貴而能愈勤，故以玉。

美如玉。殊異乎公族。是詩以官職之叙成章。自公路而公行而公族，順而濟焉。其上者。是進於所謂美人者。於不盡處慕猜神。者刺之三官卽所以刺其君。故序曰其君在古義詩之本體從來如是。從者以之詩中不言君，故或疑序者以臆斷之，何哉。三官皆有之公，字亦詩人風規之巧也。○公行公族。據左傳而擬其貴賤可也。然以晉成公時事遡而斷之卿之適子庶子，不可也。

汾沮洳三章

無度　如英。沮洳一方　莫
　　　如玉。沮洳一曲　藚

園有桃，刺時也。時士大夫不知儉嗇之非也。葛屨譏其於女儀其辭最婉矣。汾沮洳

舉三子宜規之，猶曰美如玉婉矣。園有桃則章角殊露然是三子篇之異也。大夫憂其君，

國小而迫，迫與秦晋接界。而儉以嗇，不能用其民，民懷惠者也。其

君儉嗇而民不為之用。而無德教，日以侵削，二而字相對。國雖小迫而儉嗇，

不能用民，又無德教，故國日見削也。乃迫日侵削，是序婦見次示公之憂國也之意。故作是

詩也。三子篇魏之首次刺小也，次三子篇言其刺小也，又次三子篇儉嗇之弊遂貪次之也。

園有桃，其實之殽。言儉嗇也。公子儀沐核其園葵之丙。是詩大夫刺時者，何必直說君之

為之邦儉嗇成俗，焉乘而雞豚，伐冰而牛羊，唯利是趨。故極言之，然憂時憂國也，憂國憂君也。故序繫

君而與時弊焉。有未與大夫憂國之事，次其詩句，豈可指君刺之乎。心之憂矣，我歌

且謠是詩興墓門之例歌謠猶歌次訊之者我哀謠次風於人也歌又謠猶左傳公使歌之遂誦之可味○詩唯擧食桃而下述行遊憂心是在易饒故序數國將覆之勢使人曉大夫一行之次大憂也

不我知者謂我士也驕然則我何夫夫微人矣鴻雖曰哀鳴敖口之悲歎

詩歎其下曰維彼愚人謂我宣驕士也猶墓門之夫也

彼人是哉去音子曰何其

彼人彩桃者也是譬也彼人節儉者行不置子之歌謠果是何故取二句表儉嗇成俗上下胥溺也人皆以織蒲種麥為是耳

心之憂矣其誰知之

言大蹈溺小君之如大夫傷無同心者與謀者也

其誰知之蓋亦勿思

大廈將覆來下木能支我亦無下知其憂之何益自今除卻人事不復思耳此詩人決絕之痛于言者

園有棘其實之食

小爾雅棘實謂之棗埤雅棗大棘小棗喬故重束棘低故並束棗古

人愛棗爾雅載棗十一種夏小正邇詩並有剝棗史記應侯言秦饑請發五苑棗栗可救見之棘亦

棗之不美者桃果之下者並慕春畜惡食與民爭利心之憂矣聊以行國出而

求之知己者也慕罔曰國人知之不我知者謂我士也罔極罔極無紀極也

猶曰無道是甚於驕矣朝廷無人故行國求去無樂以次儉嗇為甚然我滋甚同夫夫發譽蔑上濁俗

是舉一國而無知我憂者也甚言弊俗滔々之次往之故下只反孝復前章是詩人命意所存彼人

是哉子曰何其大夫所求知己固衆庶賤彼都人士既以是嚇我矣至於鄙都亦唯

則是嚇声而已心之憂矣其誰知之至是都鄙全無知者其誰知之

蓋亦勿思至此大夫亦已焉哉決絕為奮憂患為切是謂詩境

園有桃二章章是序宜與擒兼哀序並春序法相次

陟岵孝子行役思念父母也。魏大舜所都當其澤未全斷故痛哉衰世之君刺編而不德次章下刺儉而不顧其正刺時而不思其憂迫於大國不能聚民賊羣人離散終使歷山之孝子直号泣于旻天于父母泣之復母之賢嘉之則稱舍之則罵詈掎抗之敗德有人也夫若國家者其可務尉用兵是序意也而持說孝子思親之詩者不知周樂之本耳國迫。而數見侵削。日次侵削將侵而亡之辭也數見侵削使幣玉帛不得免之辭也可味○沒哉未及辨說無見實閱孔疏之時有見實也是則古承及邦刻本迫上有小字釵之本或作國小而迫數見侵削誤不有見呈古文業無役乎大國。一句明天魏國當別有遠役矣父母兄弟離散。而作是詩也。可見周樂本意所在也凱風美孝子其編之邶鄘壹次示淫風流行也雖有蓼莪刺惡王也風有陟岵當唯為二孝子而作矣故序不明則詩亦亡

陟彼岵兮○爾雅山多草木岵無草木屺毛傳寫誤卷耳彼丘同瞻望父兮○彼岵彼屺
非一山也有岵者陟升孝子自遠從軍之處我昔東遊
千里無望之山高者必旋而心悲悄然告之是詩之
也矣父曰嗟予子○行役夙夜無已○行而不已也小雅或不已于行不言
我念父而言之父念我行等神也上慎旃哉○猶來無止○上尚同尚自愛哉行役雖
勞猶且來歸勿久淹於遠方矣○爾雅猶可也郭注引此詩以猶爲肯來是猶來皆有可義
陟彼屺兮○瞻望母兮○咨路悠遠行之不已無望之山高望路遠乃顧瞻故御而心與自
也雲飛母曰嗟予季○季子最可憐是子行役夙夜無
寐○役事勤勞不遑寐也母之子季曰無寐皆慈母之意也上慎旃哉○猶來
無棄○棄言棄母不棄也孝子思之不敢常日行則無死含則無寢遠役雖人情惰忘霜露之患亦

不測然父母在堂胡寧不自憂矣冀其偃不亡曰久矣
母之尸饔棄之荒漢而行適見也今且未歸幸勿輕

念哉何之念父母之意次者父母念亡之歸一苦之次
厭其亡也父母見之行不得見行役雖苦念哉慎旃

無止無棄未不日矣兮且在客路而求父母
憐之之情則他人莫我顧莫我有之意亦見

陟彼岡兮瞻望兄兮首二章亦次父母
與兄為三章兄曰嗟予弟行

役夙夜必偕兄未離散而與他人偕也與眾偕則
不得獨息而不事多厭煩亦憐之也

必偕相
變為結上慎旃哉猶來無死死亡父母也其辭益然次
至慕者死亦多也

陟岵三章

○十畝之間刺時也是時民有離散之勢
而上不有故國之言其國削

小刺十畝也前序曰魏地陿隘次曰國小而迫次
曰國迫而數見侵削此曰國削小辭皆變

十七

民無所居焉。箋行與子還也經之十畝其言之故多句亦其言之也

十畝之間兮。桑壯十畝而成一區藝其言其極小也 桑者閑閑兮。采桑者稀

也蔽衛閑之旅楹有閑並與閑通作也字書多二字而解教者然二字混亂之於 行與子還

兮。行猶去也還還於家也桑者相告曰如是昔境人亦家寥于集則我亦從之還矣民意而不懷土哉

有離散之勢政亂賢大邪惡樂去之則十畝之慕昔境誰安居者故民無欲安居示合相攜而去之意

十畝之外兮。指十外則或區域者 桑者泄泄兮。慕得死後之獄采蔡和之尽

雖願去人亦不得息矣外亦泄我何猶勞 行與子逝兮。逝亦適歸家也然曰逝則風意

轉切樂郊之行今言外矣○國君應民不懷土各有離心故君子作詩曰閑閑桑者之言曰桑土狭而

人亦爲相告而次空萑去矣其辭止於是序欲之曰土狭之狭人削之也人之欺上無德也國日削

小而恩澤不加於民之意不亦宜乎不棄則
濟民豈坐而從之自死亡矣亦次相攜去國也

十畝之間二章

○伐檀刺貪也○ 倫爵之弊遂至於貪此詩古義誰知是詩 在位貪鄙○ 因聯類聯

鷄 無功而受祿○ 因取系 君子不得進仕爾○ 因首三句

坎坎伐檀兮○ 檀者木也伐之將以次為車大雅檀車煌煌 寘之河之干兮○ 置也

次從補山 河水清且漣猗○ 次上三句比也爾雅大波為瀾郭注言渙瀾葉爾雅引詩

為瀾義詞有隱君子伐檀而寘之水則從風來而水生波人之意洒然也伐檀比之君子藏器于身也

寘之比不得進仕也清漣比其德潔白也是比與葛藟葉息于飛三句同體全為賦次說之者

不稼不穡○ 胡取禾三百廛兮○ 詩在位也種曰稼斂曰穡三百言多也存

十八

傳羅 鞭之三百 三百 不狩不獵胡瞻爾庭有縣貆兮。曰爾 曰彼

詩主刺貪故也 古哉明之爾雅貉子貆以貉子爲 子爲於臺舉其小者以慕其貪鄙而細事亦納賄賂

與禾三百廛相 不用字極功 彼君子兮。不素餐兮。飲饌曰餐彼河 于君子不爲爾

無功受祿也是謂自宮謀之君子小人之 態美高潔而刺素餐之胡之子謂之也

坎坎伐輻兮。伐檀以爲輻 言伐輻材也 寘之河之側兮。不謂漘人 在水之涯

亦周之遺賢也彼河人數在河之際亦言 家僻地也寘河上亦有考槃在澗之意 河水清

且直猗 爾雅直波爲徑 言伐輪曰淪上下相應 不稼不穡胡取禾

三百億兮。億是萬億及神之億古或以大數或以小 數夫廛以其祿言故生於億以秉數言故

次云圍是積秉故 從去是詩之叙 不狩不獵胡瞻爾庭有縣特兮。

據爾雅特是殊于也與疑下意大彼之違言稍小
彼之論言鶉直彼言特之並有所相承古者特植
通用則特有直義

彼君子兮不素食兮 彼君子藏于矢次俟高墉之隼其志
清潔不希世求售爾胡不
舍爾素食速其得中進仕哉

坎坎伐輪兮寘之河之漘兮 伐檀是去而伐輻伐輪
相偶伐是檀則其去之來

材一山

河水清且淪猗 爾雅小波為淪郭注言蘊淪
傳並謂小風水成文轉如輪

卷

不稼不穡胡取禾三百囷兮 囷圓倉也蓋積禾
稟囷而蓋頂之類

匠人記可考億囷三十輻
圓囷輪詩人措辭何巧

不狩不獵胡瞻爾庭有縣鶉兮 貆特相耦鶉則奇滋蕃其食之鄙也若彼
云未嘗好田而鶉生於家欲取於是可

君子兮不素飧兮 飧水澆飯也與飧之飧
猶言餐飧之飧是唯言食

十九

伐檀三章

碩鼠刺重斂也 國謂小而上入返 者唯首其後民子遂次滅亡 國人刺

其君重斂蠶食於民 國人通憂戚不止細民亡也食 悉而反亦遂食苗是蠶食也

國謂小民離散皆前亡故此不言亦 不修其政 能修其政則可以無 蠶蝕食矣用德用我曰

德教用政義 各有所當 貪而畏人若大鼠也 畏人是陳風原 而無遠志之類

畏大國而不知國無家有禁而不修其政如郭役子 大國之父母兄弟離散可以見矣經不以說及畏人

然用畏人猶左傳葛藟猶能庇其本根以之體帝 通可以觀古義也存漢柳君修鼠晝伏夜動亡穴

於寢廟畏人故也古稱鼠 則有畏人之意亦可見

碩鼠碩鼠無食我黍 比也碩女大鼠喩大國如藉而 張虎而食我是已而子哉未

者之辭故激其烈諫猶齊之雄狐雖次也君亦從疑碩鼠不必爾雜鷄鳴三歲貫女莫

我肯顧貫習也君之昵左曰近習之比宴爾其君而有職司者也非言示不言三歲言其久也非

有職司者三年歲字名女逝將去女適彼樂土逝發語辭也出三日月樂土宜晉

國也貫女者去女則慶民離散可知也樂土樂土爰得我所

碩鼠碩鼠無食我麥食麥甚於食黍也章斂如是而民人離散三諫不聽君子可以

去矣三歲貫女莫我肯德不以德我爲德也邪淸抗阻我德去婦自称也毋貫習君

者猶且背君去次著去者之辭也逝將去女適彼樂國晉獻公十六年滅魏

當閔之三年是詩蓋去滅不久樂國樂國爰得我直直當也謂得其有猶得其有常

是直也以民言之五畝之宅百畝之田所以養生喪死不飢不凍直也樂土曰所樂國曰直樂郊曰

二十

永長文之義德其精在孝王道古之器物
度數精密文之器不唯物也是以精矣

碩鼠碩鼠無食我苗食苗其於食黍苗盛稍苗也
黍秋而九苗政以非之亂食其黍穀之
貫事也於苗故傳曰嘉穀業嘉穀黍
稷稻粱也傳亦然指其嘉穀之苗**三歲貫女莫我**
肯勞莫肯以我爲勞也將惡順其美其德其惡德也風
夜悲解以事一人勞也一字相偶而義之顧
安近莫居以念恩私有德有
勞而不顧則依其德可知**逝將去女適彼樂郊**民皆有
寢廟獸有其章樂土也有室家婦子寧
止樂國也饒彼南畝甲畯至喜樂郊也**樂郊樂**
郊誰之永號處誰其備誰其也永長歎哀噫之哀
民之悲思于於野故曰樂郊豈有悲号
永歎若是昔詩毛亦是乎以通其精神在
此鴻雁于飛哀鳴嗷嗷言民離散而悲号也

碩鼠三章

魏國七篇

魏亦七篇，檜曹各四篇，序之相次至呈有說，於二南、邶鄘、齊、唐並有存剩篇

葛屨　陟岵　伐檀

汾沮洳　十畝之間　碩鼠

園有桃

葛屨嗇於衣，汾沮洳、園有桃嗇於食（序並曰其君儉嗇）

陟岵悲於外，十畝之間窮於內，侵削相也

伐檀貪而君子遠於下，碩鼠貪而君子遠於上

卅一

毛詩卷卷九

毛詩考卷十

唐國第十 自堯時已成並稱唐至唐叔虞之子燮始稱晉詩謂之唐不唯其辭亦參

之唐言之者季札之言可徵且無衣之前八篇是古之晉而非曲沃之晉取於古号互非二下論

○蟋蟀刺晉僖公也 左傳史記並曰僖侯昭侯而序皆稱公如春秋之例衛頃公下

論去我昔擬考叢談諫述汗流曰嗟序其聖筆歟 儉不中禮 魏序儉以能勤刺不得禮

故作是詩以閔之 僖公以共和二年立存注十八年以宣王五年卒 欲其

及 袁朝會軍國之暇也乃農隙歲詩之辭也 詠 以禮自虞樂也 詩郎以亂自娛之辭也

此晉也 以下論唐詩 而謂之唐本其風俗 十五國風因其風俗名與晉詩有唐風俗故因其古号名也

憂深思遠儉而用禮 主蟋蟀而

唐　廿二

況論唐詩季札曰思深哉其有陶唐氏之遺民乎不然何憂之遠也乃有堯之遺風

焉國史君子所以錄其詩其義皆存古也○蟋蟀唐詩之一又為而序之辭與經正為於戲上哉

蟋蟀在堂候蟲紀時上古常從蟀詩十月蟋蟀入我牀下歲聿其莫今歲其既暮也

蟀詩於二之日月之辛歲今我不樂日月其除我可樂之日月其將除去也凡蟀

詩九月肅霜十月滌場朋酒斯饗曰殺羔羊不蟋蟀在堂之時也無已大康職思

其居次丁次礼用樂之事也爾雅康樂也言三有之所居也農夫相告曰人生不能無樂須今過三

日月去除人之自樂其樂然甚大樂不可也不顧其其居必傷財廢事耳鄭公擊君後序云次廢礼

好樂無荒良士瞿瞿○受上樂安今我不樂是好樂之辭坊於貪而好樂瞿瞿小懼

顧也須之無荒而勸良士所為歛然瞿瞿休休小儉也是以詩刺過愈然儉而用禮之意存焉古義相似

蟋蟀在堂。歲聿其逝。莫、猶晩也。逝、將無也。小雅歲聿云莫、采蕭穫菽、是詩之叙、逝晩於莫。今我不樂。日月其邁。書云、日月逾邁。無已大康。職思其外。外、謂君之外也。疏思其外、外亡有外、謂外侮外患。左傳言、郊楚次之云、外懼。小雅鼓鍾于宮、聲聞于外。外、致舞室中、而不知其外。好樂無荒。良士瞿瞿。叙、謂瞿瞿附于頃、亦必有之役事。敬也。言不知慮其身之後、而無業一旦乘之也。瞿瞿是快樂時、退于步之義。

蟋蟀在堂。役車其休。役車、收穫上入、既畢也。変之言、下饗而詩境可想、舞君上宴樂將。論歲月日之詩、唯賦之于周樂次、宜其君大康而不能及時自樂、不亦惑矣。今我不樂。日月其慆。慆、滔、古通用。慆慆不歸、天降滔德。明之是。滔、言日月滔滔、如逝水也。除、去也。邁、行也。而慆有逝而不復來之意、是寫字之巧也。無已大康。職思其憂。憂、今君之與外言

志思居顧己身上分限也　思外謂及外人　所謂閑也　思憂謂慮之內外　不淫於樂也　好樂無

荒良士休休。休休心廣體胖也　次其能思憂而無　寬也　體在於貌　在於容　故傳於休休

休因心　寸美　體之　有於所顧於容顯之　有所慮於外而休休則寬樂而已

蟋蟀三章　歲聿　役車　除　慆　居　瞿瞿　休休　歲聿　逝　外　蹶蹶

○山有樞刺晉昭公也　昭公是僖公之孫而文侯之仇　子也　在位七年而見殺　當平

王時不能脩道以正其國　先君隱提下　三不能　之事以荒亂也　有財不

能用　亦儉不中禮也　財兵詩衣裳車馬酒　食也　然序所示府庫之財　治財也　有鍾鼓

不能以自樂　況能與人樂乎　不鼓　不亦以亦不能自樂也　有朝廷不能

洒埽　不能清潔朝廷與士本　夫謙敬也　○三句皆政　[illegible]　政荒　洒埽　不能　民散　[illegible]

嗇而不能用財財聚民散何以聚民曰財則將以危亡○形勢言山詩序所以有奎角也

四鄰謀取其國家而不知○裳朋詩人之志也所以孫子徒人正在此無卓下二十句節涉過激故丁寧叙依次示其所以然之意國人作是詩是字今本之激據足利

古本補以刺之也詩繫國人者其辭皆過激

山有樞○隰有榆○以山比人有其物之物有其道焉二木同類故歸子有衣裳○弗

曳弗婁○言是詩中人也非之直指昭公呼之然昭公是意中人故風規所寓亦切矣婁即孟子

婁處子婁諸之宸之樓疏云衣裳在身行必曳之子有車馬○弗馳弗驅○疏云走馬

曰馳策馬曰驅○設之一曳人喻奢者而告之曰子胡不食埋坐而不時用其所有以自歡樂乎凡變

風雅之體無直稱君名字而刺之者況是詩矛字五出是以知非直指昭公也子之湯公亦非呼君

廿四

宜積繹也夫山隰之林以供國用則人君之衣裳
車馬不用之民人往得將爲用也說命惟衣裳在
笥卷次君子之車君子之馬據是則亦嘗功成後
之用也此風規所寓焉曰弗曳弗馳者婉而成章
耳 **宛其死矣他人是愉** 他人對己身言也他人有 愉同非他族也又昔同生
而不用則死而爲異人之樂不如逍遙其身次保其生
樂也三句是人世之常態所不知而儔之憂故
稱他人是風意也然在詩之辭不可說他族唯死
則我有皆爲人有之意若說他族不祥而非言
山有栲隰有杻 二木壽故騈 此取於小雅 **子有廷內弗洒弗埽**
大雅洒埽廷內維民之章大夫有朝朝者而可稱
廷內非中庭之類不解序者同是民間之詩雅哉
子有鍾鼓弗鼓弗考 本朝之君所與群臣論議鍾鼓 君所與群臣燕樂是風規所
寓焉將以賓懶朝而燕禮廢故閔者是以戒然詩
從來不斥君爲之直刺也故言之者無罪非古義

無以知詩之所言以爲詩也宛其死矣他人是保保猶抱有也言以爲己物也言三

山有漆隰有栗車鄰亦未相解是人有所朝之子有酒食何不日

鼓瑟是詩擧秦子於與前篇大異而宛死他人矣每章正意所以深喻外患也且以喜樂

且以永日廷內鐘鼓盛於衣裳車馬而享卒以酒食結客行被馳車馬而思猶遊觀鳴鐘

鼓而與人樂樂非酒食無以合歡故也夫飲食作君所以懷士民而貪君卻淺民以生是風意也喜

樂亦有非酒食而何以哉宛其死矣他人入室笑死而子弟世感固也然子弟

亦別人所謂他人也前人所營後人不必親其世更則入室者亦變是人境之業而風意露矣朱

子不解他人字也序曰非臣子所能於君必其注曰他人取子衣裳車馬以爲己樂隱度矣不遜雖

同學黨可爲是言乎不知詩之本體膚視其辭者胡得焉噫易有翼春秋有左傳詩若徒傳其章句

卅五

則後世行所僞傳之僞不傳亞聖人無挂傳詩之
序循易之翼春秋之左傳如公羲是齊魯韓亞

山有樞三章

○揚之水刺晉昭公也。與椒鄭同規其
不制曲沃也昭公分國次

封沃。大割比次封建曲沃敌日分國左傳晉國侯
也而建國是也標史記昭公元年封成師於

曲沃曲沃是大於翼是時桓叔年沃盛句洁昭
五十八好德晉國之衆皆附焉頓挫

公微弱左傳本既弱矣其能久乎考之十論國人
昭公次次論寄微弱曲沃次次大度盛德

將叛而歸沃焉。故君子詠其狀次喩昭公肺序若
次去叛人之詩教之罪人也

揚之水白石鑿鑿。比也水激揚而白石爲鑿次比沃
盛強而昭公微弱為水鑿石非一

朝一夕水之柔石剛木支固然先素衣朱襮從子
冬六十年既已有其形罪乘興之說

于沃。素衣而朱爲緣其領繡黼也諸侯朝祭 中衣爾雅黼領謂之襮又出郊特牲 既見君子。云何不樂。有君子在而汝沃人之君子以可 畏也見君子而後樂則今之不樂 可知與云云何其憂互並發上篇昭公倫衰式憂 而不樂可知故詩人苦言使昭公驚懼設慮也

揚之水。白石皓皓。鑿而愈白也 下相推而義見 素衣朱繡。從子于鵠。奉素衣朱繡以從者必非小臣也次其大臣有 傾於桓叔者昭公不可以不戒朱繡即朱襮也

既見君子。云何其憂。今日方憂而不樂 故曰何故復憂

揚之水。白石粼粼。釋文本又作磷論語磨而不磷者 亦云不耗於鑿若風水激揚石盡 任磷其微 弱益甚 我聞有命。不敢以告人。我聞之有寧 命然不敢漏子 可以入爲左傳晉潘父弑昭公廢而納桓叔不克所 謂命者或是潘父內應桓叔行期之命故詩曰以沃

廿六

曰韻不遑之意乃復叢生責凍之激烈者與之作人
全室同其妻象翼有惠直昭公盡悟每適寫皆寧
臣設君叛人之言次數諸侯君者故至任者鄰人
則叛人喜翼之特顛覆次勸桓叔速成代者也

揚之水三章

椒聊刺晉昭公也 揚之水次椒聊次叔次特仲子畫 君子見沃之
盛彊 加之一也亦避雷同 能脩其政 廉不能脩道次正 其國政荒散 知其
蕃衍盛大 盛大浙詩之碩大 子孫將有晉國焉 故次是詩次風也
椒聊之實蕃衍盈升 比也 聊猶鍫斯之斯 椒樹甚茂而受盈升 言以桓叔
盛強而子孫振振焉 標史記 昭公之歲桓叔年六十四 彼其之子碩大無朋
桓叔之德寬弘絕倫無比也 是詩亦將歸沃者之辭 稱頌大以規昭公之論義也 史記桓叔好德

晉國之衆皆附焉蕃好德言盛於也椒聊且遠條且比也此比沃日益蕃盛有子孫將

有晉國之勢焉○毛曰條長朱曰長枝亦且朱近人情漢鄭呢歌声氣遠條又律志萬物條暢意

厥本惟條孔傳長也毛傳亦不可復遠遠揚之遠則言其枝幹日長也且語助朱曰歎詞可愁

椒聊之實蕃衍盈匊升平盈而匊掬兩手蕃多于於升彼其之子碩

大且篤篤厚劉之通言其篤於民次風之聊椒聊且遠條且兩段是二句者著

沃必并翼之形也一云是詩君子風之耶公之辭也不必戲之將歸沃者之此亦通

椒聊二章

○綢繆刺晉亂也從彥昭公之後大亂五世此其始也左傳惠之二十年晉始亂故

封桓叔于曲沃是昭公元年也國亂則昏姻不得其時焉以戒淫風

一廿七

綢繆束薪。三星在天。三星心也在天始見東方也是三月四月今夕何夕。
見此良人。良人稱好人也桑柔黃鳥詩非夫稱也子兮子兮。如此良人
何。束薪至冬雖庶幾不非二十女子兮子兮同人相呼之辭也庶女出樵及夕將束而歸則有人相誘
以參之情意悽矣喜曰此何夕而得與是人相見上下呼其友曰甲兮乙兮如此良人何而可以願其矣
以周旋而得成室家此時既非時又相私從遂成婚姻國亂而民紀弛淫瀆奔故詠其狀以規君大夫
綢繆束芻。三星在隅。芻即薪也周南之蔞鄭之束蒲可徵隅東南隅上下章相推而
義見是四五月也束芻束楚別設一人次篇失時之為甚與篇同格今夕何夕。見此
邂逅。不期而會故曰見邂逅之人以三良人粲者交去故變其辭以篇野合之風子兮子
兮。如此邂逅何。野有蔓草衰世之情也雖辭似意則不同宜照序并祠以知其惡

綢繆束楚。三星在戶。是五六月也夏小正七月漢案戶說曰案戶也者直戶也言正南北也

今夕何夕。見此粲者。衛之姝者言美男子也有美一人亦通於男女

子兮子兮。如此粲者何。晉之亂也曲沃之故也本支相伐人情大變國無綱紀

逐翼之淫虐猶公子五年而瀆滿不正然之序仇以功命為之諸侯其國政未必誠而壞亂矣

綢繆三章

○杕杜，刺時也。自此二十篇下轄此刺君次刺未大次君子不遇故皆曰刺時君不能親其宗族。骨肉離散。獨居而無兄弟。宗族也骨肉也兄弟也其言連係於三次深致意於親親也詩中之志全在於獨居獨行無兄弟國經言其寡特也

將為沃所并爾。衆胡不比本支戰伐人心不從公族亦必去沃黨沃君矣

十八

有杕之杜，其葉湑湑。比也杕野梨也其葉湑零露湑皆盛貌杕之杜雖特然而

野生以其葉盛故鬱然不孤以比人之有宗族兄弟而相賴焉是設單人詠單人將陳己

孤單故因見野梨于路憂先感之相賴茂獨行踽踽。人皆有兄弟我則獨行而無所

親也孟踽踽涼涼豈無他人，不如我同父。同父兄弟也吾謂同出九人雖

有他人不如同父兄弟踽踽誰依乎嗟行之人，胡不比焉。行道也備苟與途之人也

向重用胡不字長歎他人之不足恃也非骨肉無忍爲垂涕泣者淚哭而已人無兄弟，胡

不佽焉。佽助也無兄弟亦莫我助也○決拾既佽言手指比次也疏云佽古次字相推次次

第助也耳非訓佽爲助業是詩以獨行爲首以行次是華行次行是隨行故用比佽字致存焉

有杕之杜，其葉菁菁。湑言其茂菁言其色○君次自君萬民之上其不亦杕之杜

系然宗族相親。如木葉之庇其本根。則名器攀然可以本支百世矣。**獨行睘睘。豈無他人。不如我同姓。**睘睘是惸獨之貌。嬛與睘同。頌云嬛嬛在疚。是詩以同父同姓為叙。○左傳狩衛宗伯為其如親親故以親屬。今曲沃晉其為外伯大矣。而君不知以親自宗。使骨肉親逸。故君子作是詩以喩兆宗族不可以攜之理也。**嗟行之人。胡不比焉。**嗟路人乞憐之數而其實在亡。而不憐以甚作。人之不可同憂臨而喩君以親親之要至深篤也。**人無兄弟。胡不佽焉。**既曰胡不比。又曰胡不佽。所以喩宗族之為朝夕務相及也。○閔左傳翼以王命扶助。故屢存亡。其形勢決既有并吞之概久矣。

杕杜二章

○**羔裘。刺時也。**自文侯卒昭公封沃至武公并晉六十餘年。本支戰爭。骨肉相殘。是時也。

猶晦夜故云
序曰刺時
晋人刺其在位不恤其民也。
晋人言
呼故呼

好者在位之人衣羔裘豹袪不恤其民居居究究其大夫衣
我人詩之義亦然謂之刺時居究下時成風也

羔裘豹袪自我人居居。
袪袖口也豹取其可以爲飾自用
也尚書予民我人言我之民

逃去哀我人斯釋訓居居究究惡也郭注相憎惡
案居居猶究究究究猶鞫憎惡郎不恤也鄭注無我

惡不
憚故也
豈無他人維子之故。
晋人曰我言無他人
可從乎然於子爲故

彦故不能棄而去子胡不加恤我民吳孟是時本
支去親人也不定而君子不從之以周事宗國見

庶民之不見恤而毋歸依爲故亦是請次戒下
時卿大夫不知大憂者也左傳我豈無大國

羔裘豹褎
褎與袖同袖古文褎
豹袖則盛於豹袪
自我人究究。
鞫人晷
於數人

曰予不伐禮則然吳居居也
民之無辜兼其臣僕究究也
豈無他人維子之好

好庶好也故不必妖是故而妖者也鄭詩亦共不宴故而後不害妖序曰晉人曰其良二者不同其民庶人也晉人有祿位者也故稱在位曰故曰好如周萇弘事劉子

羔裘二章

○鴇羽刺時也標大亂五世及祿在無衣之前是詩蓋作於晉侯緡將滅之時昭公之後既卒之後也故五世不數昭公大亂五世也揚水椒聊亂之本綢繆亂也杕杜君不親而羔裘在位不恤遂致大亂五世孝侯鄂侯哀侯小子侯晉侯緡也曲沃殺四君孝鄂哀緡是二十七年武公為晉侯君子下從征役君子卽作是詩者也從征役者而編於卒伍故曰下從不得養其父母與北山同憂孝子愛哀在其處而處供憂而作是詩也

肅肅鴇羽集于苞栩比也肅肅羽聲凄切也鴇似雁而大苞叢生也鴇連蹄不樹止

比君子失所而危苦焉小雅鴻雁于飛肅肅其羽爾雅鳥足雁醜其足蹼王事靡盬王事

軍旅所謂征役也北門逢去本文攻伐不息且王師數動翼見左傳不能蓺稷黍父

母何怙言自王事靡盬憂我父母未而欲報之德昊天罔極之意直君子也或云是民也非

君子之憶國亂則賢者不遇是亦大亂之所致也悠悠蒼天曷其有所宗國微而

沃沃治日未可期也宗國不可滅然國之勢漸漸沃若焉將無治其故有是歎也頑嚚亦此所從直

肅肅鴇翼集于苞棘羽翼復是詩之叙也帶食嚮及黍稷稻粱皆同蜉蝣亦先羽後

翼王事靡盬不能蓺黍稷父母何食不唯何恃悠悠蒼

天曷其有極立我烝民莫匪爾極周謂神人百物無不得其極頑嚚竟得我直道猶極

也天道之極是別義是詩深意所上而言之復擇古文皆極字古義當然而在得正然是極也

肅肅鴇行集于苞桑行列也鴇羣居如雁成行而飛王事靡盬不能蓺稻粱稻粱黍稷父母何嘗不唯何食悠悠蒼天曷其有常鴇之連蹄而樹止失常之甚者故同行時魚之苞桑之苞秦之苞水之蘞次得之我常矣

鴇羽三章

無衣美晉武公也美別本作刺大夫誤孔疏時明之作美而明本作刺是因朱子妄武公始并晉國閔之左傳桓八年武公滅翼王是晉侯緡爾後廿六年言武公夫之耳而王命武公為晉侯中間不記晉事武公并晉在莊十六年其事迹曲折都不知世家不足信其大夫曲沃大夫也承父祖之業太康始成其美武公之人臣之義固當然為之請

命乎天子之使 左傳王使虢公命曲沃伯以一軍爲晉侯天子之使豈虢公歟春秋

閔請王命定作者惠公文公也亦讖痒爲而作是詩也 陳武公尊王而不自安之意歟

美之在變風美詩七深合是爲八但是美其大夫之美之也序黙水不滿都從者詘序子是詩無法

豈曰無衣七兮 侯伯七命冕服七章自華蟲以下也唐叔本侯爵則晉固有之春秋諸

侯命圭周之庶物而已武公之志在了弱 不如子之衣安且吉兮 其志序亦

宗天子之使也願其爲己周旋安者服矣不安於安安乎之安吉者次天子之休命言之燠者次爲

如挾纊言衣燠不如吉則其願七命亦了知也晉語武公殺哀侯止欒共子曰吾次子見天子令子

爲上卿武公擁變了知然大亂殆七十年滅翼後左傳無記載亦名其晉次並無不了者若信史記

隨周事衛武公亦大逆無道故雖說推摘武公亦讚文祖之志者非獨其罪不痛然者之可也

豈曰無衣六兮。得次六命準天子之卿亦所求不在次柔巽爲辭是謙辭耳疏云蓋侯伯爲卿

言依其本命晉先世不得有六章之飾辭請命耳非

實有也葉唐叔次未久遠謂之必無是武斷也云

制亦有三周時而變不如子之衣安且燠兮。録是詩而晉亂有著落僑三方

乘舟之於挑秦有之於鄭武公雖大夫子矣其滅

翼之衆而周明之唯春秋時弑寡而醜然者多武公

則請王命而安之尚賢於并髡毛周京者雖美而録

也亦行疑滅翼在前七年衆自衆矣自矣不可三

標世家次疑是序莫有桓叔間晉大亂不須齊楚

擊而滅之唐叔絶祀莫由決伐宗之行獨衆武公

無衣二章

○有杕之杜刺晉武公也。鳩羽次前者之晉詩也武公一人矣一刺而滿十篇加之

之獻公之詩蓋有三編焉武公寡特。一句意旨下句即寡特之實の依然如翼侯之獨無

三十二

立以有杕杜也 兼其宗族 前序亦有宗族字可行詩至 三杕杜並孤特者以為此篇

杜特然野生故也前杕杜以意 全同小雅是篇以別意出也 而不求賢以自輔

焉。言宗族之賢者也武公合自支別盡臣其宗 族不求其賢而孤寡特立故詩人譏孤特者求

賢之意以規之也序 文與前杕杜一例

有杕之杜，生于道左。以也左辟於右故曰適左王制 道路婦人由左東也南也孤特

者以自比 彼君子兮。噬肯適我。噬韓詩作遾苦浩毀 詩逝將生女與是旬醋

何肯猶言然一遍來 願其步來我家也 中心好之。曷飲食之。何以飲食 言感哉

供之也小雅何錫予之孤特者數因自之孤如 猶未之生於衛也不然謂標有唯彼君子願不棄

我窮壹然來顧我以我中心所嘉飲之食之何以 嘗其致辛詩之辭止是而已然曰杕杜曰君子曰

飲食諸侯切於武公如刺之是詩之志也前杕杜刺翼侯獨無武公豈不得涉於詩人歎於風規

有杕之杜生于道周曲也○又辟於左言道左也周繞通也驪姬同自相叔之次未就能學親唯無親故能兼翼今武公次學之宗而無親循道曲之杕杜焉彼君子兮噬肯來遊未遊亦既於適我○君子即宗族之賢者也下受次飲食中心好之曷飲食之非心誠親愛之如是則必將不心服矣大宗伯職以飲食之禮親宗族兄弟又文王世子公與族燕與父兄齒族食世降一等大傳合族以食是詩再覆飲食喻族食族燕之禮也

有杕之杜二章

葛生刺晉獻公也刺其妻國人也獻公好攻戰左傳一作僖十餘戰○則未無是獻公寔是利古本有照下篇則有為後則國人多喪矣者死也于

野于域百歲之後其居其室明是哀死喪也疏云一葬歸而葬之死喪若澤焉是詩人之志也人誰

不以死天下之婦人然顧之強戰而殺人之夫使其妻抱無涯之恭其不仁甚詩無哀於葛生悼

亡者也痛悼況不思存者為非也詩人述獻公殺人甚衆殘暴哀慘之語以警之非尋常之離曠

葛生蒙楚。蘞蔓于野。比也楚及棘墓禁也葛及蘞宿草也野郊墓域所在也蘞亦蔓

楚于野也葛蘞皆蔓仲不可除者楚域之物象次已有依賴於夫也詠予美亡此誰

與獨處。喪矣亡矣之亡哀夫之在也曰我獨與誰處於是室乎

葛生蒙棘。蘞蔓于域。棘在域蘞在棘辭之巧也惨詩墓于有棘生乎一字有感予

美亡此。誰與獨息。予美在域與誰獨息於是牀乎小雅息偃在牀

角枕粲兮。錦衾爛兮。此夫之遺服手澤所在出則念之憫子葛蘞入則無如衾枕以葛

蘞蔓于晝衾枕衰于夜角錦美其辭耳詩唯是二
句奇而不偶凡通篇眼目在於奇句如碩鼠之
永號蟋蟀之役車綢繆之邂逅宜注眼處予美亡此。誰與獨旦。衾枕夜物也
夏之日。葛蘞之蔓不勝獨處冬之夜。衾枕之衰不勝獨旦百歲之後蓋夏日之遲
遙衾夜之曼唯是泣痛悲泣次至自死也百歲亦言其長歸于其居。其其夫也野也
域也是夫之居也祔葬同穴從之也寔亦歸於夫也歸字一字百哀于野于域與于居于室自然映
應の人誰不願有生之樂私生而不樂次詩其一知生民之不淑豈忍沒之乎
冬之夜。夏之日。再妻是句又何巧思夏過冬來冬過夏來永思次陟百歲一語不及攻戰
而憂悲不一一出長歌哀於痛哭百歲之後。歸于其室。呼墓穴為室次歸居於夫
其意愈切危為居墓室壙非也飭是墓壙復枕其辭云域切於野室切於寢處于家息于牀撫衾枕

而獨旦 丁毒
切於 丁毒

葛生五章

采苓，刺晉獻公也。○刺其妻殺骨肉也　獻公好聽讒焉。○好呼報反照前

偏獻公有二十妖六戰六饞妻殺六八人夫由決哉二年者逐二十一君而取翼武公妻而獻公盡滅桓莊之族

而晉無公族荒殺申生又使殺二十公子夫而宴齊卓子亦皆誅大道可畏獻公之二十之次宜念

采苓采苓，首陽之巔。○以也有人稱首陽之苓次爲幻者次此飾言次眩人爲直者

陽之苓猶華陽之苦雲夢之苔名產也近取名次蜀葛曹操所疑也名品妻應視聽所宜審奉

之所而非亦同利口覆邦家孟子所謂喻與正第人之爲言。○苟亦無信。○爲

循也從也審察其可然而從信之也苟亦無循姑且也舍旃舍旃，苟亦無然。○然世上

蔓采苓之說故人之言先叙之而不用無遠聽次為也也猶信獻公聽讒如歸言則飲之故章言

次喩旨人之為言胡得焉人之為說者有得其實者也不可遽聽次信說也

采苦采苦首陽之下此言聽讒之言不可不信也猶人之讒張人主為之苓大苦也

味極苦苦茶也葑下體有時苦是三草之叙也讒言有善故以中生同言之大体其中必苦讒亦甘

於其而苦於事大讒固不可信也次之者亦不可與也雖小者亦豈可從哉人之為言

苟亦無與信者讒張為幻則信之之信與匪獨否與之點之之與言相當同也舍旃

舍旃苟亦無然人之為言胡得焉四句每章覆之然苟亦字相聯

故上二句倍近朱注亦通

采葑采葑首陽之東山之巔最要衝也下與東相亞都在首陽之東故下次於巔東

三十五

次於下々說之者最險險也焉丈人之爲言苟亦無從與△者循之相與之從說之意也

從△者有聲之執鞭之務蓋字之叙也舍旃舍旃苟亦無然人之爲言

胡得焉次左々國之觀之獻々公之或之於說之甚矣是詩之所以直情剴切有由也夫

采苓三章

唐國十二篇古之晉八々篇武々公二々篇有而獻々公二々篇八十之功

蟋蟀　山有樞　揚之水　椒聊　綢繆　杕杜　羔裘　鴇羽　無衣　有杕之杜　葛生　采苓

毛詩卷十

毛詩考卷十一

秦國第十一

周樂之叙齊豳秦魏唐陳並與獻公之子文公世其夏盟不可叙於秦之後故齊唐而秦次之蓋夫子之刪定殆陳國小無王周當後於秦秦再次豳終國風盡大義所存也魏附唐五而與唐升降焉

〇**車鄰美秦仲也** 唯秦風有天子之詩三篇凡詩亦盛於列國季札曰大之至也其音可想

秦仲爲周宣王之大夫鄭語所謂秦仲諸侯之微且大孟孫衷於國語考詳也 **秦仲始大**〇 諸侯明無餘蘊 **有車馬禮樂侍御之好焉**〇 侍御叙寺人好容娛言君之盛也

有車鄰〇 **有馬白顛** 秦祖造父爲穆王御非子爲孝王養馬故首三篇皆言焉備周詩多農事〇此大夫從至秦見車馬之盛而下同道焉則未至可知 **未見君子寺**

人之令將見則有寺人傳君命令之也其車嚴並有威洑昔甘爾忽

阪有漆隰有栗以比也有君儀焉言物有其所以比秦仲之山有桓亦漆栗相偶既見君

子並坐鼓瑟侍寺人之令而入則秦仲與士大夫燕而樂也或云擊琴和之彈箏琵琶

之延已憂矣今者不樂逝者其耋今者猶今日也逝者言流年廿無之人也

見其鼓瑟而喜同生而遇國華焜燁之見今我不閲口笑則大耋之嗟將及莫悔之何益或云樂

歌忼慨勉其及時次成功名安能邑邑待數十百年之意也

阪有桑隰有楊南山有臺桑楊相偶既見君子並坐鼓簧笙簧聞於

琴秦人必喜古今者不樂逝者其亡云激烈於耋之言化為異物也

車鄰三章

○駟驖美襄公也　驖與鐵、驥、驖一作驖　襄公在位十二年始命　平王東遷以岐豐之

地賜襄公始列為諸侯○前序章出秦仲下有田　句合言之此者襄公下句分言之變文可玩

狩之事園囿之樂焉　疏云備在周是域之食禽獸　之處其制諸侯四十里

駟驖孔阜六轡在手　在手言御者之良也　公之媚子從公于狩

媚子美盡公子之在親者孔業子有媚女之○公子　狩四馬如鐵氣勝盛收御者執其六轡左右周旋

唯手所命從子從公意系軒車轡卒者所至於方　備所○首章言始出二章言三章言從狩章言備畢

奉時辰牡辰牡孔碩　奉言虞人逐　而無居所也　公曰左之　使御者　以車當

獸之左也○注謂皆自左膘　射之達于右膘爲上射言上射　舍拔則獲　虞人翼獸張牡　未甚碩者決

驟而迫之公所公不執弓命御者驅之馬　其左而逐之一發而碩壯殪之于前也

三十七

遊于北園四馬既閑 備舉而還遊息于北園之也既者 辭也首章言田時之後故馬

唯美其盛壯此言遊息 故馬亦美其儀容也 輶車鸞鑣 乘車鸞在衡與 載之和相應當

肅雍也田車鸞在鑣盈扶馬搖也鸞下是自歇 鳳鳥自舞委見之山海經盈鳥之美於聲者 載獫

歇驕 公輕獫觀于北園馬正其銜轡從容無復怒 馬名駿狗亦載在車上臺之息獸我公燕虎割

鮮行鰥以勞士大夫○侍則媚于在側遊則愛狗 在車喜其節之媚愛之亦詠歎之下情親於上也故是

獫獨獢猶齊詩之盧令令不然懿公之觀民怒 咨亟又策標八鸞鑣則則乘車鸞亦有在鑣

駟驖三章

○小戎美襄公也 車鄰駟驖亦也次 小戎而三篇相聯 備其兵甲以

討西戎 曰討曰征伐侵前序始命之次示奉王命 次西東於西戎是人氣而之次奮故詩有西興

四条義 西戎方強而征伐不休。言襄公數討之也。在之 史記伐戎西戎秦仲

莊公文公襄公只在之十二年伐戎而至 岐季一般產是古傳非周之史記不之翅是已 國人則

矜其車甲。詩言之江詠之事 行之盛也 婦人能閔其君子焉。通篇 器械

車馬皆婦人笑其武怯夜之次鼓鷹去而從及其私情 饜寢食之次注心君子次見自行是能閔也嚴察云

戰武事也君子從戎恐不堪其勞苦所謂閔也業 驛序祖處能閔安出之次境劇其寧室家太平節也

言車 小戎俴收。戎車也秦謂之小戎言小於廣車故欽 淺與淺一義收軫也大車之軫深八尺兵

車前軫至後軫深四尺四寸疏 云兵車自後而入故以之深淺言 五楘梁輈。五楘五束也楘

言其交革歷錄然歷錄猶言之錄曰之家轉 東之欽其宗周也輈車轅上曲如屋梁 游環 脅 两

驂外轡在服馬背上游移 無常驂馬將出是環事之 脅驅 皮條也前係之衡之端 後係之軫之端當之服焉

三十八

外禁驂馬将以是皮約之陰靷陰以板橫側掩式下之軌故曰陰靷以皮係係兩驂頸而結之

陰板疏云衡長唯六尺六寸止容二服而已驂馬頸不當衡別為二靷以引車左傳兩靷將絕是也

鋈續鋈言謂白金以沃灌及續言續靷之環也在陰板是句言係陰之靷其相接續之環鋈以

飾也文茵暢轂文茵虎席為車中所坐暢長也立車之轂三尺二寸大車之轂一尺五寸

駕我騏馵騏色青黑如綦馬兩雜有二義自左足白曰膝上皆白者章馬而以在一句

二章早八章馬而械下代車下句辛章主器械而馬在一句言念君子溫其如玉

言溫良沈刻而非迎氣之溫也二溫實反厭之秩秩君子其有風意於秦浴在廣強敢息於諸爲

在其板屋亂我心曲標誌理志秦之西陲山多林木民以板為屋與在邑照老

不說而我為穩是長征也故大師屯在封內而戎方強凱旋無已淹留於草鄙板屋又心緒萬端是

次亂也○首二句以車人始出車也次二句以牽馬駕
之也次二句乘而出也首章雖有馬因車而見
四牡孔阜○六轡在手○牡盛壯也秦之先有為殷湯御大烈異事言識盛而存在故毋
大戎御穆滿御其次御顯者冬遠其馬是中驂赤
是二句秦詩重出其邊俗可想馬身黑
鬣也穆王八駿有赤驥郭注赤驥尚是驥是驂馬
又有驊騮郭注色如華而赤騮騮同馬雅
黑喙騧似駁黃馬穆王八駿有騧騎有盜驪是龍盾
盜色淺也四馬是穆王之乘造父所御毛色
之合○合二盾載之次為車其藏合之備二千寺章言黃折壞也黃震云盾陜次二盾已而合之
鋈以觼軜○觼環有舌者軜兩驂內轡言鋈白金者觼以軜紐於觼也觼在軾前軜是六轡
之外故詠而不及也○龍盾在五馬奔騰則撥亂
欲躍而白金之觼漾馬活動光彩旁射是章言焉
故是二句亦因馬言念君子溫其在邑○邑嗇邑之
及之忽甘世讀過西言溫一之

廊廟之姿而寢處於夜屋下也　方何爲期胡然我念之　征伐未休正次行時

爲會期乎我何故如是憂思甚切不能忘令君云

猶疑之辭次見念不可忘之意二次爲純如也

俴駟孔羣　騏駵騧驪是驂介也是章因　厹矛鋈錞

書器櫛　俴四馬甲而及馬涉主記羣事

厹有三隅矛者　蒙伐有苑　蒙雜羽文也伐中干也盾

矛底曰錞　小于於櫓大于於盾一路周禮司

兵掌五兵厹矛文貌伐又　虎韔鏤膺　虎韔虎皮之室

作織飾畫之次雜羽而伐驪皆鏤金

次飾膺帶也爾雅金　交韔二弓　竹閉

謂之鏤鏤即刻金　孫云赤用晴顛倒安置之

緄縢　閉弓檠也狀如弓比弓則縛之閉於弓裏也緄

緄繩也縢約也繩次約閉而後納之韔也○俴

駟下列於矛上持蒙伐　終繋爛　言念君子　是一句一每

其束虎韔與鏤膺上下筆組　章也次

劉十十　載寢載興　方起則起方卧則卧寢只是寢睡

下也是語王扶其服次寢於此是篇

無厭之之辭人氣方驕故也厭厭良人。秩秩德音。良人猶曰邦之良也存作淑人令人好人可例泝夫称也欲訓厭之提之安也是令好人提之欲而又條之秩之智也望足泰然邦之意而胸中有刀尺條理秩然也德音只是言德也存爲說或泥言字說聲譽所在若解

小戎三章

○蒹葭。刺襄公也。平王曰戎奪我岐豐秦能攻逐戎而有其地與誓封爵之於是逐戎有周地是以戰勝閑國不與列國同將以是爲常駟驖小戎所以見求在車馬兵甲田獵征伐其人情声教可以想故君子然之是詩以次序切之未能用周禮。與能取周地應用周等因未備未合周礼大發明經義將無以固其國焉。又將以失其地也治新固者宜以有所以固其俗

三十

蒹葭蒼蒼。白露爲霜。比也蒼蒼青變將黃也潤彼下露浸彼草木之意同夫蒹葭勁

草也寒霜被之故蒼〻變色次皆秦本俗上嚴猛
使民戰慄焉蓼彼蕭斯零露湑兮正與是一同例
辟之天時春日陽和也是**所謂伊人**所謂猶言所
序而提周禮古律明徹　謂故爲古事
指斥伊人猶曰其人在是詩指周之遺賢也是句
出於自騎亦指周賢之將隱者是詩或本之欤或
古者之是**在水一方**言其人不遠也苟知周禮而欲
成語欤　之爲周禮周風則可謂其人者尚
猶在**遡洄從之道阻且長**寓其不求以道則難得之
此　意也出自出谷遷于喬
木下例唯是賦中寓是意而已非比**遡游從之**考
體也東方之日東方之月亦與是詩　爾
維意遡只是向也逆向而上曰遡洄洄回回旋也順
向而下曰遡游游浮行也如說文遡游爲不通
宛在水中央在其水之一方者春然見之中水
之也下章曰湄曰涘皆言一旁
蒹葭淒淒白露未晞淒淒寒涼也如淒其以風未晞
言將又凝結爲霜也有章爲霜

次秦本俗殺伐之氣起也既受王命為諸侯而未能用周禮次懷柔也故曰未晞未已勁草黄落寒秋霜露蒼蒼然後何不則致為霜乎取周地寓周禮而將遂變於夷焉秦次其能夏為大者乎通上嫉而綴

所謂伊人在水之湄○不得其人則不可次奥周禮之焉不用周禮則無次後蒹葭淒淒之習焉疏云湄水草交際之處水之岸也

遡洄從之道阻且躋○遡洄故頻向上流而升故曰躋

遡游從之宛在水中坻○小沚曰坻

蒹葭采采○次詩律推也首章言其色則淒淒采采盡皆寒涼也

白露未已○次未晞未也驕於為霜之後是詩之叙全在此守首章奇後章耦已絶無一字深淺

所謂伊人在水之涘○周之遺賢能用周禮者也故肅殺之徹宜發揚之故序稱周禮次示大公義戒云序周禮當下兼五禮及諸侯之事會之秦始列為諸侯故稱周禮非也是詩所次取泓宜明辭之周禮獨未

沿ゝ也言止也遡洄從之道阻且右右謂ハ上也右旁也是上字之巧遡游從

之宛在水中沚中央之諸也爾雅水中可居者曰洲小洲曰渚小渚曰沚小沚曰坻

蒹葭三章

終南戒襄公也據詩及序終南是先於駟驖然車鄰駟驖小戎三首相聯故在前蒹葭亦能取周地次後之詩也然襄公在可終戟故終南在後猶言王小雅之叙蓋编意也能取

周地逐西戎逐有其地故曰能取與前序亦能之説應鄭譜秦莊襄於是乎取周土在是秦仲乎襄公父亦破西戎始為諸侯受顯服駟驖亦謂始命是也大夫美之

詩言襄公廟朝之容貌大夫辭氣之故作是詩以戒勸之也也字據是剰古

本補○序孫戒列國唯是以大雅有戒成王三首一次先祖一次皇天只卷阿就成王身上戒之先

譏湯其美而微風切之正與是詩併次意戒
詩者格亦可矣書曰戒之次休序果高明哉

終南何有有條有梅 興也載見詩主曰求其章之意 襄公如服命服故大夫望其風

象曰何有者即求之之辭也終南周之名山先主
所瞻仰以是取興遠如雲漢之於文王棫樸之於
武王是周風所獨也○爾雅柚條注似橘實
醋山海經列子櫟字即柚也二木並有嘉實君子

至止錦衣狐裘○ 至言之微廟其在朝也方叔涖止語例 同次多山之有嘉去與君子之有
顯服焉秦仲次未世有武功故受是顯服為襄公
春可以不自成矣○ 王藻君衣狐白裘錦衣次裼之

顏如渥丹 顏色 一句是 其君也哉○ 至於廟敷徹然有哉 所謂有斯服而有斯
容者也前此則秦戎狄之習也今而與中原諸侯
列而朝覲會同宜慎之人君風哉次篠昔日之陋

終南何有有紀有堂○ 紀山中基毛以有標爾雅畢堂 郭注今終南山道多畢其邊皆石

一〇十二

堂之牆言平平也其下有基而上有堂也謂南山
之壽不騫不崩答欲君子之黻衣萬年也頌云自
堂徂基塗因終南有堂配紀成辭也朱注恐臆
○條梅山之林紀堂山之體居也哉言今也壽考
不忘望於將也來詩之叙也 君子至止○ 如朝諸侯節入君且也而視大夫滿而居乃至
黻衣繡裳○ 侯伯鷩冕七章而下故云黻在裳衣曰黻衣者衣太名與繡裳衣異其文耳蓋陸佃
云首章言燕服卒章言祭服然各凡詩後者重於前則陸說大為允當唐顧愈流主佩句則唐佩垂
圭無則臣下故首章言顏卒章言佩黻衣赤見裳下繡令衣裳孫之也○紀與堂衣與裳並在上下
精微○衣祗自覆以素錦是中衣也其上衣不必黻衣繡裳 佩玉將將○ 下句是威容儀○
將玉將步濟濟節 壽考不忘○ 四字兩句壽考祈其天祿也不忘望其德業也故曰如是
君子是寧年永亦久而德音不可忘者也裏公以
武功爲秦祖故以甚無疆貽子孫不忘之業望之

抑揚其美以戒勸之者の是詩風格追雅の第二首卒耦第四亦首卒耦首白衣裳卒黑青黻

終南二章

○黃鳥哀三良也 穆公薨以人從死一作生 在哀三良 爲三良非自死亦可知 國人年中 有麻曰留子嗟留子國序亦 曰國人作是詩淵哉序亦 刺穆公以人從死 奉傳 曰死而棄命則穆公有遺命可知與序符合刺字 與前序異其字並不可與他例視爲是追刺也詳二風 刺夫哀三良私而不公必繫一人之志是周 樂也二子乘舟衞人斯傷宣姜考之而作 是詩也 考史記襄公之後四世武公初以殉葬又 四世穆公從死百七十七人並左傳無文 殉志則史記似雜説或云穆公無遺命 是康公之罪也不合古序左傳賸説耳

交交黃鳥止于棘 興也交交小鳥且得所以交交與 良人而失所焉繇棗是以體正容

鍼虎○交交以小宛桑扈傳皆曰小貌朱爾雅大鳥謂之言小者謂之箋注箋不也是相觀桑扈箋飛

往來貌從因字讀爲誰從穆公子車奄息○穆公稱謚則既死矣從死失其止甚

維此奄息○百夫之特在百夫中而特出者曰防曰特亦以武征折衝戍禦可見

三良之殉亦一時感慕臨其穴○惴惴其慄○自此秦人哀慕之辭但其葬所而臨

爲慕也從之生納之壙東大溪六句三反則語勢下屬明彼蒼者天○殲我良人○

命三良而言故曰殲如可贖兮○人百其身○主三良而言也故曰百夫而

一人故百人殺身以贖一人也武公之殉六十六人穆公則百七十七人雖雜秦人氣數可想

交交黃鳥○止于楚○楚棘楚荊黃鳥安楚亦叢木誰從穆公子車仲

行三良皆稱字奄稱名效宜行疑於以仲爲名非疑維此仲行百夫之防

秋虎彌達之大車之輪次當一孫亦百夫之防也防言一力抗百夫而侍衛之臨其穴惴惴其慄三良小人所哀而時俯入於死殉彼蒼者天殲我良人濟慄於穴仰則号於天是詩人摸寫則如可贖兮人百其身

交交黃鳥止于楚於止知其所止穆公使三良不如鳥焉誰從穆公子

車鍼虎是詩只次三良爲敘行欲往殉維此鍼虎百夫之禦言曰有禦

禦言虎臣也古大夫入相當憐詩惜其材武臨其穴惴惴其慄彼蒼者

天殲我良人如可贖兮人百其身左傳君子是以知秦之不復東

征是詩卽秦國變衰之始也至康公果然棄其賢

良矣朱注訓左傳不論王政不綱諸侯擅命殺人

不忌之派嘖嘖者生崇談也在左傳不綱擅命焉已

焉矣又何言及且殉百七十七人左傳所不記

黃鳥三章

〇晨風刺康公也。次晨風旅興始終之盖編意也始於賢者可去者去而終於不可去者竆

忘穆公之業。孔子謂穆公首援五羖授之政左傳舉人周與人壹遂覇西戎用孟明也穆公是用所謂伊人而立業者

始棄其賢臣焉。據史記秦仲次後至穆公十一世無嗣君康公不能續此業次棄賢臣故曰始前序三篇實咨創業之美至是又稱始及應之

鴥彼晨風鬱彼北林。比也草鳥鼓翅翬翬歸於北林次比賢臣見幾而作不俟終日焉晨風北林是秦声之烈也亦次著其人果毅

未見君子憂心欽欽。亮秦仲飛去而求君未見如穆公其人也

如何如何忘我實多。怨其不念前恭而轉我於憂也久得志而成失之故切責多過所謂始棄者〇子路曰不仕無義此賢者在孔門其猶子路從

不肖閔于原憲先名實重世用者也穆公富國強
兵欲進取爲事其所任使可知然詩人所以深歌之
在風康公欲復庶崇故其辞皆提康公耳而面
命之者也欲去如晨風者宜言主風規故也

山有苞櫟隰有六駮 比也欲物有其所以人有其宜爲失任家者非我宜也久得宜
而我失之故懷爲憂今笑櫟但公賦其是也駁赤
李其子赤取其有實而駢之六當依樹益宜字上
畫蓋而奪樹字其祀在毛傳節

未見君子憂心靡樂 賢君方慕穆公而求君之
求而未得心鬱之不肯適是必見君子而後樂若
也康公若能遊從從之猶可以友之不及其未
往化邪在遠喩康公切矣

如何如何忘我實多 我與先君同心欲共天職忘我
者忘先君者也將如先君之業阿序
所謂穆公之業即賢臣所以衛成也

山有苞棣隰有樹檖 棣常棣六月食鬱是也檖山梨所與櫟駁四木皆欲有實可食

四十五

取數孟不才之勢也之意也越境必載質昔宣孟
矣行仕涉君得見君文我亦得我所爲喻己有材
而資仕郎之可惜○首章之意不與未見君子憂
後章云故變若一之意娛焉說行必變
心如醉醉醉不自安也穆公益國十二開地千里
如有我焉之奈何君子何不一念之而使我醉
於憂至如何如何忘我實多○二句三復次慕其德
也矣眷眷於先君之恩而
心不能脫然如此也焉
風意切切古義所云

晨風三章

○無衣刺用兵也黄鳥晨風亡也受之次無衣亦二子
篇相聯偏首之反應也是詩宜與
小戎秦人周王于興師孫剌其君十年康公也康公卒
蒹葭秦公序之例也而康靈公
蒹葭晨風好攻戰亟用兵康公與晉戰遂至東道
嬉英不通六字蔑王于興師之

義○穆公伐戎開地千里民無怨言與民同欲也伐戎本王命也康公若與伯國構怨宣民所欲乎

而不與民同欲焉。詩之四同二條是同欲相濟之謂夫征伐自天子出三軍皆同

心同德有戰必勝之勢詠歎之次刺其君乎戰用離心之民於無名之師也古義融朗

豈曰無衣。與子同袍。辛伍相語之辭也三軍一欲則辛伍亦有奮心其上可知袍衣

褒連下至跗卷暮次意繫是殘之服也王于興師。秦君次王命出師小雅王于出征

言王命吉甫征伐也正同修我戈矛。戈六尺六寸酋矛二丈夷矛三丈已足與子

同仇。同仇則相與張膽盡國軍有威怒○豈謂子無衣永顧與子同我袍矣有王命師令將與

我將執戈矛次與子同仇彼仇我爾身也飢寒一死生顧與子如一矣小戎之誇車甲亦三軍一欲故也

豈曰無衣。與子同澤。澤近身衣也膚澤所以襯袍可以表澤在內○我涉無衣也且汝子

四十六

澤爲澤矣。說文作襗，云袴也。王于興師。據史記秦
也。褻袴腰衣，非是，詩中屬。仲莊公命
於宣王，襄公命於平王，次討西戎，文公悉平岐，次
西亦終年王命也，故小戎亦曰征伐，是秦人所宜言
征歌也。夫王命興師，諸侯之職。脩我矛戈。戟一丈
也，好戰亟用民，失諸侯之度甚矣。身六尺六
與子偕作。偕作，猶俱出也。天王有命，若君屬飾，我將致
死敵王愾，行有往我與子偕，莫莫子莫
我先我不後矣，既奉同生同死之良，又何不
同澤，與子之澤，偕我之澤，互相用而不視之也。
豈曰無衣。與子同裳。裳，下幕也。我二人各自有衣，豈
曰無，亦然，下幕亦互相用，無有
彼我共矣，人情怨。王于興師。疏云康公當周頃王時
襲而有爲。王不出師，秦不從王征
此其說曖昧，是詩言同欲之師，則脩我甲兵。甲兵
固言先居之時，非康公時事也。不必
矛戟。矛戟盛於戈矛，敘也。同音衣，服於同澤，
同澤服於同袍，同仇，故偕作偕行皆敘也。與子偕

行我與子同仇而偕作偕行役於王事在是行
行也我戎事甲兵唯子所用我不獨生子不獨死

無衣三章

○渭陽康公念母也歌是詩而曰念母直是吉哉是
詩出於黄鳥而作然世子之詩在閔二國家唯取其念母故録是詩編
○公年莊元年念母字五出孟吉言故秦康公之母晉獻公之女左傳曰穆夫人
穆姬申生同母姉文公遭麗姬之難次逸
出奔未反而秦姬卒穆姬悲惠公而晉無寧歲其
公奢於文公可知是康公所次念
母也穆公納文公惠公次子圉爲質于秦六年
逃歸故穆公納之文公是其本志也康公時爲太子穆公納文公
二十四年而卒贈送文公于渭之陽送人以物曰
贈因徑矣念母之不見也下二句即念中衷
故有曰字孟子支

一四七

例不見言不在也與見舅氏相觸 我見舅氏如母存焉 文公之太母宿志也
而不及康公送文公一喜一哀唯以母故心綢繆於文公也母之愛慕舅氏其言在耳不忘今而得
見則風采德度果然有協于素聞宜矣母之愛慕之不忘也念之又念髣髴言容如見先妣先妣不
存舅氏在此 及其即位 言文公入而定位也渭陽之別懷公即欲猶在師之濟者未可
知往定而後母之志遂矣康公之喜可知 思而作是詩也 思母思舅也故不目念
我送舅氏曰至渭陽 我見舅氏如母存使母存而及今見其喜如何哉惆悵不忘別
遂涉渭而遠至水北疏云應在渭南晉在秦東行必渡渭 何以贈之路車乘黃
諸侯之車也蓋馬亦尚黃書云布乘黃朱明堂位周人黃馬蕃鬣○康公曰不腆車馬以豪舅氏之
居大國為鳴呼先妣之次是詩舅氏也久矣故先獻也

我送舅氏，悠悠我思。何悵歡喜，何悵嗚咽，唯序傳詩之妙，或未之含好說也。噫，凡亦不足錄（盡錄）。是詩者，取康公孝思也。序欲示是，故路寄少辭，以申明之。不然，是詩無關於國家。且齊桓晉文，有大勲於王室，盖以爲侯伯，故不復陳其詩，而桓文無詩。衞之木瓜，秦之渭陽，或是周樂不沒二伯之意故。

何以贈之，瓊瑰玉佩。言瓊瑰製造之玉佩也。瑰或曰珠，或曰玉，或曰石次玉。○康公曰：從之以瑰玉者，以旗我中公之信也。渭陽氏入而改其以觀天下，以臨諸侯，尚氏德丞以成我先君之志，我亦願藉玉之强而鏘鳴於渭陽氏腰下矣。

渭陽二章

○權輿，刺康公也。渭陽之篇附錄是詩，以康公之哀終秦風也。秦之先君世烈相繼，至穆公遂霸，康公不明，秦乃衰矣。忘先君之舊臣與賢者也。先君穆公，在注三十

二四十八

也十九年蒹葭其所久任波所謂者是蒹葭有往之人
也故聯次之秦賢者是詩與晨風相始終序文相變增之
蒹葭者示有不可去之義也孔疏句誤蒹葭一誤也
○那波本作賢人明本及袁本秦本皆作秦賢者今從之
有始而無終也 釋權輿句也夏屋有始也無餘無
終也不承權輿有始而無終也
於我乎夏屋渠渠 言穆公之寵也夏屋太客王肅得為渠渠大貌 今也每食
無餘 內則父母既食恒餕鄭注每食餕而盡之末有原也 于嗟乎不承權輿
父作之而子承之言今也康公不續其先君之寵禮也于嗟猶如何如何然彼猶有望是則已矣不
承權輿猶言承前義實未然人有去留故言有始無終是一史氏之作於
於我乎每食四簋 簋內圓外方受斗二升或和或尾黍稷在簋稻粱在簠此曰四簋畧
盛而總之也玉藻君朔月四簋言黍稷稻粱也亦正言簋且秦大夫豈甘食四簋乎歲其辭次言今食

禄之富耳或以每食爲每君賜我食今也每食不
以後每食三出只是望飢之意也
飽也莊子謂甲寅緣之厭渠饜肉廣大之生餘不足也于嗟乎不承權輿叙詩旋輿始也
此賢者如柳下惠如北門遺臣如柏舟仁人終不
作晨風賢臣或有禮貌衰而不去亦不恥非也康
公棄賢忘舊有去者有留者晨風雖潔權輿非詩
人有其性又有其分各有義猶殷有三仁君子
次之二篇賢者異行而同德並錄次傳也
秦風終於陳靈公其亡秦康公最在諸國之末

權輿二章

秦國十篇

車鄰　駟驖　小戎　蒹葭　終南　黄鳥　晨風　無衣　渭陽　權輿

毛詩考卷十一

毛詩考

國風

陳　檜

曹　豳

四

毛詩考卷十二

陳國序十二 陳自幽公至靈公不出一明主唯僖公無惡齊桓之德焉美載故序

孔曰國無主其能久乎○陳詩人或軼之妄矣

篇二皆許嘆球有奇古矣○三將尊於諸蒍典

於杞宋春秋自齊桓次前陳在衞下次後

則在衞上終春秋之世蓋齊桓正王爵也

○宛丘刺幽公也 幽公當厲王時在位廿三年 淫荒 色鄭亭 昏亂 聽聲

明 遊蕩無度焉 是序與鼓有吾棄一格書其淫昏而佚遊之也是也○漢書元女大

姬好祭祀用史巫故其俗巫鬼引宛丘東門之枌焉隨償是宣三家雜說非古序可次雪大姬之寃

子之湯兮宛丘之上兮 子汎指遊蕩之人君次士大夫幽游故呼叔伯焉子非敢

斥君也呼君曰子猶羊斟盬林耳宛丘天下名丘五之一其豪華可想陳都於宛丘側○爾雅宛中宛丘

丘又丘中有丘爲宛丘是四方下中央高也傳又謂洵有情兮○而無望兮○有情

無情之反知惡不規無情於其人也非我無情盛壞怠如是後來改厲我無望焉耳雖憂之未如之

行之謂而其實所次痛責其淫昏無度也詩爲諫友忠告之辭次風諭辭不指君而意則在君是

謫陳也○首章先提君子憂而不言之意後章因言其游蕩之無度自上而下而道是詩之敘也

坎其擊鼓○宛丘之下○丘下是行人彭彭之處無冬無夏○或云不避部寒

大暑之時値其鷺羽○羽翿之杖翿羽之器脩貌羽蜉蝣鳥羽後翳詩人之醆精微如是

坎其擊缶○宛丘之道○繫丘於道已甚缶次汲水次盛酒次節樂易見鼓缶而歌○擊

缶詩不別盡胡公之父虞閼父爲武王陶正陳實次其利器用閑風故缶一寸出於陳執大舜陶於河

濱考工記有虞氏上陶無冬無夏○値其鷺翿○周禮舞羽吹篇朱注纛積也

宛丘三章

○東門之枌疾亂也○亂淫亂也貴女遊蕩故曰疾明言其人直言其不績疾之故也首

舞曰疾者是詩及有甚楚也宜相照者幽公淫荒風化之所行○貴女而歌

舞於道百家成俗可知陳之遊蕩幽公敵化也非

大姬所知左國言大姬俗崇而無賢武王寵女而

在周公時豈有淫祀乎風矣且是詩男女棄其舊

繫之大姬所刺果何人嗟乎序尊矣

業○詠女則男亦可知鄭公渾不曉是意亟會於道路○再提穀旦故曰亟會枌栩即道

路因前篇于道遂何差焉擊缶歌舞於市井爾○男女屢會於市井道路而歌舞亂甚

東門之枌宛丘之栩○枌栩之陰男女所以歌舞戲遊子仲之子婆娑

其下○傳子仲陳大夫氏業三昆子東氏亦同孟次祖先之字爲氏者子仲之女孟巧於歌舞者

一二

穀旦于差南方之原少年輩以美日差南原之女舞也小雅既差我馬舞貴文者必是貴游子弟也○春秋公子友如陳葬原仲必是氏也其族蓋故稱南方之猶南院北院郡落有變革荆棘古言不雅又案原仲之沈亦以其先子仲其行沈故以為家號猶趙孟知伯之例歟則子仲與原非異族也詩蓋詠原氏之女也必有所受原野之説不取也不績其麻市也婆娑市非貴人所遊周禮命夫過市罰一蓋命婦過市罰一帷今於市歌舞其亂可疾

穀旦于逝越以鬷邁必稱旦者所謂朝夕不休息之意逝乃東門宛丘及市也鬷者稷聚叢會之意言男女成叢而邁也至是章表出淫亂之甚前章之婆娑乃為謀是一着話也忠心之亂溱洧も不及視爾如荍貽我握椒少年思媚其女如愛擧則女亦貽以芬芳也以爾我字狀之健年集洛郊來遊○椒蓋文子容貌所用握字見其熟黯雅詩云麟環致辟

指環致殷勤耳珠致區區香囊致和
把據是則恐容貌亦情好之容歟

東門之枌三章

衡門誘僖公也。僖公文在位六年當厲宣時誘猶懽喚誨宣王二篇句句皆比

序可尊如是愿而無立之志。純愨自畫不能勉強進取也舊說曰國小饒古也僖公時

諸侯未兼并序周不言其國小故作是詩詩之辭志士貧而能樂也詩之志乃在誘其君

也試次考槃之詩照看去以誘掖誘在前導之掖在傍扶之其君也。上既曰僖公下

又曰其君亦告誰之辭也猶吾黨有直躬者其父攘羊而子證之

衡門之下。可以棲遲。通篇皆比也此言居室之陋是章可以二字是字眼也貞亮命

也蕩蕩戚戚志也次比凡人苟能立志則可以有宜焉下句亦一意夫栖遲衡門而水療飢人君其

三

能須臾忘乎以是思昔昧爽丕顯何勞之有所以誘之也飲食男女人之大欲加之以居室豈不善喻乎**泌之洋洋**○泌猶毖彼泉水字相通淨瀁漾同流不已負盂泌泌流水洋洋不竭也是流衡門旁者言小流也句法與矢之活活儘從泌文泌泌俠流**可以樂飢**○此言飲食之甚一々可以慰藉腹耳樂飢療大無味○窮居衡門飢而飲水人之至苦也然古之人有立志於斯者非大祖大舜乎其耕稼陶漁之日安是艱苦慾並若將老身焉無它尚志也今君生而坐夏屋飽粱肉受天之命君臨于乘之國而自晝自棄不能奮急亦與百事何不以大祖側微之昔節厲以自激昇而用之民人社稷乎至誠感神鬼可闕耳

豈其食魚必河之魴○是章豈必二字是字眼比意所存夫魚不必魴妻不必姜以比事物之無必焉以人論之其有賢愚剛柔勝也苟立其志日進不已雖愚必明雖柔必強舜何人哉

我何人哉是詩之志也○後章倣同首章食魚自
下句來上句來衡門非齊姜所棲泌流豈
無一竿魚飢者易致食魚洛河魴也其娶祀縞
衣綦巾亦齊姜也可以棲遲○里語曰洛鯉伊魴
貴於牛羊

豈其取妻必齊之姜

齊天子舅甥而大師之後大姜是其顯者矣
燕從於大國來確僖公卒後齊莊公去齊之與自
莊公事詳鄭語○志在衣褐放言曰瓊臺十成射
不能為而衡門我居也鹿臺鉅橋為人積財而泌
水我食也太牢不享齊王犯而出奔而我則終身
飽食與妻琴瑟終吉矣苟衰志萬乘不能自
樂我之不改其樂何哉曰志是詩之辭也

豈其食魚必河之鯉

○鯉貴於魴宋子尊於齊姜二章魚之敘也陸佃為說魚之鯉冠篇
神農書曰鯉為魚最

豈其取妻必宋之子

○魚必魴必鯉則食妻必齊必宋
則哉為鰥夫立志者而曰必天才必天性則終身
無成矣夫魚不可不食妻不可不娶故志不可不

生志苟不忘忽麟趾亦將不廢況何鯉是甘乎
苟失其志雖妻帝之玉女將反自止況宋子是安
乎故能全志則能強剋若可泌易豈必才之美
如河鯉天爵之尊如宋天而後至明君賢主矣○
一篇之意特在可泌字宜必實而篤永無過○去
怠教日乾乾惕無恒安息故取賢士若境汝之

衡門三章

○東門之池刺時也○疾如遯公淫荒于仲婆婆貴人宣淫故曰刺時下同欲三匡三子

疾其君之淫昏○晤之義時之淫亂其君所從故疾之而思賢女以

配君子也○序凡三出關雎之君子天子夫也車舝天子君也而是詩刺時則所斥不獨一人故
曰其君又曰君子三出三變關雎曰樂得淑女車舝曰思得賢女而此省得字亦三變精哉

東門之池○池守正引水經注云陳城東門內有池水至清潔而不耗竭可以漚麻○

興也漚久漬也考工左傳毛訓柔甚協涗清水
柔以物興淑女婉婉之化也三章之女漢廣一例逐
章而下彼美淑姬姬是異姓也可與晤歌晤遌同遌又作遻爾雅遌遇也
遻見也又爾雅遇偶也故箋云猶對也麻衣脈之
良林故受汝晤勤紵汝之故受汝晤語菅最下故
受汝晤言周禮樂語明分言語焉二夫晤歎之女
邪之姣也麻辟則君也晤語汝之紵辟則卿佐也
晤言又汝之菅辟則大夫也其君淫昏故大臣亦
多色荒所謂配君夫主君而被大臣即刺時也

東門之池可以漚紵紵苧同剥其皮之表但得其裏煮之以織衣王褒僮約多取蒲紵益縑繩索也

彼美淑姬可與晤語語者委曲陳情也言者只是接辨也雜記三年之喪言而不語公劉傳直言曰言論難曰語可與言未可與語可與語未可與致是詩之叙

東門之池可以漚菅夏華者菅秋華者菅左傳拘鄭人之漚菅者菅以為屨為索左

五

傳一篇歎苦也彼美淑姬可與晤言窈窕淑女琴瑟友之晤歌也辰彼碩女令
德來教晤語也孌彼諸姬聊與之謀晤言也是詩之妙全在三遍三陪因韻用字奇絶至此真神造
鬼攝也称從次参差淺噫礙凡物行是次列於周樂乎夫唯古序衍之弥高焉雅君子其崇戴之

東门之池三章

東门之楊刺時也東门之池刺君與大臣也若汎刺時人淫亂則當與是篇易上辰事先東门之楊若先東方之日此其例也不知序是不列之典昏姻失時因詩曰失時其實事所謂昏姻之道缺是也是序與事相變處可玩男女多違男違女女違傍者多也孔疏誤昧序大體故也多字法左傳多也親迎女猶有不至者也五禮既成至於親迎違而不從故曰猶詩所賦著時俗淫亂之甚○子以壻親迎男姑承子次授壻恐事之違

也次是彷氏婦
猶有不至者

東門之楊其葉牂牂○揚在車而途中所見也楊葉毿毿如羊毛蕃景也詩之類唯詠
所見已而刺失時包在其中ヿ是詩之妙在形容
之辭真奇巧也牂牂取於北羊肺肺取於肺藏猶
蓁蓁沛沛鶴鶴之跡

昏以為期明星煌煌○日入三刻為昏此明星其言先明也蓋
揚既奠雁降出而女不從使揚執綏大門外而參
於婦車也親迎而往至夕申御與必暮時○煌以
以揩從民詩次是取叙此其巧也易象大人虎變
其文炳也君子豹變其文蔚也亦次火與艸分之

東門之楊其葉肺肺○肺肺暗於牂牂晢晢明於煌煌此用字之妙也肺ハ亦兼兩耳凡
兼昏以為期明星晢晢○昏姻禮缺則男女必違與親迎而女不至況無人
理留連色欲和見揚不悅歡陳之君大夫色荒如
前漏則大姬之國人知大姬有自來矣無主此夫

東門之楊二章

○墓門刺陳佗也
僖公卒後世為文公佗其子也存
位二十八史記以佗為厲公大誤
亦序為詩傳之一證也○稱陳佗與殺州吁同皆
當其為君亂之春然三人春秋亦以為君故名桓亦
年經蔡人殺陳佗盡在詩
佗下出不與忽厲故冒國
陳佗無良師傅
曰斧曰
鶉皆懵
不良之臣也詩
之徵疏序意也
以至於不義
左傳文公之子佗殺
太子免而代之
惡加於萬民焉
惡名播於國人也疏云定本直云民
無萬字崇定本以是蓋涉下載惡播其
惡於萬民為而誤發萬字耳文武雷同且特稱萬
民亦何義邪○不義之惡是不良之臣所為故以
是詩以皆其速點之也惡既加於民則不具道不義
人公不能顛倒思其戒以遠之辭或云陳佗殺後
作也非也或云見其有逆儀而作
非文非也刺國無刺公子大夫之法也

墓門有棘斧以斯之此也棘蓋墓厲蔦生鴟鴞青蠅可類推焉墓門衡而棘猶長況以斧戕賊之乎以比陳佗佞逸性頑而利口咻之焉孟子牛山之喩或自此出歟佗未王命未會於諸侯君位之幽歟而不來故比墓門之棘口呂覽與之脯一朐曰斯離食之注斯析也爾雅斯離也言離析之韓非子使人伐樹斧離數斷言斧伐之三四也夫也不良國人知之彼師傅不良以謀不義雖自撿束無眾皆知之也夫也猶曰彼人也家語夫也中有左傳是夫也不唯衛國之賊不良猶不令左傳以逆臣為不令之臣知而不已試可乃已三已之之已言奪其齊殀退之也是句即陳佗歎如忘之情態如天奪其魄者誰昔然矣是句言既往也來句言將來也相映爾雅誰昔昔也陸佃曰猶疇昔得之佗為公子時常為不良之臣所惑今既即君位依舊不曉其為不良故曰自昔然亦其奪魄之狀

墓门有梅有鴞萃止。比也梅據鴞之詩與棘茎儀則盖墓鷹亦樹之也梅可愛嘉井也鴞悪声況非一鴞次比陳佗集群小而自従民望在左傳佗及鄭伯盟歃如忘次比棘也陳陳庚[illegible]親仁善隣國之寶也君其許鄭次比梅也夫也不良歌以訊之。雖國人知之元無如木偶人無退之之心衆将有一旦蜂起之勢故依是致而面告之也苟吉羣鴞人誰悪梅盖陳人悪是師傅猶鄭人祭仲弘且陳佗往來定故詩之辭圭角[illegible]峻訊予不顧顛倒思予。上予不辭或云歯依前章依而字得之我面告之猶且怙然不顧則顛覆将無日矣鳴呼今而不顧将顛覆之日而思予言次噬臍耳

墓门二章

○防有鵲巢憂讒賊也。來葛日慣讒也此日夏教文相変也如賊字者不唯如来

已。舊而宣公多信讒。樂尊同獻公好聽讒。是唯文變伎邛處非外內上下交亂讒蒿虩

亂非之友讒之亂○陳宣公辛三十世君子憂懼焉○困之切卜之

莽宣公公然相距僅二十五年惕之

防有鵲巢○防堤也。巢次得於者鵲巢其樹本之隱翳網

巢繆而成。是次圖次北之浸潤之讒百方構之

焉質無極，讒之大者，建此共勑之主，納之其妻，而大城之城父

遠旗踰年，而次殺世子，言讒之可畏，謂鵲巢之讒矣

邛有旨苕○邛丘也。傳邛丘也。苕草也。案毛以苕為陵

苕，苕者美於華也。苕鶉爾陵苕緣木纍

延高登，次北之自疏，及其自賤，及其貴寵，霜堅冰，讒之禍

及之者之類。當以北喻以其言之甘也。讒言亂其亂，是次

餘以也。楊園之道誰侜予美心焉忉忉○爾雅侜張

猶予敵出苕也誑也。郭引

書侜張為幻。案侜講通作也

予美指君也。之言可以謂憂也

中唐有甓○爾雅廟中路謂之唐。堂塗謂之陳。孔疏唐

是陳廟庭之異名耳其實一也。案中唐言

二八

廟中之唐也甓瓴甋也石一合一成次比之內邊
成溝如甃一下甓瓴與中太夫二嬖憂人黨次
構大夫之反衆欲讒於孟姬妾奔向戒黨於伊虎是
中唐之甓也中唐比讒在內者與防在外者對哉
云唐塘甓甋蘇瓦誤業邛有旨鷊比也爾雅虉綬草
甓與巢對決非瓦誤云小草有雜色似
綬業以後言其花之次比緑飾邪僞巧言如組與善
兮萋兮成是貝錦是也○爾雅非人謂之丘丘部云
北自然生業防與堂塗路人道也匠人所掌故謹
對而成錦苕與鷊花草也是宜於丘故並曰邛
侜予美心焉惕惕○序所謂懼也心焉又忠小
雅往來行言心焉數也

防有鵲巢二章

○月出刺好色也○蓋亦靈公時也比曰在位林林曰
靈公而澤陂曰君面則是蓋刺孔
儀殉徵舒以女亦以君見南不怒孔儀而怒君則
孔儀之姦先於君可知月出先於株林以是終詩

無通篇形容美人若是者所謂佼人蓋夏姬也夏姬有絕世之美雖戎三易雖不中不遠矣在位是詩形容美人而曰勞心悄兮乃山谿氣不甚貴非民間物不好德而說美色焉○德在位所宜故疏云德色不得並時好色既好色則不好德○宜與女曰雞鳴序並看

月出皎兮與也說文皎月之白也釋文佼人僚兮○佼本又作嬐小雅皎皎白駒僚字並又從女取於月次與焉蓋佼人之夜遊也況從容眩於人人各女誠曰出則窈窕成戀姣又有淫義左傳棄佳而嬈

舒窈糾兮○蓋自舒而脫脫兮來是形容容態之美也宋督見孔父之妻曰美而豔詩之僚懰燎是美也窈糾懮受夭紹是豔也殺孔父奪其妻勞心可知○禮記君子之容舒遲

勞心悄兮○君子勞心小人勞力所以為國也今是勞心果何事哉詩人必有意於下

三篇陳之晉次殺洩冶也

十九

月出皓兮。佼人懰兮。皓光也唐詩白石皓皓皎 文懰本又作劉好貌埤蒼作嬼
妖也案字書懰又作 嬼或作嫽美好也 舒懮受兮。蓋去優柔之義不 遠大古肅尤韻者
形容字後世所用妖嬈嬌嬈㜎嬛嫖 微杳嫋夭嬌窈窱與是詩舒遲形容相似 勞心慅
兮。慅音騷說文動也是詩悄兮喬而慅兮懆兮相 偏悄言憂而心小也消銷削哨消梢宵鞘痟悄
肖等字可以類推慅騷也 懆躁也言憂而不自安
月出照兮。卒章取變皎與皓耦而 照是高與末句相錯 佼人燎兮。燎受照 字言顏
色照人也彼照人者 天上月能此上人也 舒夭紹兮。桃之夭夭匪紹匪 游字典優紹又作
要紹舒 緩貌 勞心慘兮。古慘懆相用此當作懆從夭懆 愁不安也○是詩一意三韻下
韻乎成而字字協鵲巢居與巢叶則舒亦叶月 與出人與心亦韻獨格之可調也

月出三章

○株林刺靈公也○靈公淫宣十年死變風終於陳靈淫乎夏姬○襄相那獻

于朝與孔儀南冠如夏氏留王使不見其惑溺不知驅馳而往○如戴驅之薄薄發明詩義

鄭箋箋朝夕不休息焉○書曰不暇自息不遑疏文拘朝夕字

胡為乎株林從夏南兮○疏云定本無兮字案孔氏書有兮字疏文不誤後市本脱

箋余則從孔氏原本匪適株林從夏南兮○株是夏氏邑其野有林公欲如夏氏

有廣恥之心次適株林為辭而出故亦詩曰株林之遊此胡為乎不不斯須而去必從夏南燕樂耳

不知適株林之命是口實而從夏南是其本意也造語從妹甚新○夏徵舒字子南左傳數夏南

駕我乘馬說于株野○我者公之從者自稱也夙駕而背說而不食匪適株林不知株

林株野鎬洋嘗之
詩有洋水洋林
乘我乘駒朝食于株
公汲適株
林發命故
至于株野税駕于越而並不斯須于此而遣馳至
夏氏也至而後朝食則其見星而發亦了知郎朝夕
不休息之稹也株即夏氏之居非林非野公之淫
者或乘馬或乘駒次税于野食于林有於淫下甚
樂摩卞甚善之意つ疏云説于株野夕至也朝
食于株朝至也箋説于梁由宣露需之謂矣

株林二章

○澤陂刺時也
刺時俗之淫荒也
言靈公君臣淫於其國
公卿
宣淫於國故以淫於其國言之下有記八字則
八字之意亦詩中所言也是一揚搉乳疏大祖
男女相説憂思感傷焉
此乃時俗之淫荒也是詩同
究丘衡門通篇之意皆之前
章而二三則顧聨首章鼓吹之也並愈出愈新
者先得詩人主格而後續澤之

彼澤之陂。有蒲與荷。比也。彼者身在此而望之辭。豔之意存焉。陂水岸也。蒲荷在岸

内水。水中荷。言芙蕖之莖葉也。蒲及荷並生萋萋並茂

美。次比夫婦配耦之好。亟是女慕說丈夫而有奔

隨之心。故言所見。次寓感也。○上曰蒲

與荷下曰一人。則非興體也。宜細味之。有美一人。

傷如之何。雖感傷之甚。不能遂蒲荷之好也。二章三章。皆含是意。故且卷下且嚴下須添

是一句。春一環貫兩環者乃尾。寤寐無為。涕泗滂沱。寤寐無五尺百谷靡不趣

不遂積其麻困俗至此。泣非人情。重公君臣之淫惑。慘哉詩人妙寫之。滂沱一句亦當置悄悄伏枕下

觀之

彼澤之陂。有蒲與蕳。蕳所謂古時水澤之蘭也。非陸草。蘭取其莖葉之壽與蒲如一

蘭取其香。菡蓞取其美。此女悅男之飾。故美物比男。有美一人。碩大且卷。說文

髮好也容體鴻麗髮美髮如盡思之在旁傷如之何寤寐無爲中心悁悁。此次篇言之卒章次麻言之與則無須臾不憂思又行爲常涕泗滂沱月膻已

彼澤之陂有蒲菡萏。卒章取變菡萏華也是詩下蒲而與三物耦次寓公與之卿通夏姬之意淫風所自全在此詩人之微意故序曰言靈公君臣淫於其國有美一人。

碩大且儼。卷言其頏頏儼言其容儀抑之南夫也之意此斷非孫女子且非抱布貿絲者之状須雖曰刺時風意所指乃在君大夫二蒲三所宜熟思之寤寐無爲輾轉伏枕。寢則不能安其枕涕泗滂沱衾寢沾濕伏枕言次顛到枕骨也の詩之奇新在一蒲三耦其敘在荷蕳蓮菡萏滌清柬荷在三四月荷華在六七月

澤陂三章

有蒲与荷傷如之何○涕泗滂沱
有蒲与蕳碩大且卷傷如之何○中心悁悁
有蒲菡萏碩大且儼○輾轉伏枕

陳國十篇

宛丘　東門之枌　衡門　東門之池　墓門　東門之楊　防有鵲巢　月出　株林　澤陂

毛詩考卷十二

毛詩考卷十三

檜國第十三

妘姓也祝融之後鄭武公滅之○或云檜詩多鄭衛大出非古義

羔裘○大夫以道去其君也○

可以去而去是以道去去君之詩唯羔裘辭氣和平身去而心眷眷者雄佩碩廣雖所遇不肖國致為臣之道唯羔裘可以為模揩故曰以道去

小而迫○是序宜與蜉蝣序並玩覽 君不用道○鄭語虢叔恃勢鄶仲恃險是皆有驕侈怠慢之心而加之以貪冒業此檜所以亡也並是檜君樂是檜仲致未已可知

好絜其衣服○然檜仲驕侈 逍遙遊燕○孟子所謂盤樂怠敖自求禍者 而不能自強於政治○

二句然檜仲怠慢序以小迫亦去則大夫作詩時既有亡象也魏小迫以儉嗇亡檜小迫以奢誇亡園有桃曰不能用其民此曰不能自強二大夫所深憂在茲若其去留唯義所在須

知二詩並以不言言之而二故作是詩也。作詩以
序並美其不言者以示之　去之

羔裘逍遙狐裘以朝。羔裘狐裘言其奢侈也其狐奢
後至卒章發揮之逍遙翱翔言
其遊戲也以朝在堂言其
不強於政治而事容觀也豈不爾思。三章三十去
君之意在是
一句舊說不達勞心忉忉。去其居者以不思其居故曰宣
不爾思思之深至勞心忉忉道
言不聽諫不行當國家危急之日素餐而無消埃
之歟是以諫致去往而去之大夫作是詩而刺其
君亦或感悟改厲則是非亂仲也大夫忠厚以居
原然孟子去齊氣象大賢之言行百世之楷式

羔裘翱翔狐裘在堂。與首章同義無深淺疏之壹正
寢之堂也人君日出視朝乃退
適路寢以聽大夫之政二者亦同服羔裘朝堂
教人君所盡力政治也而以容飾為心不近康閑
妻婦之
居乎豈不爾思。我心憂傷。雖思君而憂傷竟無
益於故何敢懷寵

羔裘如膏。日出有曜。○卒章變前次數前章而前章之羔之佩也皆躍而生色矣檜君所佩羔裘澤如脂膏旭日相映曜並焜眩人目言羔則佩白之美不俟言日出非遊燕之時此言朝服而朝也唯其美澤至此則所用心可知不知國小迫步憂深千金之裘逍遙翱翔宴何心哉左傳車甚澤人必瘠此慶封所次減也故大夫悼之

豈不爾思。中心是悼。末句皆變其辭次三致意於思君憂國之事悲悼去者

羔裘三章

○素冠刺不能三年也。主君大夫而作之是篇亦獨檜下二篇亦奇格傷喪孤思周道衰所無檜詩亦美哉孟子曰不能三年之喪

庶見素冠兮。大祥而縞冠素紕黑經白緯曰縞素白絹也紕緣邊也自冠而衣而韠詩之敘

二十四

也是詩宜照前篇次求風之自不中不遠夫今之人驕侈好潔衣服何能久素服者燕不能自強行

能服三年之勤乎 **棘人欒欒兮。** 棘急也瘠也爾雅臠臠病也字從肉病而瘠之義故道遵逵

燕美食酬見何當見是棘棘者乎○君氏去容論北可使服又可使棘棘者欲肥肥者欲棘注棘瘠也

勞心慱慱兮。 爾雅慱慱憂也自慱慱而傷悲而蘊結詩之叙也

庶見素衣兮。 疏云祥祭素冠而朝服衣是本名曲禮而手抵衣裳次繳衣例也疏得蔡意朱

注斷 **我心傷悲兮。** 大喪未畢而衣夫錦者素如之何不傷悲 **聊與子同**

歸兮。 云設人而作此詩之辭也同歸言同志所歸謂不從流俗也夫禮必上行之而可以化民

在下行之無補益於民故曰聊以喻上之人行是禮而施之國家是謂詩人之志序所謂風刺

庶見素韠兮。 素裳則素韠也次章蔽膝世上皆麁服華裝君子庶見有既祥之服者自冠至

鄲三復不措豈得已乎我心蘊結兮。鄭人去我不見兮我心苑結文意與此酷似

聊與子如一兮。詩人告其友曰世上絕無素韠之人庶見不得使我心苑結姑且與

子如一而不貳吉凡耳雖無補於世道是礼其不可不慎焉欲使有補於世道者慎是礼者洋溢於言

外矣詩人好於風規如是焦悅若得見之與子同心素義○同歸唯是同方也如一而身爲一也

素冠三章

○隰有萇楚，疾恣也。疾樂之反恣言其淫不息也序首句以病是與東門之枌二也

廣辭則牆有茨東門之池下泉亦出上下重様猶是篇獨也可見序之是示國人之心大疾上而有

是詩也國人疾其君之淫恣，淫恣即倚儺夭泆之反而思無情

慾者也。思寡慾而不耽色者也以無情慾者因詩之三無也國人之心若是故君子吟詠之

此風爲序專示詩人之意至其甚是女子慕士之
寡慾康色者也微女口微姣此風内嬖多淫之人
其動人心之感亦彈約微達○檜人疾其君而思
化寡慾者苦毒極故也雖陟非義不獨民之罪

隰有萇楚猗儺其枝夭之沃沃○比也猗儺柔也夭少也沃沃美澤也萇楚
枝莖弱過一尺引蔓於草上而祿隱者以比人之
性柔弱年少色美而愿退寡慾内而不忘者因限桑
之隱亦樂其寡處樂子之無知○樂愛好也爾雅知儀匹
君子寡處也男而與女相知是匹也
女子悅男子寡慾者見子實如隱中萇楚無知而
處我是以慕愛之不已也

隰有萇楚猗儺其華枝華興詩之叙也知家室之叙亦不了味夭之沃沃○
逑草之柔弱夭美者其左傳子南棄其
西以風情慾淫恣也樂子之無家家言喜也謚法
未家短折曰殤○萇楚猗儺夭沃則檜君之老嫁妻
妃嬪亦厭亦不知是詩試以宫女怨曠與男女

互親其無二三者人情也故言此以譏之然御溝
流得到人耳非女子所宜言則君子詠聞人疾君
而思無情慾者之情次風其上者閔之者能無戚
戚矣然宮女怨是悽依耳首章所叙是正義也

隰有萇楚。猗儺其實。夭之沃沃。三句比下句賦與凱風桑柔同體唯韻楚
與沃叶未考○國語澤不伐夭注艸木未成曰夭沮貴厥艸唯和 樂子之無室。知無
無家其意汎至無室而始瞭然矣變之之無妻非
女子之辭而行役若特說國人之辭樂字不妥詩
亦無味是規淫恣者故藉口於女子○朱注次
章賦然竊微草字而曰無家無室不成說耳

隰有萇楚三章

○匪風。思周道也。思周道之再與也 國小政亂。憂及禍難。憂下為之大國一年減之土也 而思周道焉。是詩者檜之亡不遠也王威周平王遷之嘉於是諸侯互次

十六

也兼并周道不興則小國無自保

匪風發兮匪車偈兮賦也匪兕匪虎同格發偈疾驅声也非風而發發非車而偈偈

政亂而上下騷擾禍難將及故也當周之盛諸侯撫扶小大相保今也待之肉強之食而君不脩其

政國勢人心如飄風如奔車而次周國顧瞻周道中心怛兮懷古而西顧周

道不復我無生命心若之怛之也齊詩勞心怛怛○小雅周道如砥睠言顧之潸焉出涕與此正同

匪風飄兮匪車嘌兮小雅飄風發發集說嘌疾也声也票字从口嘌之亦車声二句

如蜩如螗如沸如羹之意狀騷擾不靜栖惶不安也顧瞻周道中心弔兮懷周

德而瞻之印之曰顧瞻周道之下泉念彼周京同意矣周之今日不言中心自弔而已猶形影相弔之

謂此無所告訴以心弔也左傳周公弔二叔之不咸

誰能亨魚。溉之釜鬵。與也。溉，滌也。大小上下蓋甑曰鬵。說合爾雅。○魚，我所嗜也。有能治味者，我為之滌濯其器矣。周，我所恭也。苟有西歸之人，我亦就其德音矣。君子之潔周道，如食之甘美。唯食味之憂，而食無魚憂可已矣。誰將西歸。懷之好音。西，西歸也。而適周之辭其賓。言歸周道，而與汎復之也。懷，言從而親附之也。好音，言德音也。言食我桑椹，懷我好音，革惡聲而從美音也。西歸之人不必檜國，及諸侯苟有其人，則我將歸附其令德，而免禍難矣。前章之風，匪車此声之可厭者，受汎好音，是辟之巧也。○思周道故西歸亦汎然言之。鄭同注於周。朱曰歸於周。今周之衰，又誰懷我于產，汎將之之鄭，不屈太國，相業，被後世，亦唯汎禮治也。禮，周道也。飾者，蓋子產郎亦西歸之人也。

匪風三章

十七

檜國四篇

曹國第十四

蜉蝣刺奢也 曹詩不曰言刺昭公刺共公蓋與檜詩同其序法也言求去其君而不敢自其存亡之禍是厚也蜉蝣之其朝而不敢忘其存亡之禍是厚也去留異之言異而其義則一也

昭公 在位九年當周惠王時 別本無是二字脫也 國小而迫 四字出魏檜 惠唯曹雖不 昔共公身困此後 弱無以為國也 無法以自守 自守言己能守己 國也古文自字皆 下例後世大盜孟子下無法守只是守法 也夫無以法自保守行以為侵削之憂 好奢而任小人 敍詩上二句也樣 于蕨蔡所情傷也 將無所依焉 敍下 八句也

蜉蝣之羽○興也芄蘭一例夏小正五月蜉蝣有殷陸
璣云似甲蟲有角大如指長三四寸甲下有翅能飛夏月陰雨時地中出案據夏小正秋生水邊者非詩所詠羽猶螽斯羽詵詵兮言其羣飛揮翔而有澤也衣裳楚楚○說文亦作䊪䊪云合五綵鮮色也案小雅箋呈有楚濟列貌此當訓曰鮮盛也蜉蝣不知其朝不及夕羣飛自過暮亡其羽次興一羣小人不知其危急脩飾衣裳相得哉冷焉心之憂矣○與羔裘豈不爾思三千章三千出並詩中隨於我歸處○言其無所依之辭也興於蜉蝣則衣裳之楚楚亦幾依故為是言以警醒之

蜉蝣之翼○翼亦羽也而前後之叙猶鴟鴞羽辭之適自然采采衣服○毛曰衆多也朱曰華飾貌毛或有據朱從臆說是詩之巧在采二句每章轉換處則楚楚言美采采言衆周之下也

心之憂矣○於我歸息○處言下次我歸為歸也息言休息亦休也說言且稅駕人也

此其敘葛生亦先處後息敘其當先息後處是則
意是詩主無所依故曰不能處則且息若不能息
則且
說

蜉蝣掘閱 箋云掘閱詳玉盖 言掘地始出也 麻衣如雪 次蜉蝣始出羽翼新鮮與
羣小繇然潔白如雪焉蜉蝣夏蟲也故詠心之憂
麻衣且當暑而如雪有須臾消滅之意
矣於我歸說 寸棠亦先顧後說所謂憂與處 丁意
在首章の呂氏云欲知章楚申文念槧
王族家之恭也業是從穫東業未精密若奢侈亦
人之叙上二句則詩汎然詠滿朝小人故末句亦汎
然著其將無所依之意而已詩之發豈專指君而
直言也但詠羣小而君亦在言外耳世間汗曹而
國不治而君歸之
諸侯家之理乎

蜉蝣三章

○候人。刺近小人也。昭公流弊毋次為常共公昭公之子在位廿五年晉文重耳過楚成王引曹諸帝候人也是時共公之而十六年遠君子。首章卒章有是意故添之耳而好近小人焉。遠謂之候人近謂之其媾下字不韻

彼候人兮。何戈與祋。君子賤而在下是遠之也周禮候人主道言候國迎送賓客者在周禮上士下士為之疏云荷戈祋是候人徒之屬也得之蓋當時有其人而詠之猶簡兮之伶人○祋殳也戈秘六尺六寸殳長丈二尺

彼其之子。三百赤芾。是詩之僭擬於諸侯晉之文公或擬之讀數乘軒者三百人之族戈祋在肩赤芾在服可憐又可憎○首章言君子卑而小人貴也卒章言小人竊而君子困也戈祋與赤芾朝隮與季女之文字顛倒映帶亟極其巧

維鵜在梁。不濡其翼。興也鵜貪鳥其在魚梁雖翱翔而未幾亦不濡其翼矣以興小

人貪歒倰其服而佞焉○鵜洿澤善太頷下胡如斗升囊沃水食魚又注胡謁小水取魚飲亦咀吐不飲

彼其之子。不稱其服。左傳謂聞之服美不稱必為惡終

維鵜在梁。不濡其咮。濡咮甚於濡翼極言其貪鄙次者與不遂構亦況言小說之辭愈廣○鵜喙長尺餘直且廣口中正赤

彼其之子。不遂其媾。媾和好也言小人如鵜必不能全其君寵也濡翼濡咮有淺深餘其形遲之意○史記秦疑天下之合從媾不可成也

薈兮蔚兮。南山朝隮。比也薈蔚草木盛而山氣興也朝隮出虧請言虹也南山之濟滿朝虹横天次比小人氣焰方熾焉南山比朝廷猶齊詩陰陽相干而生虹則小人於氣所蒸成鳴喻朝虹幾何而不濟其翼之意存焉

婉兮孌兮。季女斯飢。比也季女正指蝃蝀是次飢也次比君子不得進於羣小而憔悴焉上二句自三十而赤芾末而斯飢反應濡翼濡咮可味

且是篇首二句以君子起末二句以君子結中間十二句皆言小人與憂可憎可惡將穢將濁

候人四章

○鳲鳩刺不壹也○共公時朝無君子亦壹敗殺士民不寧故陳古以風焉壹字貫通篇詩之精神也在位無君子○蜉蝣候人皆小人在位之詩用心之不壹也○二句澗溪宜下與大田魚藻序合而觀魚藻序以大體上○胡不萬年自從之辭也故無陳古之文行其精微

鳲鳩在桑其子七兮○興也養七子之如一以次興君子之於百姓唯一德焉以譬鳲鳩氏司空也其次章均稱尚矣其子女末章謂之其說淑人君子其儀一兮○儀法則也

是篇上半二章言脩身下半二章言治國而脩身治國並以其儀一起之次章受之其儀一

兮○心如結兮○行有規矩事有準繩下德不易心如締結也

鳲鳩在桑。其子在梅。古樹上情十次桑與之下亭側之梅亦次爲藩紛陳諸墓門有棘墓

門有梅沈可徵淑人君子。其帶伊絲。此言衣服之一也都今士庶古者長衣存

服不貳則民德歸壹觀於蜉蝣則當時衣服無常可察見也其帶伊絲。大帶圍素絲爲

雜色飾爲帶在下體立故與弁對言是偏重在末句故先言帶其弁伊騏。君正其弁帶次

南面則群臣北面崇在者見於言外次在桑在梅與之故也○騏鄭公可從瓔瑧皆同皮弁之會

結玉爲飾曰玉綦綦結也周禮注引是句作綦云侯伯瑧飾七子男瑧飾五章淇奧亦詠瑧飾則

王卿士蓋異於凡諸侯故詠其頭服並旌其德也淇奧有重較是偏有正是四國非王卿士不當

鳲鳩在桑。其子在棘。七子皆在棘亦在其側而與群也非背飛而或在梅或在棘也

荊棘所次爲藩也淑人君子。其儀不忒。其儀旋及亭亭不忒方一也女止不

爽士式其行言不爽之意也**其儀不忒**○大學所謂足法而民法之者詩本義也故特從咸儀儀從古不取也從苾亦引首章云次一下儀理物天心也**正是四國**○正亦稱之爲卽一也從允正從止一文次止也法守之一次止○標是句則蓋曹先君有人爲王卿士者而詠之孫不然循雖唯之思賢好要也非諸侯相尋於周者不得有之是詩也若王人則正是國人不雖嫌

鳲鳩在桑○第一句第三句通篇皆一而不變孟尊下德也第五句通篇皆疊用上句每章稱神歸於末句故也**其子在榛**○青蠅曰樊曰棘曰榛榛榛所次爲落也**淑人君子**○

正是國人○將言專誦之存於國人故重而言其係不忒正是國人也然先四國後國人於詩之例須知四國在末句國人在第四句在末句者意盡矣在中間者意未盡也故四國與萬年對非與國人對詩例儼然夫下半二章全於四國萬年句首神而四字萬字都自三字萬壽未詩人之

坊意　正是國人。胡不萬年。此言國人至于今誦其才德不忘也，與小雅遐不眉壽所指不同。周語叙詩曰萬年也者，令聞不忘之謂也。古之君子，一德正其國人，莫不欣戴，考舞相慶，稱詠其美，死而不忘，盛德之事也。故必是終焉。若徒願其壽考，則兩國之後，卻必國人取給斷不通

鳲鳩四章

○下泉思治也。匪風思周道，下泉思明主，賢傑亂極故也。必是終變風，蓋示後君子，必哀世民情，欲使斯民拯之於塗炭也。曹人詩有周，有邶，故曰曹人莫楚，曰國人疾共公。共公十年齊桓卒，自後無伯，十七年晉文卒，後十年而共公卒，未知是詩何時所作。嚴粲曰共公晴晉文霸業方盛，而文公薨，曹虐矣。侵刻下民。○侵困浸多，下泉浸木以樂，是武斷耳。坊本下

上有其字衍 冽本皆無 不得其所○苞稂蕭蓍皆困於水下民不得其所也出六月序○

妄憂久齊桓卒天下大亂十年侵刻盡在是時與 憂而思明王賢伯也○以疾詩憂

所提首句思字至矣盡矣且甚 明王古文哉所云以終章風在此

冽彼下泉○冽然水寒也苞稂沃泉縣也縣出 下出往水注上溜下也即下泉 浸彼苞

稂水也寒水浸以而不殺爲稂也以式民憔悴於 虐政直○小稂不稂不莠稂非一種名尺穀五

懷不 成者○愾我寤嘆○念彼周京○寤嘆唯寤忘之之餘本 京曰有冽沈泉無浸穫

蕭契之寤嘆哀我憚人也是詩所本也則念彼 周京亦周道如砥瞻言出涕之意說詳於彼

冽彼下泉○浸彼苞蕭○蕭以供祭祀焉蕭與蓍皆蒿屬 故耦是詩人巧思浸苞蓍是懷

嘆之大者故有出涕之而蕭而蓍是 餘嘆所發至于卒章又舉其大者 愾我寤歎○念彼

京周○言苞若以也然浸苞稂無之次自食之下嘆而則疾之痒矣能不念周京之民不飢不寒爾浸苞
蕭無之次洪旣再嘆而思神哭矣能不念京周之仁及之死者乎
洌彼下泉○浸彼苞蓍○蓍次洪之占筮兵者無之食之又無次洪旣能無憂之其後日之乎哀我
人斯于之次從辰一苦之次感之於蓍之也明主之民老自長矣而旨我本人之次占筮悖未之有愾我寤
嘆○念彼京師○前之念不可知三之嘆而祿命旣矣能不念之京師之民甘之飲食不遑後乎人一旦
次食之鮮可之次飽苞稂之嘆也共祖匪人胡寧忍予苞蕭之嘆也極稟出卜自行能穀苞蓍之嘆也
芃芃黍苗○陰雨膏之○與也黍苗得陰雨之膏之次成嘉穀之次與民之庶得之郇伯之勞之次飽
王澤善○是章亦自之小雅黍苗之末四國有王○郇伯勞之○有王言之手命徵發之
事如謝邑經營者二字依無罪周京唯有內外事形文子所以誰出左傳杜九年苟偃益其後也皆書

邵王八年王錫命伯命益命伯有遷發於曹者故積慕之也前章三嘆使讀者心悄然悴矣讀而至卒章則快然如春風來而發人意也音以嘆不嘆以嘆不嘆一誦有餘情者也

下泉四章

曹國四篇

一行空

宋魯無詩鄭谷云周尊之不陳其詩是或然矣周尊之也齊詩止於襄公唐詩止於獻公而桓文無詩蓋亦尊侯伯也不然以論齊桓時也秦康陳靈並在晉文卒之後矣

毛詩考卷十三

毛詩考卷十四

豳國第十五

公劉始居豳豳之爲變風序毎篇示其義矣

籥章職吹豳詩以逆暑迎寒祈年于田祖吹豳雅以樂田畯祭蜡則吹豳頌以息老物鄭公以三豳爲七月盖有所傳豳詩自首章至五章豳雅六章七章豳頌卒章也盖周公本或成王以豳公古風及之籥章用之隨事而變其音節而雅頌之名立焉外七月而求豳雅頌不取也豳詩本編齊風之次盖仲尼定而寘諸變風之後次與二南終始焉周公之變王者之風也

○七月陳王業也○不言周公序之例也周公遭變○豳之所爲次變風在此季札謂豳其周公之東乎古書符合若是昧序者渾不曉故陳后稷先公后稷大祖也豳公亦纘祖業者故云然風化之所由○所相承而漸廣也致王業之

艱難也○致別致也周公自遠戎王不能安其居故
陳之次成戎王無逸圭稼穡艱難亦同○
子曰於七月見豳公之所以造周也郎言之王業
之始行合○是序古雜絕娀寔聖賢之僭舜也
七月流火○九月授衣○火西流將寒之候也授衣言成衣而授家人一之日
觱發○傳一者三十之餘三可以發觱發風聲寒也○是為自正陽至正陰皆月之子丑寅卯之月
皆日之唯三十月稱蠶月二之日栗烈寒氣甚也無衣無褐何以卒
歲○褐織毛布也歲次夏正言之○豳人見火星之流室家相告風寒將來至於九月不可不授
寒衣也觱發之風栗烈之寒衣褐不具不可以卒歲焉翁嫗婦子皆守豳公之教而寒衣乃尺自
月豫以也三之日于耜○以祭未耜也一之日于路同諸法古將有事必有祭焉夏小正
月農偫三農耒初歲祭耒初歲修耒初春言率春也農夫皆修耒其耒之春君祭耒其永正令周王執耜

於耜亦辛春四之日舉趾舉足而耕也同我婦子翁姐之言也與五章

嗟我婦子起結數其然饁彼南畝壯者皆在田故老者率少者而饋之田畯至喜

田大夫見而喜之蒸眾人之力田也○是章出衣後食而二章三章言女功四章五章言男功結之

豳章一篇綱領詩是也然首章總通篇夫意次舉之故六章七章既結而又起申言百蔬百穀民食之

事而卒章農事順成祭蜡勞民也是詩合而言之風也其首次有雅頌之名不可不擇

七月流火九月授衣是章言女子蠶桑○女功次絜爨為專故二章三章亦次之七月

流火起與四章并章相變主意於在自第二句始春日載陽有鳴倉庚夏小

正二月有鳴倉庚○五十者衣帛故九月授衣當自春日豫之女執懿筐懿爾就美也懿

德之懿遵彼微行行道也故四聽下酒爰求柔桑求春采芽循釋故也春

廿五

日遲遲。采蘩祁祁。蠶珠早則求穉桑是稀耳今六采蘩之時也釋訓也遲遲徐

也孟叔是經者與傷悲蘩祁。或云蠶未 女心傷

也煮蘩沃之則易出或云始生沃蘩㕦也

悲。夏小正二月綏多女士故感春色而勞心也日月陽也女心陽也卉木華也女心悲也雖遲

公時君子行役亦有在傜而婉句取趣 殆及公子同歸。殆助字也公女自女子旅

之女公子也下章同。殆迎遠迎迎嗟古孟字異而相用爾雅遇遇遠也崇遇當作迎家語殆三天士

未陰雨文可丘追謂其恭人殆迎也追遠也遠逝也唐風嗟定韓詩作迎在詩迎恭助声

七月流火。八月萑葦。是章言女子蠶績也。萑葦傳云豫畜蠶具夏小正七月莠葦

葦滋茂言先者務衣物故聚蘆葦花絮是亦百冬道 蠶月條桑。蠶月三月也曰七月八月三床

則先通篇之例故稱蠶月夏小正三月攝桑委子始蠶條桑言手攝其條而折之擦小正作枝當繰九故

女手摸之之意同必本小正當亦一意取彼斧斨以伐遠揚斧隋銎斨方銎
銎孔也言受柄處遠長也遠條之遠猗彼女桑猗掎倚通引也倚而采其桑也女桑言柔桑樹
之小者七月鳴鵙前章有二春日是章亦再次七月起〇少昊伯趙氏司至者故小正
月令五月書之然鵙鳴感于秋遡鵙寒其始鳴或前此是主其感鳴而促人言之非記其始鳴盍麻
事之候八月載績絲事畢而麻事起七月鵙鳴嘆八女治績麻事至八月紡績盛興
載玄載黃我朱孔陽蠶績所成皆染之夏小正八月玄校爲公子裳
朱色殊美我將獻之女公子言民之親上也婦人亦裳連曰裳者只是謙辭也〇左傳謂公女爲公子
四月秀葽是章言四月之祿禱狩獵之事〇四月麥秋也刈麥殖禾稼月自四月始是章始言四
功故首提四月而五月而六月而九月而二之日是起句之敘也五月鳴蜩小正良蜩

鳴唐蜩鳴在五月蓋秀葽鳴蜩南訛之時而農夫
亟候次趨事也鳴蜩嘒嘒農事既收六月七月不必
言次八月其穫受之循前章流火受衣次穫衣萑葦
鳴鵙受之次載績其為農候次矣為次桑為將寒之
候迎矣夫寒暑並不可不禦故豳詩迎暑迎寒並
用之也且當四月將暑之時不用心於南訛而徒感
將秋之運不近人情又闕於民務矣豳之古俗豈
若是高妙悠遠矣○標小正鳴蜩自五月至七月
此皆六七月
其意吻合
八月其穫
稻有早中晚八月是收穫
才之始也次至十月穫稻而
畢此農夫一節下次候秀葽
鳴蜩而怵惕急時事也
十月隕蘀
自八月穫至于
十月則草木亦
落蘀是猶
獵之候
一之日于貉
謂田獵貉祭也貉禡同兵
祭也大司馬職有司表貉
法立表而貉祭也田者習兵之礼禱氣勢十倍而
之穫也葉貉祭在出將田時○貉貍裘是說也
取彼狐狸為公子裘
自取其言公之適庶子也
小正九月王始裘周洛須霜

而冬裘具言九月也此特言欲禦寒裘之意　二之日其同　至是舉月尤六次章亦同

並自夏至冬　載纘武功○　纘續往歳也周語三時務農而一時講武　言私其豵○

獻豜于公○　亦次衛栗烈也說文豵豕生一歳豜豕生三歳與傳合爾雅豕生三豵言古月子

頭猶從也則小豕也又麕絕有力豣是大麕也夫豵小而豣大周禮大獸公之小禽私之不必問其處

不必問豕鹿麕而爾雅可徵諸說頗紛紜

五月斯螽動股○　是章言男子力田卒歳之事次結亦○動股股相切作聲也考工記次

股鳴者法蚣蝑屬是章言候蟲而包人事是時也農夫可以次息苦之年　六月莎雞振羽○

農夫可以次頃更事年系莎雞蚤莎草間飛而振羽索索作聲　七月在野○　二蟲在野盛鳴

農夫可以坐於家簡月而前章鳴蜩之時也　八月在宇○　二蟲避涼就人簷下是時

廿七

蔵之候禾之先熟者可以收可以剝棗斷壺實蓄藏物九月在戸。避寒霜而入室戸内

可以次築場圃畢三務焉十月蟋蟀入我牀下。於是納禾稼終場而始休于家

也前章其獲句亦言人事是章全不言人事詠侯蟲以形諸容者穹窒熏鼠。次下男子之内

事令三冬而詠之與前章男子之外事分二之自二之日而詠之相顧而成雜○農夫栖之不遑也

至此始休于家故修治之秋水篇有室穴字蓋言塞窓穴也塞向墐戸。向又亦御猶出

士虞記明堂位凡牖皆名向不獨北此衛寒故傳曰北牖其實不必拘戸亦不唯北穴華者織割

竹為康次之其編苞故泥之西東成王所未嘗知也○上六句以三蟲從次之二句西東疏密相協嗟

我婦子。又為翁嫗之言次應者章戒婦夫詩之意至是章一小結曰為改歳入

此室處。改歳次首章卒歳例之二之日而改也卒章朔酒馬羊在十二月亦受十月遊場終

況五章從來與四章相聯，猶如一毛蕉說，次之十月為改歲，正與首章快○次上五章而謂證詩也

六月食鬱及薁○是章言果蔬豪聚及時之事也○此結而又起，次之六月為首者，受前章起句五月也。鬱，疏云，實大如李，正赤而甜。薁，本草注，實與蘡薁無異，小而圓，色不甚紫，一名野蘡薁

七月亨葵及菽○本草注，葵菜古人種為常食，為百菜之主，今不復食之，葉大厚而鈍，莖夏用葵。菽八衆豆之總名

八月剝棗○出小而甜，其說同。剝也者，取也。疏云，熟樹擊之，故剝為擊。陸佃注齊民要術云，棗全赤即收，收法日撼而落之為上。棗，爾雅載棗名十一，古人愛棗可知○八月在宇，收藏之候也，故是章御八月次下，並疏諸畜之物，辭有照應

十月穫稻自八月其穫至此畢收，是句主春酒繫之

為此春酒以介眉壽○疏云，凍時釀之，故曰凍醪。棗是春熟者，介眉壽，特指春酒養老也。上五物不必老者之食，末句食我農夫相對而互之，是章言

十八

栽適謁反時食之言也非七月食瓜上言段次亦
各老特味法實祭殊覺蛇也月起故次
七月受花瓜甜瓜也小八月斷壺小正八月剝瓜
瓜五月乃瓜是早熟者說曰壺瓜之時
也葉瓜即可鉉季人職斂凡言聚之物法瓜瓠葵
芋薄冬之具葉此亦言瓠也斷言其蔓斷取○剝
成不可訓擊剝棗亦因小正則剝是脈九月叔苴
落而取之之意遂亦擊而落之必然中
疏云九月麻實初熟拾取次供其在田收穫
者納倉次供常食桑麻子重出花雖喫如蔬疏亦
拾麈〻耳苦意苴是大麻而麻是胡麻也采荼本
張蹇得種之說不足信此亦言儲蓄也草
注苦菜生于寒秋得夏乃成又春花夏實秋復花
而不窮經冬不凋是故鄭曰乾荼則亦蓄之也荼
非〻又菜則與樗數園有理然若菜非時採且樗獨
非〻食品余不能安小正七月灌荼言聚萑葦之花
也遊比晚寒則八九月荼猶可灌薪樗傳褒藏支積
次亦壯者衣物著也故與薪樗以云大寒烘

次取燠也擇其而不堅故曰悪者栗與擇皆一物次栗之壯者之寒壺之直也言摯雖主農夫非力之老壯只是民食也成王一舉而百珍皆具悪知寒之栽殖之儲蓄之勞勤而與民同食乎故周公主勤民食之老壯之義次結之而殺耳

食我農夫〇栗擇禦寒次之壺苴冬蓄食之農夫也曰之我農夫者親也首章所謂同我婦子五章次之曰我婦子結之田畯之親也小雅我取其陳食我農人亦自古上之所謂田畯至喜是章是句應之七章次之曰我農夫結之田畯紀農豳公之政也籥章之祈年于田祖則吹豳雅次樂田畯悉是故也豳風豳雅之所次公確乎可言

九月築場圃是章言畢務築作之事也〇圃蔬菜成乃築場於圃次治穀

十月納禾稼小正十二月納卵蒜説曰納之君也王制歳之秋五穀皆入制國用〇鄭云納囷倉疏云納于場皆通〇凡穀連藁謂之禾種曰稼斂曰穡家語良農能稼不必能穡禾是農夫所稼故曰

一ノ九

禾稼古多是倍例說文秀實曰稼又在野曰稼欲數負訓黍稷重穋○先種後熟曰重後種
先熟曰穋非穀也禾麻菽麥○疏云麻與菽麥無禾稼故於三者上更稱禾以總諸稻秫苽
梁之黨業禾稼總三百穀言之麻菽亦包焉再言禾非此疑也秦納之既多亦總言嗟我農
夫○次下田畯戒督之言也○是篇八十八句無句不協韻合歲當詞頌只是一句余多疑之蓋農夫並
前三字夫字為韻此次農夫為韻夫為餘者下次之宮功之受之二字連叶我稼既同○上公穀語
納之畢也十入執宮功○上入言自鄙入都也宮功周語所謂清風至而修城郭宮室也
夏時歲曰收而場功偫而畚梮營室之中土功其始火之初見期於司里此其事也○在野曰廬
上入之都邑之宅治之宮舍則不安晝爾于茅○宵爾索綯○宮功既畢當自治其
屋亟其乘屋○其始播百穀○百穀之播將始不遑亟無暇也考小正農緯厥耒

祭耒農率均田初服于公田皆在正月四句於子
引之同耕之雜也孟子次徹之公事不可後孟農傳
而日夜若是劇故也
○次上所謂繼雜也
二之日鑿冰沖沖○鑿方沖之声也得之南至而去坎畢及大寒有是一以藏冰啓冰皆
祭司寒是上聖燮理之政左傳有明文詩亦主燮理故受次之九月肅霜不然解不壞三之日
納于凌陰疏云繼主寒晚得晚納冰小正正月時有後風月令東風解氷四之日
其蚤疏云蚤早朝也獻羔祭韭月令鄭注祭司寒也葉此繼公婦用之時如其月令先
薦寢廟是也小正正月囿有韭疏云時韭新出故薦之葉羔韭祭之古朴也九月肅霜
言天時之順成也上言藏冰故嫌其皆不舉直次寒霜時降受之左傳所謂無藏霜雹也十月
滌場○場功畢而掃之也朋酒斯饗曰殺羔羊此言繼公羊酒共與民也

上獻羔亦君祭蜡之祭自太古篇章用之蜡祭則
是必蜡矣蜡在十二月年頒成則其國無不舉○
鄉飲酒亦尊兩　躋彼公堂○　言所言民皆升堂燕樂
壺于房戶間　次祝其君也公堂與
館二側　如鄉庠　稱彼兕觥萬壽無疆○　辛亭輔相陰
黨序亦是也　陽而時和歲
豐消霜及時　三務畢成羊酒勞民上下歡樂也此
所謂豳頌也周頌皆于事凌陰之祭陰陽之和民
務之成羊酒之樂萬
壽之祝所次為頌也

七月八章

○鴟鴞周公救亂也○　前二章言昔日之勞後二章言
居東之勤都是救亂也鴟鴞陰
禍亂也鳥勤綢繆救也拮
据謀條亂生而救之也　成王未知周公之志○　人罪
斯得而未知也釈詩之　公乃為詩○　十二字金縢在
所次為變故并是八字為文故為字亦消

案序例曰流，次遺王。叙文還本亦從貽。名之曰鴟鴞焉。三叔流言武庚

實使之。悪武庚。故次名篇鷙擬成王。次想己志之存王室也。○悪字所次成小序體。故添之

鴟鴞鴟鴞，既取我子，無毀我室。比也。鴟鴞合鳥巣而攫其子去。故其鳥曰

汝既取我子，然無能毀我巣也。次比下武庚能詿誤三叔，而不能危王室者。是既誅武庚之後，則無

者非禁止。○鴟鴞蓋悪鳥也。摽爾雅推，非鴟鴞與鴞，李時珍不分。

恩斯勤斯，鬻子之閔斯。武庚蠱三叔，次殺其亂大。然王室不勤者，我閔我儒考恩抱之勤勞之故也。爾雅鬻稚也。

迨天之未陰雨，徹彼桑土，綢繆牖戶。比也。亦是鳥言。牖戶猶宰家並

備言巣也。周公比己先不虞之変，夏憂勤勞者。次繹營王室也。○徒云韓詩土，從杜根也。字林從皺桑

皮也。桑疏云桑根在土。剝取其皮，是況最眠。

今女下民，或敢侮予。下民言武

三十一

庚也孔子引是章曰武庚庚惡能侮武庚共管王示
於孫下民鄙之也猶殷小腆殷逋播臣侮予言輕
侮王室也○前之以興後之賦一意後之以
興前之賦一意若相接而看之則猶興體焉
予手拮据○連章章十句句以也渾是鳥音拮据手病
而卑句也疏失毛意韓詩説文作足共爲
筆之説不 予所捋荼○捋取也荼與祖則萑葦之
從毛義 芀也非苦菜也凡芀皆曰荼
出爾雅小 予所蓄租○租禾積也漢書掃地而
正同社 祠席用苴稭法讀如租 予口
卒瘏○卒辭也瘏言飢渴也我手病而蘇拮其所勉
而捋者是荒所勉而畜者是稾次經營室家
之故不遑飲啄我口遂渇而飢所以然者其心曰
予巢未成未可以安息也是以手拮据卒瘏不
自覺且此以東征叔亂王室
勤苦以憲萬金猶昔自之意焉 曰予未有室家○絜前
二章既有室家也有而曰未有其亡其亡繫于苞
桑周公諸書多是意所以次定文武受命也或因是

句花是章翻言作巢之始非也是章與下章聯予
手予尻予羽予尾並君東皇四國而叱適之時
予羽譙譙。予尾翛翛。譙殺也翛敝也崇譙與燋通樂記曰燋殺之音毛或據之
閔疏翛然亦作消消○上章言東土大亂人心驚
動故憂王室而手病口病也是章言王或流言
周室將復有變故羽殺尾翛是周公旅瘁也叔父
憂慮於外瑣瑣經營成王雖惑閔是悴憊能無感
然乎。予室翹翹。下句惡坟成王能無凜然乎○鳥巢
曰我室曰翹翹室曰室家曰予室次篇
王室自自其志存王室次瀕解王或畏自成
王法曰昔公勤勞王家豈亦有感於是詩歟。風雨
所漂搖。風雨應上之陰雨言今日憂慮吾夫公勤勞
王家先陰雨綢繆甚等致度之不敢毀我
海宇公之力也今東土既寧而王猶惑於群小使
公淹於遠是昔者陰雨猶未已又漂搖我室也吾
夫諸淡而周室無公王誰與。予維音嘵嘵。○予王室
敕亂矣此周公所以哀想也故作是

三十二

恐懼之甚昔懇於王也爾雅憢憢懼也嘵亦同○
家謂東征之二年羣人斯謂序亦無東避之事

鴟鴞四章

○東山周公東征也○不旦歸自東洒其辭高雅周公東征三年而
歸○亦東山所之次忝變也前二年不審旅情有哀惕
之宗○居東二年之秋雷風解感周公乃封微
子○家嘉禾之後事而歸則周公二月也發也
尚數故曰三年詩言其名周次周正年也勞歸士○
禮道不當必大夫美之○周公之大夫也周公次蔡
有賞慶酒肉仲爲卿去孔傳周公折肉
使二卿故作是詩也○美周公全師共歸故存其德
治事惡作是勞詩而用之也破斧
至哀孩其作在幾進東也上錄與鴟鴞並而始終
故也○後而篇旨曰周大夫也不言周者周公於
歸周在一章言其完也○雖深懼能二章言其思也○
字知全其身也

憂家之荒蕪也三章言其室家之望女也上二章爲東下未歸路頃之感末

聽女字法同○三章歸士有妻娶者卒章歸士新昏者四章樂男女之得及

時也周公樂之也次之歸士之樂○舊歌詠人之私情也故下文數行之君子之

於人序其情而閔其勞所以說也代其人而陳其情私也是語通

於四牡采薇諸勞詩且刺淫者亦代其人而吟詠情性詩之體則一致也說以使民序

忘其死先象四句亦與是同孟古有是成語○歸士周公之士大夫也公初率六師東征然

大衆果三年於外矣是不可知但王人欲與其勞則天下公事不得以國風然况變風矣疏意不了

以其唯東山乎○七月鴟鴞聖製也而東山大夫之作故感美其遭以示其獻之二篇無遜

包之義備閔勞序盛賛美大國史焉

我徂東山慆慆不歸○東土曰東山也詩辭也或云軍也必依山為固況矣慆慆相用流

滔滔水流不已也淹滯不遇之意自見矣我來自東○零雨其濛○又有陰雨之寒

是蓋安東三章早可味詩之代歸士我者將歸士自稱我東曰歸○我心西悲○在策

而思歸則心必西悲制彼裳衣○勿士行枚○裳衣嘉服也行枚亡也器也致人執誅

可次歸而不歸西悲則眷顧故鄉而自愛之心自生常願被嘉服而無復事軍行銜枚完和性命於死

喪之感也勿者蓋亦多思之致蜎蜎者蠋○烝在桑野○興也蜎蜎者工注蠕動貌

蠋桑蟲孤獨不羣烝久也下同叙言叙詁可徵敦彼獨宿亦在車下○敦專獨貌

下同獨宿曠夫也蠋次獨名故受之以車下客中凄若之況天譴未察身事未測客旅零丁郭桑野

之蠋是章不唯旅情有悵惕之心必一節言次忽變風也

○或云歸途之歎大誤上天動威天子感悟周公

之歸也踴躍而

西其行歎之有

我徂東山慆慆不歸我來自東零雨其濛。無葦 昭茲 四臥 獨將

青 果贏之實亦施于宇。本草栝樓六月華七月實

戢 カラスウリ の爾必既旅大旅帥師討

敎國戍主感懟流言而不得偏所謂遭變是也是

次征士危懍如流人無所依家之存亡亦未可知

所言次有是憂患也或伊威在室。因退化生蕭蛸在

而歸途思家大誤 セキツムシ 夏秋老壁 アシタカクモ

戶。小蜘蛛長股者戶無人出入則結網當之町畽鹿場。町畽荒而如鹿塲也町田區畔

埒也畽禾踐盡亦起畔也熠燿宵行。本草螢火丁

程子云蘆旁畦壠近是 名熠燿狀華

讀熠燿宵流夜行蓋宵行出而承諸書不可畏

畦壠荒草木腐夜則蓋螢火遊行之貌

也伊可懷也。次有從王事家雖滿矣畏之可矜柳

亦可不懷矣不畏必也懷之私也次

三十八

以滅紂人臣之義也棄親如遺亦非人也子民於
東山見周公之先公而後私也蓋指是周公之訓
矣次上武王未歸征夫無歸日之時○淮南子想
蓋喪之日大而不言畏言無可畏也語氣自別畏
但不可也懷之可也所謂先公而後私者通
篇陳歸士之私情故於是句發先公之義矣
我徂東山慆慆不歸我來自東零雨其濛前二章慆慆不歸之
時自此二章始末自東之事上二句應上二章下二句應下二章鸛鳴于垤受零雨而
言之我未二句始為要境故也將雨則蟻上垤鸛
不鳴鸛之所鳴不必於垤但垤亦與將雨有關故
或辭如是朱子鸛食蟻之說古書有徵矣婦歎于室此歸士意中之事天有雨氣唯我婦
當憂是謗說之爾爲說詩意不必要非說詩之法耳洒埽穹窒我征聿至我婦
為我掃室以望我行而歸望亦不遠矣日
望日至眼既穿於其雨其雨能無數乎四句皆歸

士推妻心而言之宜室求語氣而味其然焉以斷之
我字亦不穩竹謂室家望女周夫子推而繫辭之
有敦瓜苦。敦專獨貌乾其靜也專與翁叉應毛義
可從言其孤然猶繫之也瓜苦與桑桑下
語淺言其苦勉也**烝在栗薪**。烝久也栗薪栗樹也棘
繫也不食者薪栗薪同○二句受章
至実而賦歸日之事也歸士至家見林園之不草
庶觀而喜同昔日之懷也與栗且如為三年之
久亦是一日耳然而曰昔曰栗自有昔年戰栗之
意次寫夫婦兩心怫悒多年之苦焉一次久闊相
覺一次苦況相見究結三歲夫婦悲喜之情摸寫
盡矣○此涉以體只是賦中之寓意兼蔵浅木亦
下例**自我不見。于今三年**。是行也周公蒙大患之士大夫從行者死生之分未可
知矣真其苦心悲酸如何視一旦戚然再見天見室
家相視若遇再生之毋真其庶如之何與是四句應
我徂東山。慆慆不歸。我來自東。零雨其濛。至此而古論東山之

惛也零雨之濛亦為之三場所憂猶繫倉庚于飛熠
是句者勞歸士之本意在此故也
燿其羽與也夏小正二月有鳴倉庚倉庚鳴月也然
時物取興熠燿鮮明也當亦取是義名之
又應零雨之濛特以熠燿之論上章若景三章鸛
垤兵栗尚有餘感至此與於倉庚感而如宗露消
滅而春天窈窕之子于歸皇駁其馬黃白曰皇駵白曰駁次倉庚飛而其羽燿
然與新婦之歸車馬爛然盛嫁時執燭前馬熠燿字極功親結其縭爾雅婦人之禕謂之縭
縭言衣小帶也親結言女自結之也士昏禮主人入親說婦之纓纓縭也婦親結之夫親說之親字
二經相對也於許嫁纓內則衿纓是也焉說其母親自結其縭於辭太不安九十其儀
九之十之言多儀也親字被是句其新孔嘉其舊如之何樂莫樂於新知
樂其新之嘉固也然悲莫悲於生別離況涬雲槎
但風雨未震征夫與其家之不勝悲女哀其生離之

將爲死別三年之久寢食皆廢人生之苦莫甚極
其家有老幼者則兩地相苦惱不堪唯爲流離故是
行是會唯有婚有不勝其歡喜者故曰如之何言
路絕之謂也未結一所通篇精神之所積次之大旅
喜之辭吐盡昔日
之大苦惱者也

東山四章

○破斧美周公也　周公之變起自四國故次之破斧爲
篇首起四篇皆居東之詩也周公
豳風言之七月也宗此之周大夫周公之大夫也從
周公變風併稱之豳風　周公於東者下皆
同次惡四國焉　四國蓋三叔及殷也淮夷徐奄不
見言次殷包之太誥主殷小腆而
不言淮夷徐奄首數周公者三叔而武庚覺殺之
故大夫惡之也　孝士孝子皆次之是說通篇是下句
所世次東詩之爲變風之下三篇亦懸是龜鏡矣昧
待者從遊如其二篇逆亂大體何足與言詩乎

既破我斧。又缺我斨。言周公之勤勞王事於外也居東之久師衆之苦亦見矣周公攝載二斧一斤一鑿一梩一鋤二版二築詩周公東所以舉亦軍中雖用戒云斧鉞之斧非也

征。四國是皇。爾雅皇匡正也齊詩作匡此言正之孫亂之衆次誅其君也○朱注四國四方之國如正是四國也列業此四國與哀我人斯。之士之方之同序此指萬國之多哉之郡之論詩之主腦在此○是句又出小雅然義則亦孔之大矣四國亦畏依周大夫與王風序又異

將。將大也備之國夫周公明大德于東土治衆懲教齊導使民從業之類哀恤甚大故大夫美之周德旋善哉公之暖女四國庶女流言故使聖人勞之不從破斧缺斨其勤苦如何哉是懲四國也

既破我斧。又缺我錡。疏云錡與鑿不審其狀未業周禮所以載斤鑿之名皆今無焉易云旅于處得其資斧言利斧也斧不言唯軍旅亦旅中所言利斧。周公東征。四國是吪。

訓同爾雅訓化也此言化之須臨之心以宿其黨也哀我人斯亦孔之嘉嘉也

之及使之久毋只兄弟妻子各得其所故嘉也昭女四國

女有無餘刑之若使之人征伐之及之女老幼妻拏宜哀

必有之誅罰唯以全之戮之其鯨鯢而恕黨之徒則從之

未滅化之其惡之心於而止使之女尊室家團欒之哀恤所

至可謂嘉矣蓋是盛德而曰

必將不利于疇焉果何心邪

既破我斧又缺我錡韓詩錡作奇鑿屬與毛正反釵志一云錡今之獨頭斧葉木

屬前人不敢言之以朱造之不用金者歟周公東征四國是遒揫同爾雅揫斂

聚也此言想之離散之民以安其土也哀我人斯亦孔之休哀カナシカ孔休シ休然者之及樂樂利之利

而優游吾福實休也○皇以將正之公之而不偏也

嘉與休是對言哀恤之道以嘉以休也以之同嘉化

任之而使得其嘉也遒之同休聚之而使附其休也離

散之民亞無惡於然肆之太平安堵如故是以休哀

三十七

恤之也。民皆免六極而歸五福，此謂哀恤之休也。爲說曰：嘉，善也。休，美也。余所以休安。

破斧三章

○伐柯，美周公也。言成王惑於流言，故伐柯九罭次之。周大夫刺朝廷之不知也。左國風不可謂刺成王，故汎言而稱朝廷。詩周亦不直指王也，不知宇要决。

伐柯如何？匪斧不克。比也。伐柯者依然用其斧，次取賢如何，匪賢不克爲。○爾雅：柯，法也。考工記：車人以柯爲度，曰一柯二柯三柯半柯，柯之所以取法也，故以爲。

取妻如何？匪媒不得。比也。左傳附吾，故能舉其類，非斧不克。伐柯苟非其人，則不能知其賢己，則不知宜就其人而咨謀之，猶非媒不得妻爲。○曰：不覺，因不得風刺之意，自周序所謂不知即是也。

伐柯伐柯，其則不遠。比也。其則近在手中，執柯睨可知，以比以賢見賢，則賢者可知。

焉　我覯之子。籩豆有踐。賦也。言不遠言之曰，次我覯於周公其於小禮小器之

微亦知其動容周旋盡盛德者，不必待其目言

偉行也。○自華申后稱幽王曰之，是稱經所等

也。或云之子指廷臣刺其事遭遇未發而不知聖

德業九罭可以作者之子非周公二篇所美何在

伐柯二章

○九罭美周公也。伐柯唯刺其不知，九罭悲公之不歸。周大夫刺朝廷

之不知也。不知猿跋所謂王不知也。然旋而成章序法澀然二篇相擬故序亦同辭

九罭之魚。鱒魴。比也。九罭數罟也。鱒魴名魚也。次周公盛德而羅摩小之羅焉。○孟罭八

域也。九言其囊多也。郭璞云今之百囊罟。孫炎云魚所入有九囊。○鱒魴二魚比周公備鮒鰥比二手

是　我覯之子。袞衣繡裳。言其巍然於大夏中也。一本其德容當之，亦可次患難

勤吾一著其歲嚴神明一言以徒家事正不宜吾

前篇言其小卷卻爲極贊此乃直極贊其大卷

鴻飛遵渚。興也遡上而流水鳧鴻之飛而遵渚以反興公今雖歸無所爲公歸無所。

歸上漆雖字春○中二下亭醉欲漸多余爲考之初

六鴻漸于木小于雁有遠言于卽渚也鴻遵渚無離

于戰乎故花不安也以興公歸於女信處。女者同

無所爲鴈有言卽羣小之遷也德相呼

之辭也東土欲寧公可以保然王或未解故同德

相言同公今雖歸無所姑且於女以待時命已

鴻飛遵陸。公歸不復。陸高頭故興公今雖歸不復其爲從吾鴻水鳥遵渚其所也遷

於水而遵陸亦其所欲也公則否故於興者又體

○爲老云九三鴻漸于陸夫征不復九三進六四

非嘉耦故以興公不復其往吾陸非於女信宿。

水鳥可安今業本文明有不必皆易

信宿淹於信處是辭之道也以見公之歸未可以

留月算吾公周有安定而日於女有疑居處之

意亦詩中之情況使衮衣繡裳之人如旅瑣無
所依者是詩之妙須真景處王室未安周公能下
日寧居於東矣孟子謂舜不顧父母如旅人無
所帰周公之心亦爾是詩潮其猶旅人歟

是以有衮衣兮。以與曰通是以猶曰夫既孟子夫既 或治之予何言哉言周公既有衮衣

繡裳可以遄帰而 立廟堂本徒也 無以我公帰兮。使衮衣之人久於 東而不召之帰也

無使我心悲兮。朝廷無召我公帰胡寧 無使我心悲予是反語

九罭四章

○狼跋美周公也。美周公之盛德故以終之且是篇 美公處変而不失其正恭公之孫

変風而復諸正於是乎在焉則亦一言以 終豳風也唯文中子可謂能論豳風矣 周公攝政。

遠則四国流言。破斧 所憑 近則王不知。伐柯九 罭所刺 周大夫

美其不失其聖也○是赤舃不帰之時流也曰流言曰不知赤変風之義也
狼跋其胡載疐其尾○比也老狼領垂胡進而躐胡怒而退則跲尾卻躓載字形容其
不失其猛也以比周公遠近在難而不失其聖焉公孫碩膚○公孫周公也碩膚言寛弘
大度也膚大也出於月漢○左傳衛康叔子康伯曰王孫牟是詩本宗王孫及天師論繼風乃致答公
孫赤不可知周公入繼周則是繼公之末孫也繼詩有公孫公子公孫甚協破斧曰周公戊柯曰之文亦
國曰公此曰公孫是辭之変也赤舃几几○言狼之進退而言公坦蕩之動容周旋不致其
常也几几未詳說文引作掔掔之業爾雅掔厚也說文掔固也郭璞云掔然厚貌是則義可徵觀
狼疐其尾載跋其胡○退而跲尾則怒而進又跋其胡跲則怒而進跋則怒而遠退
則又跲跲則又進須知反其句重載字以著進退不失猛之勢公孫碩膚○德音不

瑕。大變之間泰然而其德無一變也此受之狼之不瑕
瑕其極文意所之兼應不可不求有德必有言故德
謂之德音古言也不唯詩左傳大國不
知德音先王務脩德音淑令之謂也

狼跋二章

豳國七篇　魏豳並七篇　檜曹並四篇

七月　鴟鴞　破斧　伐柯
東山　九罭　狼跋

毛詩考卷十四

毛詩考

五

毛詩考卷十五

小雅

雅者、正也、正樂、正声也、小雅者、正政之小者也、

鹿鳴之什第一

鹿鳴、燕群臣嘉賓也、天子燕王人諸侯之詩也、序所示、皆言作詩之本、燕禮郷飲大學、廣其用也、昧序者不知古文也、鹿鳴本為天子之詩、風雅察矣、**既飲食之、**人情非（飲食不親）**又實幣帛筐篚、**實字親切、古文也、飲有酬幣、食有侑幣、**以將其厚意、**將將幣、所以將厚意也、**然後忠臣嘉賓得盡其心矣、**上以厚意親親下、則下皆感悅、盡心勤勞王事也、上不親下、則下歡歡盡其心、亦有不得者、故曰得、鹿鳴親之至也、

呦呦鹿鳴、食野之苹、興也、鹿鳴相呼、食而樂群、以興嘉賓之歌樂而歡盡焉、通篇以

二句興四句子曰鹿鳴興于獸而君子大之取其
得食而相呼也興禮以是爲規矩而古義可推新
法鹿鳴以
仁求其群
我有嘉賓鼓瑟吹笙
奏絲竹以燕樂之
也歌樂受鹿之呦
呦
吹笙鼓簧承筐是將
行幣帛以燕樂之也笙簧與
其聲盛故於將幣言之
卒章於和樂言
琴瑟各有所當
人之好我示我周行
鼓瑟承筐自
我也此興于
鹿鳴則嘉賓得禮而歡燕比吾意所在也故曰好
我言善飲我酒歡洽也賓之好我既如是願又君
周行以終其好焉是周旋者言之或以是句爲通
篇骨子經生哉周行至道大道禮記與私惠反德
呦呦鹿鳴食野之蒿
以呦鹿之仁於友與嘉賓
賓之啓于德篤于民
我有嘉賓德音孔昭
德音即德也但以音受呦之是持人
之乃也美嘉賓之德有戒之以休之
道所以爲
視民不恌
視民古書多出非宗也後什
王言也
視人因經示字上出恌去傳

引作
佻君子是則是傚言儀刑君子也子貝能補過
有君子也詩曰君子是則是
效孟傳子丙則效已矣我有旨酒嘉賓式燕以敖
嘉賓刑先哲是古義也
令德如上豈有代德惟是
旨酒須燕以教不醉無歸
呦呦鹿鳴食野之芩芩莖如釵円莖如竹牛馬亦喜
食之說文蒿也三章如一故
知苹亦藾我有嘉賓鼓瑟鼓琴左傳鹿鳴君所以
蒿非苹嘉寡君也國語鹿
鳴君之所以嘉先君之好也嘉賓本稱君人者故
穆叔不敢當而讓於君也可見本是天子燕公卿
倩庚鼓瑟鼓琴定利作鼓琴鼓瑟案是其首章本
之詩一例蓋以韻推之詩本以得其
和樂且湛湛是浸漬之我有旨酒言為嘉賓隔酒
義後什湛露斯如湛也再言之
者即不醉句法非亶而厚意非
無歸之意以燕樂嘉賓之心常古見不必就心字

頌鼓一章言周行二章言德音而卒章獨述燕
樂之事其采薇之卒章一條也可併看

鹿鳴三章

四牡勞使臣之來也四牡皇華之使臣皆王人也其鹿鳴之羣臣同後遣用之
諸侯以勞歸使又以勞聘使序舉本義也○先勞
而後遣盡周禮之輕重也采薇三篇其遣之一者而
勞二負有功而見知則說矣一句而義備矣固表鶴叔曰四牡君所以章
使臣之勤也敢不拜章勤即功也章即知也釋即
說也古言古事相符焉是○中庸避世而不見知
四牡騑騑周道倭遲通篇使臣自述之辭也下篇同少儀車馬之美匪匪翼翼周道
其魯道一義倭遲同逶迤見爾雅邐迤沙丘注旁行
連延是其相通○首章末知四牡為何馬二章而
知其有駱馬至卒章始知四牡皆駱馬豈不懷歸王事靡盬我心傷

悲馬悲ゝ而道倦ゝ以王事故不得歸父母在堂何時歸而定省

四牡騑ゝ嘽ゝ駱馬傳云騑ゝ行不止貌嘽ゝ喘息貌豈不懷歸王事靡盬不遑啓處啓居且不遑何以有父母乎心徒傷悲而已○同說啓處字別

解之云啓ゝ跪ゝ坐ゝ案說跪而居亦通の長道悠遠

受以我心傷悲行馬喘息受以不遑啓處是巧

翩ゝ者鵻載飛載下集于苞栩比也鵻祝鳩少昊祝鳩氏司徒取其孝也

使臣陟岵之情方動於內故

感於途中所見而詠歌之也

王事靡盬不遑將父

有鵻翩ゝ或飛或下遂入于苞栩以比人皆奉命

營求以取父母歡為因自致曰我獨勞王事而不

遑養我老曾是微禽之不若也民無不穀我獨何

害其意同○以父興說之亦通雖取其孝則同

翩ゝ者鵻載飛載止集于苞杞鴇羽比已失所而受以父母何怙此雖比

人得所而自歎不遑供養羞鴇羽其本於此欤

王事靡盬不遑將母

通篇無為使臣自歎之辭以王事靡盬為服同所以風厲之自存焉此王事也危傷悲敢不奪情乎雖不啓處敢以為勞乎危不遑供職非失子之道也臣節所在父母亦何謂不孝之子矣君之敎不獨皇華

駕彼四駱載驟駸駸

王事方急行一不息也一云此為王事諗故旋筆也皇華曰載馳載驅此曰載驟蓋相變也

豈不懷歸是用作歌將母來諗

懷而不得歸故姑且作歌未思耳以使臣之來為諗文毋之養詩哉詩哉夫使臣皆仕而有爵祿者堅而論之士大夫多無父者故以將母成辭作詩有提其多類施之羣臣故也祈文言毋而不及父亦是意也

四牡五章

皇皇者華君遣使臣也

君天子也此以君臣成辭文相變天保以上下對言

又曰君雖下下上悽路形亭其諸侯對故送之以禮、私天子、不知者以是君為道於諸侯、禮樂遣使臣之時、天子親從其飲食之禮、奏左右之樂以餞之也、際大誤、是二句非孔門君子不能繫古哉、

高遠而有光華也

禮樂之送首逢既有完葉、是詩乃言愈遠而愈有考、華也、遠以紀彼原隰、光以紀皇華、以紀華而首章之比意、烽然桑土色美、但說不及是句簡差、

皇皇者華、于彼原隰

氏也、春木之華于彼原隰煌煌、人望而歎美之、夫使臣膺才能之選、天朝寵靈、荷請其身以臨諸侯、所至莫不歆欣芳芬以優待之、此其比也、然敬其對揚王休命亦存焉、是為王言、

駪駪征夫、每懷靡及

駪字書、馬群行貌、莞晉語引之以風夜征行、不遑啓處、大雅、征夫捷捷、每懷靡及、駪駪馳驅疾行、貞固諸懷和、為每懷、言夙夜懷和脇使命也、靡及言汲汲以為不及事也、

我馬維駒六轡如濡
車馬者天子命服也不私其服
是辱命也○爾雅駒襄駱言師
而駱之也如濡美也也絲調也首章言
而後四章兩兩相比次若美也既抅調也
載馳載驅
駿駪不敢
寧處
周爰咨諏
同忠信也訪詢於善人為
咨是故四章皆有咨咨材藝
之事为諏君子游於藝云左傳曰咨事周書曰咨才
才即藝事也只忠信咨諏於善人故皆曰周爰
我馬維騏六轡如絲
只車馬所謂諸侯望歷而震動何
只調和王命而報德矣○此之
轡轡索轡也遠征
者周旨非縲轡
載馳載驅周爰咨謀
謀左傳曰咨
難周書曰咨
事亦同所至之周或有忠難之事或遇事雖嘉遣
者也○如濡如絲成對而驅亦為韻後章則否
我馬維駱六轡沃若
采薇四章美車而曰蓋取定處
五章美馬而曰蓋不自戒風意
所寓
一也
載馳載驅周爰咨度
度左傳曰咨禮周禮曰
咨義亦同○左傳五善

者咨諏謀度詢也周語六德者每懷靡謀度詢周

也周無所敎則非忠信之人也大雅周爰執事

我馬維駰前二章二四諏謀韻法皆咸對後二章沃若既均只不對相對度詢韻法又咸對藕

老々四牡之詩四馬皆駱是爲駱而騏者是兩

駁而駱其駰是兩服殺篤四馬故四章而終六轡

既均車馬若是既備而未可知者我使事也夙夜懷之何以免罪矣此靡謀度諏之所以盡忠

信咨於善人也

載馳載驅周爰咨詢詢左國孟曰咨親靡謀度詢自輕至重晉

語文王詢於八虞而咨於二虢度於閎夭而謀于

南宮諏於蔡原而訪於辛尹字本義似有深意〇

通篇使臣之辭也左周孟曰君敎使臣治詩者宜

只是察詩本体託己志於人之只是序所示也

皇皇者華五章

常棣燕兄弟也公卿諸侯之同姓者閔管蔡之失道三叔誅而親々

之道肉故封建親戚以藩屏周作常棣以親之使
天子治不忘乱以為同姓使兄弟之國知封建之
為乱世藩屏以與王室壹周么之志也平
雅唯常棣有表乱之事故序峯管蔡云之

故作常棣焉

作常棣以親之也是句與名之曰鴝一
例其辭複而古雅正風雅無作是詩文」

常棣之華鄂不韡〻

比也鄂外發也韡〻光明也言
其華鄂韡甚美以比兄弟
懿親相愛
之為美互

凡今之人莫如兄弟

今即平世也唯親
兄弟為要也太平
予樂事友生之歡或如兄弟唯君子不忘衰乱之
麦而固骨肉之思於平世世也故下言死衰急難

死喪之威兄弟孔懷

威畏厭溺之畏也喪乱日久今
而太平故受凡今而通詠乱世
焉言唯兄弟不避
死喪以相恤也

原隰裒矣兄弟求矣

左傳我是
以有輔氏
之聚言聚裒合師也裒聚一義言成軍於原隰也
大裒至衆唯兄弟有互相死生之情焉軍之懼

死喪之大者是言兄弟至情見於逆境○蓋周公
曰後世有亂則夾輔王室任憂致命必兄弟之固
也故在治日而不可不盡恩意
焉此周公所以主訓告成王欲
脊令在原興也**兄弟急難**水鳥失所飛鳴益躁以興兄弟互奔走於急難○
死喪大變也故首之急難外侮其事汎兩章相比**每有良朋**釋訓每有雖也案下章有
雖有字則恐非訓每為雖也合二字而釋之欲不可謂無有兄弟**況也永歎**況益也大
雅多出傳訓茲蓋滋也出車箋得之況歎言歎又
歎而已孟子親之過大而不怨是愈疏也韓非王
羣臣有紫衣進者曰蓋遠寡人惡臭字法相似釋
文況或作兄案大雅職兄斯引兄益也晉語注況
益也多例或云況發君詞或云況此也案其義無
據且加也字未見語例○蓋周公同是難作而奔
走供命者必兄弟也在異族雖大國未易怙
及戚宗周晉鄭衞實羽翼乎王兄弟也

兄弟鬩于牆外禦其務
此亦詠乱世之事也故下以
喪乱既平受之左周務作侮
右傳周之有懿德也猶曰莫如兄弟故封建之其
懷天下也猶懼有外侮故以親屏周夫雅天子之
詩古人之論
異古序如毎貫
毎有良朋
盧兄弟則曰毎有良朋歎
朋友則曰兄弟無遠是周
厶親親
之享也
烝也無戎
叙言烝塵也戎相也即叙是詩
也外侮之至雖異姓之親信有
者不及鬩〃兄弟其無詩尽為扞禦自昔然矣○盡周
厶曰雖兄弟不無小怨後世君有侮王室者必不
以小怠廢懿親享要結同姓以禦之會同而乾異
非萬全之道也吁哥之以燕諸姫真感激如何哉
喪乱既平既安且寧
是章言平世自然之弊以禿〻琴
下章也左傳謂乱平為無事也
有〻及寧告寧文此安寧
言上下無虞曰用娛樂
雖有兄弟不如友生
是聖
之人曲
尽人情者也蓋尽事之而樂事起人情自然征已氣
稟所含故然不如友生句及意有章莫如兄弟

儐爾籩豆、飲酒之飫、受上章、盛言太平親親之歡也、思思雖相救、之爲天性、則不親兄弟而親友生、非恃德乎、○飲、只是饜也、飲、賜之飲、而非立成之飲、故紀言以私紀之、

兄弟既具、和樂且孺、兄弟具列籩豆、飲飲酒相樂也、兄弟二也、其上良朋二之成對、○孺、言忠心相愛也、紀言訓屬、亦依戀之意、山海經、少昊孺帝顓頊於此、棄其琴瑟、莊子、烏鵲孺、更傳、咊、

妻子好合、如鼓瑟琴、也、兄弟之燕、室內亦雍、興以扶歡、鼓瑟琴、有鹿鳴琴瑟樂嘉賓之意、乃哉、○以下雖二章、六句一貫、中庸所引、及左傳賦常棣之七章以卒、可見、

兄弟既翕、和樂且湛、妻子瑟琴、以鼓兄弟之歡、其和樂不湛、深乎、兄弟共一家、故舉妻子以著見恩意所以異於異姓也、

宜爾室家、樂爾妻帑、兄弟和樂、則室家妻帑亦得安逸無事也、夫妻子好合、則兄弟

妻

和兄弟和則妻子樂和樂所有旋相為本是六句
之貫也上視諸姬如一家則諸姬親上而王一室以
寧六句言妻子與帑不和兄**是究是圖亶其然乎**二句總
弟於室家之義也通篇以
訓人畏格也詩意既終乃繫訓戒之辭曰能者稽
前章之義親親睦兄弟宜如是其然已哉弟子職
有是協是稽何酬作○周禮以飲食之禮親宗族
兄弟所敬其常棣毛管蔡為繆成王因于恩於同
姓弁不同知周公處異自之不虞故特加是二句
敘○左傳周公殺管叔而蔡蔡叔夫豈不愛王室
故也死喪章可以見周公所以閔世管蔡若孔懷
之睛失脊令之義鬩于牆而衰于禦者世

常棣八章首章發通篇而前三章言亂世
後之章言治世而卒章結通夜

伐木燕朋友故舊也公卿大夫及諸侯之異姓者
也周禮以賓射之禮親故旧
明友鄭注王為世子時共在傳者苞宗義疏凡世虔
遺老咨是鄭摹其一耳天子又友諸侯是得之

自天子至于庶人，伐木喬木，幽谷，未有不須友以成者。鳥之

嚶嚶有切須親親以睦。親即諸父兄舅也。是詩爲

我友之意。生舅姓而同姓者有朋友

故所跡之指，即求者朋友故

上常棣非也。友賢不棄，生也。不遺故舊。舊主異

姓故曰不，則民德歸厚矣。終和且平也。序發明首

肇不遺。章之義大意存焉故也。

伐木丁丁，鳥鳴嚶嚶。賦也。是詩獨格，後章起句更奇。釈訓丁丁嚶嚶相切直也。蓋亦

古義伐木驚起谷鳥，而鳥鳴其伐木相應，丁丁嚶嚶

々然，是明友相切相嗟之意也。下曰出自幽谷，則

王道藝追脩時事也。賦中蓋出自幽谷，遷于喬木。

寓是義，切直即切嗟屢巔耳。

擬擬序寓寓天子庶人之意也。擬釈訓寓木爲臣之嚶其

子今爲君父之意也。是語據轉義可而追

在谷鳴多事也，而遷亦鳴不已也。

鳴矣，求其友聲。○詩以伐木爲章首，則周之一章也。

此上六句、下六句、伐木音感
意一往而又起相彼鳥矣猶求友声歎之言、
矧伊人矣不求友生山谷幽邃、人有伐其木、木聲丁
響於林越之谷鳥驚之嚶
々以鳴、既而飛遷喬木、猶不得其鳴、靜而聽之、其
声以求其尚在谷者、於是其人投斧斤稱曰、飛鳥
猶求其群、可以人而不求其友乎○在喬
木而不忘幽谷、以寓不寧不遑之意、神之聽
之終和且平待人取務荒、一佳語、詠歌之、乃曰皆言
色小、可以喩夫天子親公卿諸侯得其
歡心、神時發、以和平之福之神、蓋文武也、和平所
謂天下和平矣、害不生也、他日周公嘉成王曰無
怨無悪、率由羣匹、欲使成王得公卿諸侯之歡心、
是公之至忠也、常棣伐木行、則王室乃鞏固也、
伐木許許、釃酒有藇聽也、許々猶所々、說文所伐木
声也、古韻通、已朱子據淮南為
舉重勸力之哥、坐則伐木而後許々也、未定莫是
貞○二章三章仍言伐木者、本感所自也、一句実

右

合首章十二句之意、感
是鳥而釃酒速友也、既有肥羜以速諸父、其下
寧適
二句應、故曰既請庚
故友之同姓者也、寧適不來微我弗顧、今日不以
集他自
請來無下以適不來故竟不顧我也、凡人其於粲洒
厭心則託他故不來、故致其殷勤如此、
埽陳饋八簋、進物曰饋、黍稷在盛、稻粱在簋、請父故
言燕禮蒲舅言食禮是詩主異姓
也、食在廟、燕在寢、食重於燕、其實互既有肥牡以
胡備也、燕時而及食禮、亦廣尊意也、
故友之異姓者也、呼叔父伯父者是諸父
速諸舅、呼叔舅伯舅者、是請舅、朱注先諸父後諸舅
舅親疏之殺也、案鷹說也、寧適不來微我有咎
是詩主異姓、故言禮重也、
他、故非我所知、必不咎我而暇日請來、鄭詩
無我有咎、○傳云微無也、今從之、刑非亦通
伐木于阪釃酒有衍、水溢曰衍、莫享籩豆有踐兄弟
其美衍言其美、

遠兄弟朋友也民之失德乾餱以愆失德言忘好相愆也疏之由乾
餱不分人以獲愆過箋請又請胃寧行故曰寧適
不來兄家則直曰無遠無禁辭痛曰撥細故如皆
來因告之曰人之失德其愆起自乾餱故一人不
其於心不安行其酒賤其肴不安一人以同其處
樂矣二句上居
下句受而演之有酒湑我無酒酤我於我乎湑之於我乎酤之
言有無必設是酒也既曰釃酒有衍又曰有酒
無酒上下大句分段案典周禮萍氏幾酒謹酒
則市之沽者周有之天子有酒正酒人其無酒何哉
曰特以著厚意耳但牧人無牲則有貫牲言軍式
耗敗也然則以酒
豈必常美盛年坎坎鼓我蹲蹲舞我釋訓坎坎蹲蹲喜也
言鼓有喜聲迨我暇矣飲此湑矣不失我暇只而使飲是湑也迨矣
舞有嘉態
者不愆時之辭也詩中多
出皆一意朱注失字義

伐木三章

天保下報上也、臣下頌禱之詩也、君能下下以成其政、降心其臣、慈仁以成其政也、是什三篇一轅、以美麗終之、則是句主常棣、伐木繫之、鹿鳴之三、別自一轅、臣能歸美以報其上焉、帰政化之美於君、詠福禄以報其上也、此是詩所用未可知在何時、鄭所謂答其歌者、特言刪其歌之意耳、宋説主應、不取也、春秋時有君歌鹿鳴之三労臣者、而臣以天保答職者、無有乎爾、

天保定爾亦孔之固、固者、譬石不磚、金湯不易也、亦孔句、篇首一云、○上三章、下三章、方為両段、是篇法、俾爾單厚、何福不除、單厚猶豐厚也、除猶曰降通來也、天俾尓豐厚、是以何等福不降而至矣、○頌云、單厥心、周語作亶、曰亶厚也、字通、大雅、爾土宇昄章、亦

孔之厚矣○爾字十一、眷眷之意

俾爾多益以莫

見矣皆爾而不一也、尚書一例

不庶、天使爾衆是以萬物莫不盛多也、大雅君

子之車既庶且多○俾爾彌爾性俾爾昌而

大只是衆也、

是詩保天言之

天保定爾俾爾戩穀俾爾句合亂也九三也、單厚多益、

戩穀華封所謂富也而壽與多男子、

戩穀是也、申以百祿遐福○釈詁、戩福也、釈言穀

履祿也、小雅式穀以女、穀即福也、朱子訓盡善安

矣、而字典戩注逐設

爾雅古訓良堪痛哭

罄無不宜受天百祿盡本之殷受命咸

宜百祿是何欽

降爾遐福維日不足天使爾戩穀而爾能受天百祿、故天之降

爾遐福日亦不足也是章戩穀為主而百祿

即戩穀之衆多也、遐福即戩穀之永久也、

天保定爾以莫不興以莫句合前後凡三也、此

言既庶而又興起發作也、

如山

如阜、如岡、如陵言天祿之高也、高而不危、所以長守貴也○山脊曰岡、山之高處、大阜曰陵、岡陵隆於山阜、**如川之方至、以莫不增**言天祿之滿也、滿而不溢、所以長守富也、此因百川注河水勢日增而言、既興而又日增盛也○始提五如以結卒章、相對

吉蠲為饎、是用孝享成王之福祿、乃先王先公之餘澤也、唯能事宗廟、而後可以保福祿矣、故時言之、周公為成王戒密矣、且孝一字甚除、遍為爾德、帝唯刑于斯也○朱注、吉、言諏日擇日之善、蠲、言齊戒滌濯之潔、室於字精切矣、此系為饎言之、則務陳不擇以致明潔之義也、左傳嘉栗旨酒、享拜敬以薦之、酒也、此言為饎之拜潔也、首**禴祠烝嘗、于公先王**據周禮、爾雅、則祠禴嘗烝也、詩主音節不拘、公、先公也、周禮祠先王以袞冕、先公以鷩冕、**君曰卜爾、萬壽無疆**君、即公先王也、卜猶與也、言考度爾、副途後什、卜爾百福、如幾如式、

神之弔矣詒爾多福神弔么先王也弔不弔昊天之弔積詒予至也言予而撫天曰

降此曰詒別天神其人鬼民之質矣日用飲食爾雅質成也大雅質爾人民此

言忍民遂其生也飲食猶未附上九有孚于飲食群黎兆民百姓百官徧爲爾

德遍爲爾所教之德也德教加於百姓刑於四海是也大雅疏佚順德○神著民服而後王禄乃

全善頌中自念宜規靈人之周於言也○神事再出故是章神二句而民二句

如月之恒月盈滿也日盈高也如日之升此言天禄之日盈實大也苟享神人則遠

唯今日福禄年猶將日盛大而施于無窮也○張

弦曰恒又作縆月上弦而正實皆而生似弓之張

而弦直如南山之壽不騫不崩此言天禄之不易也上如以山言九山而取

其高此言終南而取其壽考工摩甲壽百年○丸

如以華封三祝擬之日月以上冨也南山壽也松

柏多男子也、**如松柏之茂無不爾或承、**此言天祿之無疆、青々相承也、即子々孫々引了無極也、故以取結日月南山盛、無世々々相承之義、終於松柏所萬子孫秩斯祐之、禱乃全多是意、不可不得不然、松柏之於日月南、出況徽、是以終九如毛の爾字、以終未句惜哉、

天保六章

采薇遣戍役也、章曰伐役則將率亦包冑采薇以楊柳依々時發行、歲亦陽止而後歸北地雨雪尚霏々、**文王之時**采薇三篇文王之雅也、**西有昆夷之患**之車、所謂西戎是也、**北有玁狁之難**采薇止言北役而不言西戎、是亦三篇之義也、故西北並峯、**以天子之命**侯伯之師以王命行之、兼春秋時乃然、禮樂征伐自天子出、此文王之所以有雅也、周出車之文故稱天子、**命將率遣戍役以守衛中**

國班固以采薇為懿王時以出車為宣王時而馬遷以出車為襄王以後雜說哉故哥采
薇以遣之遣以一詩出車以勞還杕杜以勤歸也還率遣役
也下文故是文累勞其勞曰勞勤其勤曰勤采薇采薇薇亦作止賦也是篇將士卒戍而還者之辭也將出而歌之從來詩之為
詩者是有章至三章言戍人思室家之苦心而風厲以義者每章皆有之の以揚拂依し発則二三
日也至戍所而采薇北地多寒故也日歸日歸歲亦莫止戍人既至戍所采薇
遣向日瞻望以思歸歲既莫而不得還也口前二章令將卒士卒言之四章五章專言將卒卒章又
合而言之通貴賤而同一歌故所主在將卒靡室靡家玁狁之故統歲在外
堪室家永離不遑啟居玁狁之故玁狁之故王事也再言以風厲之

此。

采薇采薇、薇亦作止、既作者浸而柔未矣也、曰歸曰歸、心亦憂止、
自薇々柔曰歸未歸、憂心烈烈、載飢載渇、烈々如於也、載
心憂傷以至歳莫、
飢載渇、言苦之如飢渇也、匪飢匪
渇德音來括、舛一例、形容、我戍未定、靡使歸
聘、定、平定也、言胡塵未掃、聘者遣使候安也、家人
無忌年、事煩、不能馳一介、念先公後私之義、
采薇采薇、薇亦剛止、柔者亦剛而不可食、何以遣向、曰歸曰歸、歳亦
陽止、春日載陽、日月陽止、皆言春陽也、歸期迫而無歸期、春色新人、腸、王事靡盬、
不遑啓處、務王事、亦風厲也、憂心孔疚、我行不來、以情告室家曰、
我一去而不得歸、來安莫、後我多歳、亦既陽毛啓
處且不遑、何以來歸耶、日月陽是歸期也、故告期、
遊不至之由焉、王事多盬期、故詠歎及之、曰左傳
吉賊、不得來、言適晉也、叙訓、不、猴不來也、征夫不

未思歸勿復之意○靡室靡家懷室家也靡使歸

聘問室家也是句告室家也並以采薇起

彼爾維何維常之華興也爾謂文作薾常棣受上歲

陽詠所見也連下章並將率奮

勵之詩也句々彼路斯何君子之車以路受爾故

皆勵以義者曰斯何不自

維何莘路天子所錫美如常之華綵君子之乘者

榮其寵也疏云左傳鄭子蟜魯叔孫豹王賜之大

路是卿車戎車既駕四牡業々即路也非唯車

得綵路也之美馬亦壯矣豈

敢定居一月三捷定居安處也三捷屢勝也以苐

提是車馬役身王事何敢安處乎

必當屢勝以敦上矣觀於物而發志感於賜而思

敦德人情也聖人因情以作人人作而師有功

駕彼四牡四牡騤々騤々字書強不息也業々言其

強壯騤々言其作足翼々言其

服習○戎車既駕加馬於車也駕彼四牡我乘其

馬也乘業々壯馬則其驟騤々疾也騤々亦忠焉

民
君子所依、小人所腓、腓厞通用、釋言、厞隱也、儀禮、厞用筵、厞用席、言覆隱
也、牛羊腓字之、亦庇也、鄭之得之、三句言
軍國安危繫是一車也、小人不啻成役、四牡翼翼、
象弭魚服、五章皆上四句下四句分之、君子所
依、與君子之車相應而一收之、此四
牡、更端提起、不復、弭、弓末受弦處、象齒飾之、故
魚、何說、魚獸也、東海有之、左傳魚軒、亦是獸皮、
豈不日戒、玁狁孔棘、受一月三捷言之、捷而能戒、
易月以日急切、兩章是將率
奪情自奮者、借役口而寓己意、故皆為
自我勵以義者、用說勵々都不習貫通、
昔我往矣、楊柳依依、成人歸路之遠感也、楊、枝揚、柳、
枝垂、二木也、此言故國楊柳餞
殺遠別之人也、
依々、新童貌、今我來思、雨雪霏霏、北地雨雪、又
悩殺人也、歲
亦陽止、亦是一時、歸日未期、則春陽之感深矣、
既上路、則雨雪之苦切矣、無以其所傷悲感餘、行

道遲遲、載渴載飢、往來皆苦暑、行道而不能駛々、心怒焉如飢渴也、唯卒章全句一意貫之、其韻可繹、不追二句、換一字、飢渴二句、倒上下、我心傷悲、莫知我哀、春風吹拂人心方之飾、故國之人、毋意想我歸未之喜耳、安知北地雨雪、行路向窮之若乎、○卒章全序情閔君者、而不復見處一韻、一貫、成章之體、自不同前章、唯是文王視民如傷之意則異、

采薇六章

出車、勞還率也、師還而犒之、故無風厲之意、主序情因苦而已、○上三章、下三章、是篇法也、每章八句一貫、是章法也○遣禮輕於勞禮、故同哥賜不同日、故異歌、

我出我車、于彼牧矣、首章言將率聞命而治車馬、○我皆將率也、南仲元帥、故優異之、是二句與下二句倒置成義、聞有喩而知之、師乃出車就馬、收急行也、自天子所謂、

我來矣文王以王命令之、故曰天子所王命匪事也、故將率知其為征戍也召彼僕
夫謂之載矣來、聞命而東、載、悽急伏之甚是詩之辭也、六月載是常服王事多
難維其棘矣玁狁孔棘之棘、言難之棘也、難棘故急裝亟行、是命車人僕夫之言
我出我車于彼郊矣二章言將率受命而出師〇于彼牧就馬也、于彼郊率師進發
也、郊外謂之牧非是時所交涉設此旐矣建彼旄矣設共建此共彼互文彼
旟旐斯胡不旆旆旟旐青、前朱雀後玄武也、胡不旆〻、有盛則盛矣之意、以起下
句、與昌不畫雖語氣不同憂心悄悄僕夫況瘁命為將率、軍容非不盛也、以
此、署赴死、比其室家為經年別、是以憂心如削、僕
夫亦顏色滋憔悴也、僕夫再出、故曰況〇憂心詩
中皆一義、此將率自述之辭也、序情閔勞
故成辭也、是非將率實踐事行而憂傷矣

王命南仲往城于方三章言猶將從元帥北征逐襄玁狁○南仲元帥也故異之朔
方曰朔方盡其交趾曰南交同出車彭彭旂旐央央彭彭衆盛也行人彭彭央
々鮮明貌二句軍進發之形容其六月四章同○
據考工四方之旗龍旂九旒南七西六北四詩於
元帥言龍旂與
猗廣載旂似天子命我城彼朔方我將率也轉元帥請將各
以其衆執役也盡玁狁不淫入故城朔方以守衛
中國據此也伐外寇也○我出我車再出也是章王
命再出以一章受二章巧徹赫赫南仲玁狁于襄即以彭彭央々之勢壞之
也句法錯互而貫連甚巧○上宰有朔方無西戎
下宰有西戎無朔方而末句合自以玁狁結之
昔我往矣黍稷方華四章言往及周首之苦心○既襄玁狁逐伐西戎而中間敘將
率憂勤以閔其勞敘室家有禮以慰其私何限烟
彼優矣不追○本草注黍稷並有以五月收者方

華，是出師於郊時所見也。

今我來思，雨雪載塗。北地雪消而塗泥。夏小正，正月寒日滌凍塗。此黍稷雨雪，時言其時，以著征戍之久。不中其采薇楊柳雨雪，悠悠同上。乃戍役起程遑遽唯時。黍稷後於楊柳，載塗後於霜露，先行先歸，後往後來，固不必合。合篇如之一。

王事多難，與上章首章相對。**不遑啓居。**我雙靡不著，蚍無良久哉。

豈不懷歸，畏此簡書。左傳，簡書同惡相恤之謂也。我狀是諸夏所同惡，汝是諸侯。簡書告急，則戍役不可不恤。元帥在職，簡書心多。朱子以為天子策命義則通，有徵年表。○固指恐為諸侯，諸侯載是義無通。

喓喓草蟲，趯趯阜螽。五章言室家之望女。○比也。伐西戎以秋，故取於秋蟲。上有懷歸，因受以室家之味，非實也。○蓋乃南為有信，此因以知其為大夫妻。

未見君子，憂心忡忡。上章二章有直憂心。

既見君子，我心則降。采薇言夫懷事，出車言妻。

懷夫杕杜言夫妻相思之格之変可玩薄伐與六月同意但此主君子不掩於外言之

赫々南仲薄伐西戎亦室家之言也

春日遲々卉木萋々卒章言憘旋之歡皇の嫜々新芽貝詩中皆然美諸將慳入故累麗句以於勤之如東山之卒章共采薇還別之結苦樂相反

倉庚喈々采蘩祁々衆訓祁々遲々徐也言春日長而女心銫也

執訊獲醜醜盡執訊生口也獲醜馘也王制以訊馘告頌有獻馘獻囚左傳子家使執訊而與之書言執生口不訊鞫者也又重獲在木下言見殺也又射衰老獲之射殺臣因之因生獲死也詩執獲對文宜以死生別○大雅執訊連々攸馘之安々傳之馘獲也宜相照擇之

薄言還歸薄言詩辭也然亦著其悠々歸來

赫々南仲玁狁于夷襄者驅逐之也夷者殺退無事也

○下半四章將率之言上章室

家之言、卒章君勞還之言、其采薇立格不同、而杕杜、對言征夫思婦之心、三篇各相爰用心也夫、

出車六章 黍稷方華、以世同前後出軍、雨雪載塗、以二月前後反師、春日遲遲乃歸、

杕杜勞還役也 少儀、軍尚左、卒尚右、鄭注左陽右陰、將貴不敗績、卒貴有死志、盡士卒勤苦最多、故多怨恤之意○是詩異格、前三章四句言征夫、三句言思婦、卒章全以思婦收結、

有杕之杜、有睆其實、 比也、杜雖杕然、其實睆然、則殊不寂寞、以比人一身室家團衆、則多賴、爲人皆若是、因感已不如杕杜也○杕杜野梨、故取其寂寞、睆言紅實帶之相照也、如華而睆、睆彼牽牛、睆其目、可徵杕杜實至秋紅熟、霜後可食、感時物也、

王事靡盬、繼嗣我日、 是以憔悴、而曠居於外、氣不及杕杜睆然也、繼嗣其期、逝不至應、秋既莫、將以春爲還、則時率命延我已成之期也、故曰任滿又續、

日月陽止、 春日載陽、**女心傷止、** 句

言思婦感春望歸也征夫遑止女心傷、其心曰、征夫今已遑遑猶未嘗知繼嗣之事也、
有杕之杜其葉萋萋杜實後無葉、此言明身、春新芽始茂也、所比如初、詩有三杕杜、
皆比也、朱注一興一比一賦、優隱甚矣、王事靡盬我心傷悲傷悲受繼嗣繼嗣故
傷悲也、以上征夫歎傷悲字、征夫合、女心兮、卉木萋止女心悲止句
詩人所詠、征夫歸止女悲而曰、我征夫今將歸來、
陟彼北山言采其杞北山、北地之山也、采杞、望鄉遣闲也、枸檵新葉可食〇旧説以
是詩為通篇思婦之言誤矣、北山首章刺是四句、大夫之詩也、王事靡盬憂我父
母繼嗣、故憂及父母也、北山非役使不均、勞王事不得養父母之詩也、意正同〇杕杜婁女心對
則思室家也、雖兩地相思、專以怨女發之而征夫則微言寓之、至是章變句法而明敘父母、可謂手

言矣。**檀車幝幝**，檀車言堅，車亦既敝也，不必役車，大雅「檀車煌煌」。○以下女之言也，至卒章，無復征夫憂傷之言。**四牡痯痯**，戍役亦有甲士乘車者，以役久故，車敝馬罷也。**征夫不遠**，無易白也。是章矣與前章變，王事靡盬依但在第三句，檀車以下，與卒章上四句相聯，比下三句用止字，卻與前二章成對，而必以征夫取結，四章皆同，須以變化之中，亦有係聯。

匪載匪來，憂心孔疚，載受之前車馬而義見矣之車曰謂之載矣，車馬意已罷敝矣。來，不裝載，不來歸也。**期逝不至，而多為恤**，徒嗣故，歸期思大亂心曲。**卜筮偕止**，偕，言既卜之又筮之也。喪服小記，父母之喪偕是。**會言近止**，會，會見也。言，助詞也。卜人筮人皆曰會見，今既近矣。**征夫邇矣**，邇則我征夫之歸者不白也。曰遑，曰歸，曰不遠，曰邇，其言有叙。○室家望女切切，君是而今平安無事，久闊相見，其慶歡如何哉，是勸歸之意也。王

以

事靡盬，唯杕杜三章也，
亦所以慰勞戍役也。
杕杜四章
魚麗美萬物盛多，能備禮也。所以終鹿鳴之什也，亦猶以麟趾騶虞之
例，自小雅稱美，唯魚麗一篇已，以假樂嘉成王終
大雅，亦宜合觀。以上九篇，皆主其用而作之者也。
魚麗用於燕禮鄉飲者，猶采蘩采蘋
為射節。嘉魚有臺亦同，本末不可錯。文武以天保
以上治內。孔疏彙纂無是以字，足利古本有。采薇以下治外。天保以上，
武王成王也，采薇以下，文王，合而曰文武，古文多
例，周公成文武之德，而禮樂作，大小雅乃其物也，
繫之文武，猶尚書之例，不知者乃始於憂勤，終於
云其常棣矛盾，中兒說耳。
逸樂。憂勤，文武也；樂逸，成王也。故美萬物盛多，可以告於神明

詠

多、成王之太平、是文武之成功也、故作魚麗以美其盛也、告於神明、告其盛於天地宗社也、

魚麗于罶、鱨鯊、魦也、與彼茁者葭氣象相似、衆惟魚矣、實維豐年、詠一魚以示萬物盛多、

○罶、標爾雅以薄為魚笱者、其巧易、故曰寡婦之笱、**君子有酒、旨且多、**言天子、

魚麗于罶、魴鱧、麗者、來而附離之也、寡婦之笱、且獲是多魚、萬物盛哉、**君子有**

酒、多且旨、多、受前章末字、將以下三章應三章、故倒上句、不衍異字、巧哉用意、

魚麗于罶、鰋鯉、陸佃云、鱨鯊小魚、魴鱧中魚、鰋鯉大魚、鱨鯊之美、不若魴鱧、魴鱧之美、不若鰋鯉、故其序如此、畏師多鑿說、是則得之、**君子有酒、旨且有、**有、言酒常有而無匱也、伐木曰無酒酤我、富有之義、多字盡之、不可限也、夫時和歲豐、兆民飲食、而後天子之酒、可以旨且有也、故是篇之既多魚、又詠旨酒、以著天産人造飲酒歡樂之具、上下皆足、

物其多矣、多覓首章末字、維其嘉矣、覓豆麋羞之物、既多且嘉者也、

物其旨矣、旨覓二章末字、維其偕矣、物既旨而每品備也、飲酒孔偕、箋斉一也、降福

孔皆、傳偏也、左傳引作偕、管子偕度量注、偕、同也、案偕、是孤之反也、有肉如陵多也、三十維物偕也、

物其有矣、有覓三章末字、維其時矣、物之多而旨者常有所也、皆及其時也、所彼康爵、

以奏爾時夫子不時不食、又左傳季武子賦魚麗之卒章、疑非賦二句、所謂卒章即六句歟、存疑、

魚麗六章

鹿鳴　四牡　皇皇者華　常棣　伐木　天保　采薇　出車　杕杜　魚麗

南陔孝子相戒以養也、儀礼奏陔注、陔夏也、陔之言、戒也、案養似因南字、白

華孝子之絜白也、

華黍、時和歲豐、宜黍稷也、

有其義而亡其辭、笙詩六篇之亡、在夫子刪定之前、亂小雅所以成什、明不足徵也、箋云、而下非孔子之旧、大誤、以馴致朱子妄改、〇世家、三百五篇、孔子皆弦歌之、是君古學言、則亡詩先於夫子、亦可徵、〇儀禮、鄭注、鹿鳴魚麗諸篇、皆標序、乃注、而笙詩、則皆曰今亡、其義未聞、標鄭志、注儀禮之後、始見亡詩序、然則亡詩序晚出、或因六月序而作、亦不可知耳、〇宋人笙詩有譜無辭之說、不取也、古今豈有無辭之詩者耶、〇朱子變置什首、諸什混雜、大失其倫、編輯之意全泯矣、且詩之敘與樂所用有不相符合者、如采薇草蟲采蘋是也、悪得不依儀禮正之、

毛詩考卷十五

毛詩考卷十六

南有嘉魚之什第二

南有嘉魚，樂與賢也。樂與賢者遊息謳謌也。不必當樂之事，乃魚麗無戒勸之意。嘉魚至蓼蕭，戒勸溢於章句，魚麗爲前什名哉。**太平之君子，**言成王也。既醉、大平也，鳧鷖繼之曰大平之君子能持盈守成，魚麗非大平邪。先哲不苟辭也。逸王变雅什首必受前什末，是例亦不可不知。○是什以大平之樂二首爲系。**至誠，**因嘉魚甘瓠鵻之懇二字貫詩之髓。**樂與賢者共之也。**至誠相與，百事共之也。○魚麗、嘉魚、有臺，鄉人邦國用之，其宜詩。向三篇相比，而三序皆有樂字，魚麗以終文武憂勤，而結鹿鳴之什，故曰終於逸樂。嘉魚、有臺，什首也，故全以成王爲辭，曰樂與賢者共之，曰立大平之基。夫創王業者文武也，成王業者成王也。

南有嘉魚嘉魚并嘉薦嘉樹嘉石之嘉以多魚名非、烝然罩〻興也、烝然、衆盛皃、罩、八
編荊竹罩魚者、罩〻、言魚多遊衆、水面如罩中之物
也、例如旃〻麃〻伴〻肺〻、以魚烝然遊於江湖
興嘉賓集而樂君子有酒嘉賓式燕以樂酒、嘉賓
君子之酒、言烝然以天子之
烝然未以歎樂者、至誠相接故也、莊子、於鯈魚
意、於羊羹知、於魚得計、興于魚至誠相志之故
南有嘉魚烝然汕〻、爾雅、罩謂之汕、篧謂之罩、汕亦
以傳取魚、此言魚之多如在汕
世、形容多字、曰罩曰汕蓋字君子有酒嘉賓式燕衎
罷賢者不屈之意、是戒勸也、
以行、君子至誠樂其賢、故嘉賓再如魚之相志
於江湖視君子之酒猶〻已酒、式燕以行也、
南有樛木甘瓠纍之興也、魚猶布情猶有聚散待人
以為未足、故以執瓜之纍于樛
木〻形容之、以樂以衎猶
愈〻親切矣君子有酒嘉賓式燕綏之有雉慶之意

至於緜蠻之、則學ヽ如有家人又子之歡、鳥阜麓以
葛藟、興求福不同、其緜之、興意正、詞〇樛木、后妃
逮下也、逮下故葛藟之福履緜之也、累
貽則成王亦不可不思其所以逮下焉

翩ヽ者鵻、烝然來思、興也、甘瓠得樛木而後累之鳥
則樛木、況一宿之鳥乎、樛而烝
貽來集、只是興嘉賓、有賢者雲聚、至誠作〇之勢、而已
〇魚只嘉、瓠只甘、所以興嘉賓也、雖則直提之、而
孝慤一宿自見、故不言其德、〇南有樛木、福其前
章同句法、至卒章大變句法、却用烝然字觀韻於
初、**君子有酒嘉賓式燕又思、**君子之酒、嘉賓以為
已歸矣、疏云、思皆为
辭、燕又燕、頻其之燕、言親之甚也、得之享人入又、
別散、多又、一例、至於緜之言、路既極矣、故以燕又
燕斷却之耳、豈非至誠與賢之所致乎、疏曰親之、
係君子說之、今只係嘉賓而優君子有酒其哉有
上有酒自別〇罕ヽ其仙ヽ、以變其以衍
纍之其緜之、末思其又思、兩ヽ聯珠、

南有嘉魚四章

南山有臺樂得賢也、其南有嘉魚題名亦正作詩之旨本为一對序繫辭如二、未是義也○樂字不其經吻合副序亦同得賢則能为邦家立太平之基矣、王者苦於得賢、後於為邦、既得賢則唯樂只、而已、既為天下得人難於以天下與人○嘉與、至誠其賢者樂也、是篇只賢者立太平之基也、太十十雅太平四也、是二篇又既醉鳧鷖也、嘉魚與既醉是篇全其鳧鷖同、其及齊復往復之辭、雅淡而不之獻體、魚因事異、其意則相類、序所全深遠矣

南山有臺北山有萊、比也、山比天子、草比賢才、山之為山以有材也、而草木成材、山、氣殖之也、以比天子翕賢才而敷施之、則賢才路上、德而翼亮之焉○只首章比子草、它皆才、樂只君子、邦家之基、樂只、言恭己正南。而已、世臺留其葉草也、山為之蒼鬱、故受以

基。樂只君子，萬壽無期。人樂斯壽。○是詩全無興
賓食之辭。猶用之猶四牡皇
華明矣。文王之三、兩君相見、以歌盛德、并同既
常者云、為燕饗通用而作、意成辭之未備、欲
南山有桑，北山有楊。奉詩無二木、垂詠、春所謂華
萋萋、氣象也。○南有嘉魚一
方也。是篇有南有北、受以樂只君子，是句十出、其位三五。邦
蓼蕭則序以四無言之、
家之光。臺萊草而柔楊、木也、故受以光。基猶堂基也、光則其輪奐也。樂只君子，
萬壽無疆。五章五〻又、詩境甚淡白、無為也、太平人氣、千古在目。刮去太平字、有何興觀。
南山有杞，北山有李。枸檵及李果也、故垂之下、受以父母也。本草、枸杞生甘州者、子
如櫻桃、味如蒲萄、可作果食。寔古徽物不遺、以為
果可知。杞李垂紅實。毛公唯注四牡曰枸檵、詩有
三杞之說、不必采用。樹杞、杞株、柿枸杞、何必從陸璣。樂只君子，民之父母。第四

句奇而不偶者只王中一章也。**樂只君子，德音不已。**言其德日進。

南山有栲，北山有杻。栲似壽，故名。一名椿。莊子有大椿。杻一名萬年木，又冬青，其葉似椿。二木相似而多壽，故並下受以眉壽。**樂只君子，遐不眉壽。**上萬壽並。右末句眉壽直受，上比句勝有輕重。**樂只君子，德音是茂。**肆之草木，基根茂莖，故先基後茂也。先不已，所謂日新之謂盛德也。後是茂，所謂富有之謂大業也。言日日進而所至盛大。

南山有枸，枸子著枝端，大如指，長數寸，甘美如飴。礼同，婦人之贄，椇榛，椇乃枸也。**北山有楰。**爾雅楰鼠梓，郭之楸屬，陸疏苦楸也，葉至不似。詩所詠又未聞者，郢產，故所以使枸取對。不可老也。推例如是果屬。**樂只君子，遐不黃耇。**枸著人曰味如飴曰如牛乳故受以考耇。柳下惠曰：飴可以養老。冠礼再加曰眉壽萬年，三加曰考耇無疆。弃先眉壽而後黃耇之。

樂只君子保艾爾後、不唯其身黃耇、又以保艾其後世子孫也、三無之五起、亦以施于子孫、終之。末句唯卒章奇而不偶也、結法甚精

南山有臺五章

邦家之基　萬壽無期
邦家之光　萬壽無疆
民之父母　德音不已
遐不眉壽　德音是茂
遐不黃耇　保艾爾後

由庚萬物得由其道也、左傳、庚、庚言大道也、是三篇在儀礼與魚麗三篇間奏、故附南山有臺之後耳、南陔三篇附於鹿鳴之什末亦同、其本叙乃在六月

崇丘萬物得極其高大也

由儀萬物之生、各得其宜也

有其義而亡其辭、儀礼歌鹿鳴四牡皇皇者華、然後樂南陔白華華黍、又歌

矣。麗笙由庚，歌南有嘉魚，笙崇丘，歌南山有臺，笙由儀。鄉飲酒禮並同。歌在堂上，笙在堂下。南陔三篇亦堂下之笙也，不歌，故曰樂曰笙，非為有聲無辭也。○孔子時皆段在什外。

蓼蕭，澤及四海也。前二首相匹，終之以是篇，賢〃而德及萬國也，且是詩以諸侯有憂者為辭，則非諸侯之賢者也。○左傳杜注，蓼蕭言大平以及遠，若露之在蕭，詩義未義存焉哉。

蓼彼蕭斯，零露湑兮。比也。蕭得露日長也，蕭微草也，以比率土之濱莫不被王澤喻。既見君子，我心寫兮。諸侯來朝，得見天子。湑，露在豐草，白雲露菅茅，其意同，而心如洗也。○裳〃者華，自是詩舉化之者斯彼見，我觀之子，則天子見諸侯也。

是以有譽處兮。燕，其諸侯燕也，長百饗食，小雅主。燕譽處，言令聞也。處，義所烈所之所同蹤讓。燕笑語言，溫慈惠和，澤及四海之德度也。諸侯悅曰：天子嵩享，有是德度，宜矣仁聲遠矣。

燕笑語兮。

民謳歌其德而無已。毛言遠人協于群聞也。○首章以諸侯來朝燕禮慰意言之。

蓼彼蕭斯，零露瀼瀼。露蕃皃。既見君子，為龍為光。加之寵光於已也。言有加地進律之事。蒙華所謂有慶是也。此句斷非自上之辭。其德不爽，壽考不忘。受上而言之。一德不忒，故賞罰正而無偏頗焉。雖借諸侯之上出之，戒勸存焉。壽考不忘是祝從由此。末句皆一例。蓋秦詩刺取是句以為戒勸之辭，則周之季乎。閒曰如寫是意也。

蓼彼蕭斯，零露泥泥。露濡也。大雅維葉泥泥，小雅其葉湑湑，今草露垂用。既見君子，孔燕豈弟。此燕，安也。雖在宮是文王家風也。或云孔燕盛宴也，妄矣。前章言諸侯有度，此章言諸侯盛見。此宜兄宜弟，令德壽豈。畢曰周之以宜民宜人嘉成王，亦戒勸也。舉見在宮，故言兄弟豈弟而宜於兄弟，何令德加焉，乃壽考而樂豈，亦其所也。

斯

蓼彼蕭斯零露濃〻、露厚皃、濃與穠、猶〻濃與穠、既見君
何彼穠矣、豐年穠〻、
子、卒章與載見辟王曰求厥章相類、彼有和鈴鞗
革予祐、前三章詠天子之德至此詠朝於廟之
儀以萬鞗革忡〻、爾雅、轡首謂之革、鞗革言鞗革
福綏之也、轡把外下垂者、鞗皮為之故
名鞗、鞗也、忡〻垂金厄声也、盛詩鋚〻沖〻、大雅
鞗革金厄、疏云、毛意以金飾革末如厄、是也、如
指似鍔、鄭意以金為
小環處〻經〻搐之和鸞雝〻和在軾、鸞在衡也、
載見曰和鈴央〻、鞗革有鶬、休有烈光、是詩亦天
八〻鸞似亦在鑣也、
子率諸侯朝於廟、諸侯聞其沖〻雝〻之音而感
伏懷萬福攸同有德如彼、有威儀如是、以是事宗
喜也、廟、實是萬福會同之聖君也○左
傳、晉侯享齊侯、齊侯賦蓼蕭、叔向曰、敢拜齊君之
安我先君之宗祧、蓋以宗祧為言、用卒章也、

蓼蕭四章

湛露、天子燕諸侯也。湛露、彤弓、匹也。受以菁莪篇、前三篇之例、是編意也。左傳、衞寧子來聘、公與之宴、為賦湛露及彤弓。二篇相匹可見、故序亦匹辭。二篇、小雅之大者、故特執天子。或云、鹿鳴嘉賓亦同。噫、不然。左傳猶慶鄭正於王、王宴樂之、於是乎賦湛露。故穆叔拜鹿鳴、而寧武子不拜湛露。求古義者、宜就古書質之。朱子只彤弓為什首、其妄不足辨。二篇不可兩散。

湛湛露斯、匪陽不晞。興也。露被草木、非日出照之則不晞、以興夜飲非醉定不許歸。厭厭夜飲、上恩也、故興于天澤。左傳、天子當陽、諸侯用命也。日者、天子之象也。醉者、天子之命也。

厭厭夜飲、不醉無歸。燕禮、君曰、無不醉。對曰、諾、敢不醉。醉無歸、天子留歡之辭也。

湛湛露斯、在彼豐草。興也。豐草之露、湛湛以殖其生、以興宗室之宴、厭厭以成其歡。宗蓋路寢也。考、成也。

厭厭夜飲、在宗載考。其歡也。考、樂之考。

湛湛露斯，在彼杞棘。興也。以露之澤微物，興令德之被萬民焉。湛露本天子之澤蒲應受而施之，固故仍以湛露興之。天子無息而諸侯無喜所求乎上以施乎下，則合固者其可失百姓歡心乎，而敢侮鰥寡乎。**顯允君子，莫不令德。**顯，聰明也。允，忠信也。令德，言辭而不亂也。古者酒必以德戒。既醉實莚及酒語可微，是章以露興德，則戒飭之，使用其德於萬民也。**其桐其椅，其實離離。**興也。杞棘木之微者，桐椅材之美者。豊艸杞棘桐椅至相婉轉成辭，可玩。桐，白桐也。實大如巨棗，長寸餘。椅實紅如南天燭，十數顆，無枝植葉落滿樹如矢，以興君子威儀焉。踈云：桐椅不言露，在彭上露在百知非也，只是春露所殖，至秋乃實，李章取象豊艸其實，非一時景。○離離，毛曰垂〻也。韓詩長貞。程子云：猶纍纍。**豈弟君子，**異義成對，亦是音格。小雅：飲酒孔嘉，維其令儀。書曰：用無衰。**莫不令儀。**威儀。夫威儀所以路士大夫也。子曰：知及之、仁能守之、不莊以涖之、則民不敬、左傳、君有君之威儀、其臣畏而愛之、則而象之、故能有其國家、令聞長世、夫桐橘之實、人仰而望之、所興在是、是亦非唯席上之儀、戒勸之使用是儀於士大夫也、是謂王者之言、○失德大事、人情慎焉、儀則易愆、故先德後儀、○莫不有、卒獲之辭也、或云、其無之諸侯無不有是德是儀、非也、

湛露四章

彤弓、天子錫有功諸侯也、左傳、諸侯敵王所愾而獻其功、王於是乎賜之彤弓一、彤矢百、玈弓矢千、以覺報宴、言錫彤弓之時、歌是詩、只顯勸報功之宴禮也、

彤弓弨兮、受言藏之、弨弛而反也、筋內而角外、周禮天府、王府、並有受而藏之文、是詩首章尽之、後章覆言而已、○呂氏得說、載在朱注、

我有嘉賓、中心貺之、貺之

只中心也、鐘鼓既設、一朝饗之、饗而既之、故曰一朝、言報功不吝也、
彤弓弨兮、受言載之、載、清廟既載之載、我有嘉賓、中心喜之、喜、言
悅其人、鐘鼓既設、一朝右之、右、侑宥通、周礼、享右祭祀、王大食三宥、以樂侑
食、案此右與醻對、宜兼饗而侑食也、○左傳、王享子
礼命晉侯宥、案、命為侯伯、賜彤弓、注宥、助以束帛、
案是亦右之也、右而既弓與之、首章而見焉、後章
不言既、是詩之所以為齊格也、
彤弓弨兮、受言櫜之、櫜、藏之者、以櫜之、載之也、既之者、喜之好之故也、饗食之者、必右之
醻之也、首章提其綱、後章詠歎其目、詩人之格也、
或云、櫜重於載、載重於藏、好誠於喜、喜誠於既、醻
厚於右、右厚於饗、
宴小辭全不了、我有嘉賓、中心好之、好、言愛其人、鐘
鼓既設、一朝醻之、饗而勸酒也、醻而既弓、相照可知、或云、右醻並言既弓報功也、

兩雅、疇、離、侑、報也、卽左傳報宴之報、宴是、說亦通、余則欲其一朝饗之一例說之、一朝字、本主貺弓之遠、而曰一朝饗之、成辭奇峻、乃受之而曰右之疇之、則不必直訓、三字爲貺弓之義

彤弓三章

菁菁者莪、樂育材也、湛露以懷寧侯、彤弓以威不寧庭、小雅之重者、乃復以育英之樂、蓋所以取終也、在大雅、文王之三、復以棫樸、其致一也、○樂、天子樂也、應什首二篇皆太平樂也、編意可覓、樂字與經參差、亦猶二篇天下喜樂之、又是別也、凡三出、而所謂三星是古文也、疏詳、

君子能長育人材、長字與義映帶而下之、則天下喜樂之矣、經義燎然也、喜樂因我心則喜、菁雅喜樂也、蓼蕭指前二篇、以四海爲言、是詩亦指前二篇、彷以天下爲言、蓋既正雅亦在茲也、先哲之辭、不可不盡心繹之

菁ゝ者莪、在彼中阿、比也、莪菁ゝ成枝葉、得大陵長
養而滋茂盛也、菁莪比備學成
材、中阿比登庠得位、○以蓼莪考之、莪比美材、在
必有說、○芃ゝ棫樸、薪之槱之、亦文王教育人才
而宮之、使之既見君子、樂且有儀、樂育英之德度也、言樂
易而有威儀○舜命夔
曰寬而粟、教久之道也、寬弘即樂易也、莊粟即有
儀也、升進至中阿、得以發通天子風采、故曰既見
菁ゝ者莪、在彼中沚、比在下國而沐大澤以咸其材
者焉天子學教則弦誦四起萬
國競廷、庠所習天下喜樂之者、主是尊而示義也、
是詩一其三比、中阿中陵取對、言既升進貢二其
四比中沚、楊舟取類、末句
一標言庭、圖始朝聘者、既見君子、我心則喜、末見
則未安、既見則令德協于章句、故喜也、其蓼蕭我
心寫兮一意、此非遠方之人不允、苟蓼蕭同四海
此曰天下、古序至確、御之彌高、

菁菁者莪、在彼中陵、陵小於阿、比始進而有所踏者焉○莪、陸疏、生澤田漸洳處、葉香美、時珍云、生高岡、宿根先於百草、陸佃云、莪蘿蒿也、蘿之言高也、莪言峩也、皆所以比美材、為未詳、匪莪伊蒿、取於美、棄惡草、既見君子、錫我百朋、據蹟、二貝為朋、貝有五種、其四種者、各二貝為一朋、最賤者不為朋、出漢志、窃此盡古善人訓誨之言也、在陵而未至阿、故以策勵為辭、思府卒章、文王教而不倦之謂也、菁庠取擇于室周也、是以首句言菁、周大夫受教王室、

汎汎楊舟、載沈載浮、比美材成器而未上通也、舟自中止、未詳之貫也、宋義曰、汎汎楊舟、紼纚維之、樂只君子、天子葵之、樂只君子、福祿膍之、優哉游哉、亦是戾矣、是取於是詩者也、諸庠順逆、實如汎舟、菁莪所以受前二篇、亦可見、既見君子、我心則休、既見則紼纚之、葵而福祿之、故心降而休息也、古之育材者、爵祿以勵之、菁菁者莪、棫樸皆同、周禮、進賢興功以作

邦國、故諸侯之慶、大有加地進律、所謂福祿也。○
子曰、北辰處而衆星共之、諸侯之賢者四集、得見
天子而後心始休、豈非以政以德者乎、正雅玉振
於斯盛矣哉

菁菁者莪四章

六月宣王北伐也、宣王使吉甫北伐也、豈辭甚高古、鹿鳴廢則和
樂缺矣、小雅之用、不可一一廢、且魚麗在南陔上、而由庚三篇保歸於後、其敘雜亂、故此歷舉
之以示小雅之敘也、四牡廢則君臣缺矣、不知其功則離也、鹿鳴之什皆以缺、
字成文也、詩三百準
之以異嘉魚之什、皇皇者華廢則忠信缺矣、有
四周、諏謀度詢、必以周為本、常棣廢則兄弟缺矣、
○信、古音新唯和、樂似不韻、
諸姓
離矣、伐木廢則朋友缺矣、宗友相韻、天保廢則福祿缺

矣。臣下不感悅而說之也。故采薇廢則征伐缺矣。遣戍役也，特曰征伐。出車廢則功力缺矣。將卒有功而不見知則解體。杕杜廢則師衆缺矣。士卒離也。衆似非韻，疑是聚字。魚麗廢則法度缺矣。賓奉不備。國無節也。君臣上下百事不得從所謂之無節。○魚麗在詩則居鹿鳴什末，及用之鄉飲，以爲間歌之首。宋子之是句本在華黍下，鄭以私移而升之。安未知何據。且是序文明明今前後什，故是句是在下，其由庚段落自別。南陔廢則孝友缺矣。三詩其事似小。○儀禮先歌鹿鳴之三，然後樂南陔三篇。白華廢則廉恥缺矣。華黍廢則蓄積缺矣。蓋言慎蓄積之事歟。○以上爲前段。和樂君臣忠信三列，兄弟朋友並而受以福祿；征戍功力，師衆三列，終以法度也；孝友其廉恥並而受以蓄積。由庚廢儀禮樂南陔三篇之後歌魚麗笙由庚歌南有嘉魚笙崇丘歌南山有臺笙由儀盡此笙詩皆詠和氣感應之事故向歌皆萬物盛之詩**則陰陽失其道理矣**魚麗告於神明則陰陽得道然以兩〻相比○以下言缺字仍用相比○以下言缺字仍用韻成文酷似夫子易象**南有嘉魚廢則賢者不安**因式燕之燕四章皆有嘉字句甚古**下民不得其所矣**君子賢覓是為民人也**崇丘廢則萬物不遂矣**上不安下不得則衆類亦不遂**南山有臺廢則為國之基隊矣**不得賢則何以為國基矣**由儀廢則萬物失其道理矣**盡如基壞則堂構何材傾圮失宜矣○以上章似無歌笙相比之義文亦別樣**蓼蕭廢則恩澤乖矣**以下上立篇之意以是句收之陰陽失理萬物不遂賢者不用下民失所是恩澤所以不下流也**湛露廢則萬國離矣**

鹿鳴所以與王人諸侯遠人和樂也、湛露天子所以禮諸侯也、故曰萬國離矣、**彤弓廢則諸夏衰**矣、諸夏對四夷之辭、左傳、諸侯有四夷之功則獻于王、中國則否、又蠻夷戎狄、王命伐之、則有獻捷、兄弟甥舅告事而已、不獻其功、又范宣子曰、我文公獻功于衡雍、受彤弓、據是則甯武子所謂諸侯獻功、王貺彤弓者、主四夷之功言之、此曰諸夏衰、蠻夷猾夏也、合符契、**菁菁者莪廢則無禮儀**矣、萬國與諸夏並而受以無禮義終焉矣、禮儀所以育人材也、禮文威儀之則、中國而為戎夷、**小雅盡廢則四夷交侵中國微矣**、北伐南征、於是作矣、是序所以示小雅正變之辨也、大雅則美刺判然矣、宣王四詩雖曰變雅、而復古美事、故繫之正雅之末、合而成什也、朱子分湛露彤弓以彤弓為什首、以正雅二首變雅八首以鶴鳴為什首、全不見編集之有倫理耳、夫聖人刪刪傳傳以定篇什、毛詩得其真、後人何議、六月棲棲、戎車既飭、首章、言軍興之急也。○司馬法、冬夏不興師、今盛夏出兵、為玁狁也。棲棲、甚極極、同蒼黄之意。飭、言速整備之也。釈文、辞飭飭二字、案亦有通作。四牡騤騤、載是常服、常服者、戎車所常載之械器、戈殳矛戟弓矢之類、左傳所謂我路之服者。召彼僕夫、謂之載矣、豈止韋弁服之謂乎。玁狁孔熾、我是用急、我、吉甫自称也、下皆同此。我、六軍之一人也。王事多難、維其棘矣、一意。王于出征、以匡王國、王使我出征以匡王國也。匡、言救亂也。周公東征、四國是皇、彼詩作匡。○小祝職、小軍旅、掌事焉、何說、王不自行、遣卿大夫征伐、案召公之於淮夷、遂彊理南海、大舊王命、維非親征、大軍旅也。六月宋芭視江漢、其事小、小雅之別、乃然。

比物四驪、閑之維則、二章、言軍行之節也。○物馬、齊其力也。首章言六軍之車馬、此言吉甫之戎車也、蓋天子所賜、以美宣王也、備有素以應卒焉、維此六月、既成我服、覆言章也、均服振々、軍裳速整、非新製而成之、我服既成、于三十里、服成即発、一舍三十里、王于出征、以佐天子、王使我出征以佐天子也、大雅、幹不庭方、以佐戎辟、受王命征北狄、所以佐天子也、帝戎合軍旅之言、

四牡脩廣、大雅、四牡業々、孔脩且張、周頌於薦廣牡、莊子、其廣數千里、未有知其脩者、其名為鯤、其大有顒、三章、言軍容之嚴也。○亦吉甫所駕上言毛物之整、服之閑、此特言其習牡大、以起下句、將同一躍、可以整非小醜、薄伐玁狁、以奏膚公、自此六句皆王命也、一氣直讀、玁狁非我敵、故曰薄伐、奏膚公、猶曰獻大功、有嚴有翼、共武之服、嚴々、堅、翼々、堅也、有顒一例、大雅、有嚴天子、共武之服、以定王國、所謂

外攘夷狄，復文武之竟土也。大雅，四方既平，王國
庶定，言曰望太平也。○王賜顯駿馬而命之曰
以是薄伐大猷，嚴翼，中和天威，以供武事
不失武震，以平匡王國矣，此吉甫稱王命以背膺
將士之君也。王于出征，前章。故是章变以成對
取結，然末句三章畢立。○上下三章分段宜統，

玁狁匪茹，整居焦穫

四章言趨敵之疾也。○匪茹言
出我不意也。吉甫鄰而進行卒
然聞是变狀也。焦十藪之

侵鎬及方，至于涇陽

一，據而雅則謂之二地，非也。
其大衆萃於焦穫而侵掠，有深入及涇陽也。
此吉甫在途所聞馳報，而詩之轉眼絕也，慮是。

織文鳥章，白旆央央

織其幟同旗幟之文，以鳥為章，此
言前朱雀而速進師也。白旆亦揚
以示衆。二句師餞進發之形容也。戰則旆之，左傳
平丘之會可徵。旆未繫于首，集於左傳考詳之。

元戎十乘，以先啓行

元，大也，首也。戎，戎車也。行，
首行前之行，訓道亦通。○鳥

章之戎、並以前列言之、若進奏之勢也、諸気威厲、
萬馬辟易、而同文武吉甫、四張仲孝友、吉甫可謂
仁者必有勇矣、

戎車既安、如輊如軒、五章、言王師克而民安堵也、○此時校之車馬也、蓋吉甫逐自

涇陽、至於方、遂進次于鎬、乃使時校追奔至于大原、○考工記輈和則安、四牡既佶既

佶且閑、佶蓋勁通、爾雅勁固也、字宜兩詰、鄭之佶、壯健之貌、可從、養之有素、故佶毅之有素、

故閑、薄伐玁狁、至于大原、歷之而已、不黷我武也、於是北方受乱之地尽平、

文武吉甫、萬邦為憲、武以驅逐强狄、乃弛文德、以安乱後之民、果能定王国者

也、北方猶廣莫、不取法、○始提吉甫、詩之巧也、彼
泥辭說詩者、無是句則為天子親征之詩矣、

吉甫燕喜、既多受祉、六章、言班師而復文事也、○蓋喜宴而喜樂也、即下飲御一事、

飲

受祉言寔天子賞命也是詩只吉
甫燕喜說之小雅風格尤為神妙
來歸自鎬我行
永久寔二句吉甫之辭也曰我遠歸自鎬道路車無以行役多日故父不與諸友歡於是飲而
御諸友也○此曰自鎬則
吉甫不至大宰相照見義
飲御諸友御進也只御賓客同言歡
飲而進諸友酒也蓋吉甫凱旋大舊
炰鼈膾鯉優游
寬賞其慶宴乎故只受祉奏起之
間暇渾忘勤勞事
者此詩人摸寫
侯誰在矣張仲孝友張仲蓋上賓也稱孝
友者矢其文德洽此四國之意宣王好武遂只武
敗卒章不復言武事燕喜而與孝友樂遠以南有
嘉魚樂與賢夫欲復盛周之美者宜只鹿鳴至菁
哉為監戰伐豈足賴乎故江漢常武之卒章皆有
是風規須相照只窺
寺時賢者之忠意

六月六章

采芑、宣王南征也、獮狁入寇、北邉騷乱、不得不急其衛也、董制指授王命且故六月采芑、気象不同、詩格亦六月繫之王命、而吉甫後之、采芑則全繫之方叔、上三章下一章分段、

薄言采芑、于彼新田、于彼菑畝、上三章皆言方叔之篇習士衆也、○方叔将肄師、故士之先至者、采芑以待、循洋水宋弃待魯侯焉、新田菑畝見著治兵之地也、

方叔涖止、循洋水魯侯戾止、其車三千、如騏北三十極言其衆、師干之試、師衆于井習、師先為不可勝、故曰師干、試乃練習之也、方叔老謀、能練其節制、一鼓而定荊州、故是詩亦象其成、三章咏歎、猶似武樂之遲久、是詩人命意也、○闔廬謂孫武曰、子之十三篇、吾盡觀之、可以小試勒兵乎、試字泛似取對、

方叔率止、率師而講之也、聯二章言其為主将之威容以

乘其四騏、四騏翼翼、循吉甫四驪閑而則也、天子所賜、翼翼乃閑也、路

簟茀魚服、鉤膺鞗革、路車、或云、金路、或云、戎路、並通、頭、赤貝、鉤
膺盂其鏤、膺同、馬胸帶有金飾者、稱鉤雖膺然說
為鉤膺、膺太不了、傳云、鉤膺樊纓也、是雖曉疏亦
以巾車所謂鉤者說之、箋注、鉤膺、馬婁頷、有鉤而
在膺有樊有纓也、是疏說也、
薄言采芑、于彼新田、于此中鄉、中鄉、盂鄉中也、言鄉閭之中、方叔
涖止、其車三千、旂旐央乚、高宗伐鬼方、三年克之、荊蠻威之不易服可知、殷
武之舊伐罪入、盂文王再駕絕息之勢也、方叔則
於其始伐、主廟算以大衆練習、崩厥角於未戰之
前、以文王再駕之威、伐之肆之、茀乚臨之、此其所
以服大敵於一戰也、朱子云、南征想不甚費力、故
只盛稱其軍容而已、
寔大失詩人摸寫、方叔率止、約軝錯衡、八鸞瑲
瑲、二句出南頌、軝者轂之外長而旁出者也、轂者
允在輪中者通名、以皮約軝而朱漆之、曰約軝、

鑣　美　筍

但說、鸞在鑣、四馬則八鸞、又云、鸞在衡、和在軾、輔車鸞名異、案車也、未聞定論。服其命服、朱芾斯皇、有瑲葱珩、珩、佩上橫玉也。○韍是、言章服之盛、前章翼翼閑也、有飾美也、此章瑲瑲車之徃、有瑲步之徃、以形容之辭、分前後之意、前特美其車馬、此因謂嚴重、鴥彼飛隼、其飛戾天、亦集爰止、興也、既鼓翅以高飄、又下集而止、言其奮疾甚也、以興方叔之大衆、進退自在焉。○亦集爰止、出卷阿末、集而止息也、山海經、爰有百獸、相羣爰處、字例同旧說大誣、方叔涖止、其車三千、師干之試、上三句以異辭取興、故下三句卻其首章、不變一字、以著是章亦習之事也、首章于其田叶、此于其天叶。方叔率止、鉦人伐鼓、陳師鞠旅、鉦有總鐲、其鐃言之盡、伐鼓方盛、故鉦人亦助之也、周禮鼓人掌四金、則鐲鐃亦鼓人所掌、並在軍異職、今方盛伐鼓進軍、故使相代傳

方也、既曰車三千、則其進退何趨、鼙鼓不勝已乎
互言之說不穩、既大進軍、陳而鞠之、三令五申之
事也。顯允方叔、伐鼓淵淵、振旅闐闐。言戰陳旋師之
礼也、可見上二句是為治兵、蓋方叔肆習士衆
或教治兵、或教振旅、故是章併而言之。○吳語三
軍皆譁釦以振旅、此言振其威武也、是詩亦不拘
及師而還已、但爾雅傳古義疑之為復、
蠢爾蠻荊、大邦為讎、言蠢蠢然一戰而蠢動也。○蠢爾猶
蠢然小蟲蠕動貌、爾訓女、非也、
大邦言王國也、此蓋自為
蠻人不恭、敢距大邦來、方叔元老、克壯其猶、天子
之大老、而其軍謀乃有壯有英氣也、方叔率止執
壯一字、方叔之奮勵不減高宗處、
訊獲醜、自此五句、言搏戰也、方叔戎車嘽嘽、三千之車
率之而飛集之士皆奮
競進盛貌、大雅王旅嘽嘽、如飛如翰。嘽嘽焞焞、如霆如雷、焞焞車馬
奮發之声

也、釋文、焞本又作啍、案大車啍啍、高声也、焞音屯、與狁叶、漢書作雅、蓋其毛詩別、果然次二句皆無韻、

顯允方叔、征伐玁狁、蠻荊來威、初聞其威、合、今見其奮伐、一戰而作頌、歸命也、來而畏服、既雷霆字、左傳、畏之如雷霆○楚世家、熊霜元年、周宣王初立、六年卒、季徇立、據鄭譜、季徇明君也、受是詩者、必熊徇也、竹書、宣王五年夏六月、尹吉甫帥師伐玁狁、秋八月、方叔帥師伐荊蠻、參之鄭譜史記、則北伐南征在宣王初年、足以徵焉、

采芑四章

車攻、宣王復古也、車攻吉日、正也、夫小雅盡廢、則四夷交侵、中國微矣、宣王六月采芑以攘四夷、車攻吉日以興中國、是猶小雅廢而又興、故以是四篇續於正雅之後、以成南有嘉魚之什、悲夫、夫子編定其、如是乎、而同笙詩七、而毛公改篇第要甚、

宣王能內修政

東外攘夷狄復文武之竟土三句六月采芑是也吉日亦用能宣王

大雅亦同須知之言有恒脩車馬詩中出備器械旂旐旆旌決拾弓矢復會

諸侯於東都周公營洛邑為東都以朝諸侯因田獵而選車徒焉

是詩主意在此一句若主東都之會同則章下以大雅美之二雅之別序所明亦也周礼大田之礼備

象也即天子以諸侯田之礼也○前三章一段次三章一段後二章一段是篇法也

我車既攻我馬既同首章言其將會諸侯於東都也攻堅同齊一也此言六軍之

車馬詩主田獵故以車馬発端四牡龐龐駕言徂東龐龐充実也此天子之馬

也先為會同駕而徂東下直以田車受之詩非謂

會同故也○左傳成王合諸侯城成周以為東都

田車既好四牡孔阜二章言既會而以諸侯狩也○此車馬亦言六軍也二句亦出

吉日

東有甫草、駕言行狩、周語、藪有甫艸、注、甫大也、茂大之草、箋茁葭茁蓬一意、虞、蔵之、獸、布、茂草、是百獸所解、故於是狩也、蓋所謂敖、即甫草之地歟、鄭箋僕矣、竹書九年王會諸侯于東都、遂狩于甫、是謬說耳、駕言行狩、受首章主天子也、然是特言其為狩、故発行、

之子于苗、選徒囂囂、三章、言選車徒而將會于敖也、〇之子、蓋言大司馬也、不敢指斥、大田之禮、大司馬宜主其事、以戒治之、苗夏獵也、共甫章應、行狩之狩、汎言也、囂囂、言車徒殷盛也、旧說、唯選者有声、非也、

建旐設旄、搏獸于敖、敖、地名、或云山名、天子大田、大司馬選車徒、設旗幟、以為搏獸之備也、搏獸于敖、猶吉日從其群醜、句上亟添將字看、

駕彼四牡、四牡奕奕、四章、言諸侯從將之盛也、奕奕、大也、諸侯亦選其馬〇

赤芾金舄、會同有繹、宣王以會同之諸侯田獵、故會同者絡繹竟野也、非至此而

未會朝也、

決拾既佽弓矢既調、五章、言教之獵罷械備而獲多也○決、鞢也、象骨爲之、著於右手大指、拾以皮爲之、著於左臂、佽、次同、手指相比也、

射夫既同助我舉柴、射夫、主請侯之言之、既曰助我、則主人射亦見此造諸之巧也、同、聚也、柴、說文引作紫、積會也、

四黃既駕兩驂不猗、六章、重言射御貴獲多、非詭遇也○此又言車馬者五六是方之狩、馳逐時之事、故罷械車馬取對也、是章主王人言之○四牡龐〻、肥也、四牡孔阜、牡也、四牡奕〻、大也、我馬既同、備也、四黃虎旭、豪也、兩驂不猗、倚也、蕭〻馬鳴、言其不驕縱之、

不失其馳舍矢如破、御者範具、馳驅而射者之發無虛鏃、得王者蒐田之禮也、

蕭〻馬鳴悠〻旆旌、七章、言其銳事嚴而頒會均也、○盖日既斜、薰風拂塵、滿自蕭〻

按之狀、天子旌高九仞、諸侯七仞、載車綏旌、注旄首曰旌

徒御不驚、

釋訓、徒御不驚、輦者也、此徒御、言徒御而輕輦者、與大雅徒御無射異、故特舉一句而歎之、旧說誤解、盡此徒御、是以聲輦其獲者、其大庖映帝甚德不驚、無譁無留也、

大庖不盈、

跡之、上殺貫心、死疾、肉最美、以為乾豆、次殺遠心、死稍遲、以為賓客、下殺中髀、死最遲、以充君之庖、三殺各取十、凡三十也、其餘以與卿大夫士、葉禽雜多、擇取三十而已、故曰不盈、〇鄭意似說每三殺取三十、按朱注亦從跡、

之子于征、有聞無聲、

卒章言獵畢而歸、大家嚴肅、遂美其復古也、〇征行也、易文多例、其歸路所經田邑、聞之不知其何時過去也、田獵有發皆驖車徒皆蹤其聲盡殷、按卒章之無譁、言威命行、師律明、班馬肅、按與選徒囂囂、固不相悖、

允矣君子、展也大成、

允云、展云、歎賞之辭也、展矣君子、實勞我心一例、大成、言中興之業成、所謂復古也、

車攻八章

吉日、美宣王也、
比車攻其事小、故特曰美、不唯田。
總車攻已上、六月采芑亦包焉庶
鳴之什、唯魚麗有美、
字、前哲俯譯嚴哉、
能慎微接下、
用既伯既禱言
之前三篇、其事
大、今將田則馬祭、禱其
不自傷傷人、是慎微也、
無不自盡以奉其上焉、
曰天
子之所同以歲天子、自盡奉上之詩也、田獵ヲ剌
詩但群下競以樂天子、所以為宣王田也、且是田
以御賓客為主、猪庶會同天子田以飾其但實、其
得萬國之歡心可知、是田亦必有請庶之從、

吉日維戊、既伯既禱、
首章言將田而禱、且考車馬也、
つ是、詩一意貫通之篇法、戊剛
日也、於外事為吉、剛雅、既伯既禱、馬祭也、禱馬不
傷又不傷人也、伯、房星也、周禮春祭馬祖是也、
田車既好、四牡孔阜、
以車攻出一手、
升彼大阜、從其羣

醜、羣下皆曰、何禱既畢、事亦善、馬亦壯、
我其將為天子升大阜逐羣醜也、
吉日庚午既差我馬戊辰禱、向一日乃田、亦愼微也、
南雅、既差我馬、田獵將足、往追麌、
飛逐之、取
其疾而已、獸之所同麀鹿麌麌麀、說文〻以牝有麌、
箴、鹿牡、猶〻牝牡麌、
〻冢事也、大雅、麀鹿噳〻〻、古田獵主鹿、
故紀獸、麀鹿麕皆有逐名、易即鹿无虞、漆沮之從、
天子之所馳馬逐禽自漆沮、致之王所也、從其羣
醜、亦共是從同、為天子、逐禽奉之、唯以
樂天子為悅、首章至三章、皆自盡奉上之意、志是
意則精神不匱、〇二章言田而驅禽於王所也、
瞻彼中原其祁孔有、〇三章、言聚禽於原以樂天子也、
〇或大阜或漆沮從而至於原也、
中、祁〻〻然、雲集甚多、天子於是射獵也、祁
〻如〻雲、興雲祁〻、舊說往屋、此言其冢盛也、儦〻俟〻
〻〻或羣或友儦〻、冢盛猶〻行人儦〻、俟〻猶〻鹿斯
之奔維足使〻〻、故傳云、趨則儦〻、行

則後後寔明解也歎三日羣周語二曰友**悉率左右以燕天子**燕安也言歡樂之中原之鹿都都大有或趨或行或羣或友於是至自大阜者至自漆沮者谷率其儕友奉歡天子

既張我弓既挾我矢卒章言天子親射以供賓享也○羣下從歡以燕天子於是天子執弓矢而發也上下象應

發彼小豝殪此大兕互文也蹤跡晉語先書唐叙射兕於虞林殪以爲大甲

以御賓客且以酌醴賓客諸侯也不言諸侯而羣臣亦有○卒章天子之事此二句天子心中之恩意無亦羣下感戴之辭也故表賓客房無有南有嘉魚之趣編集之協也

吉日四章

南有嘉魚　南山有臺　**蓼蕭**　湛露　彤弓　**菁菁者莪**　六月　采芑　車攻　吉日